NATION VS. NATIONALISM

中國現代小說的

國族書寫

以 身 體 隱 喻 為 觀 察 核 心

辛金順 | 著

目次
CONTENTS

275 ┃ **參考書目**

第一章 緒論

第一節 緣起與位置的提出：中國現代小說場域與現代性

　　中國現代小說可以說是在一系列政治與文化挫折之中產生出來的產物。自1895年中國在甲午戰爭慘敗後，以華夏文化為中心的三千年來大夢，在這近代歷史的轉折點上，恍然而醒[1]。而中國的知識份子也在這政治與文化危機中，終於體認到向西方借來的器物，仍然無法讓中國成為一個現代超級強國。因此，取「西人器數之學」[2]，或「以夷之長技以制夷」[3]等等圖強法則，面臨了一個思考的瓶頸，即傳統文化思想承接不住從西方移植過來的洋務技術，在「中學為體」的思考脈絡下，「西學為用」的實踐並無法真正開展出來。不論是從早期的海防，戰艦、火器，到自強運動時期的養兵練兵之法等等，在中國傳統禮儀制度並未完全改變之前，實際上是很難有所作為的。是以梁啟超（1873-1929）指出：「中國之患，患在政治不立，而泰西所以治平者不

---

[1] 梁啟超曾說：「喚起吾國四千年大夢，實自甲午一役始」，這一戰敗，也開啟了「滌除舊弊，維新氣象」的運動。見梁啟超〈戊戌政變記。改革起源〉，《梁啟超全集》（第一卷），北京出版社，1999，頁26。

[2] 薛福成〈籌洋爭議〉，見郭廷禮編《愛國主義與近代文學》，濟南：山東教育，1992，頁59。

[3] 見魏源《海國圖志》卷三十五，〈大西洋：大西洋歐羅巴洲各國總敘〉頁1092。湖南：岳麓書社出版，1998。

專在格致也」[4]，又說：「凡一國之強弱興廢，全繫乎國民之智識與能力；而智識能力之進退增減，全繫乎國民之思想」[5]。換句話說，中國對西方的學習與模仿，必須從堅船利炮與聲光電化的器物層面，引向思想、學制與法政的改革，才能讓中國真正走向現代化，並擺脫以往「老大帝國」的腐杇與衰敗，而展現出「少年中國」的雄渾氣魄來。這樣的論述，開啟了一個思想啟蒙的時代，也讓文學書寫開始探向變革，進而衍入「現代」機制的功能認知裏，以負起啟蒙教化的政治目的。

因此，在這樣的救亡與圖強的政治歷史框架下，自古以來地位卑微的小說卻被召喚出來，以期達至建構國族主體與新生的使命。從1897年嚴復（1854-1921）與夏曾佑（1863-1924）在天津《國聞報》上發表的〈本館附印說部緣起〉，提及小說的影響在經史之上，而且具有移易「天下之人心風俗」及「使民開化」[6]後，小說的價值被擴展到社會功能與倫理開掘的意義來，但它仍然擺脫不了傳統說部以道德訓誡與教誨為目的之本質，只是小說的位置被提高，而不是只陷於「休閒助興」的娛樂性質罷了。反而是同一年，梁啟超在〈變法通議〉中論說部，已開始注意到小說「可激發國恥」的政治功效[7]，而這可視為其在五年後

---

[4] 參梁啟超〈變法通譯·論譯書〉，《梁啟超全集》（第一卷），北京出版社，1999，頁46。

[5] 參梁啟超〈論支那宗教改革〉，《梁啟超全集》（第一卷），北京出版社，1999，頁263。

[6] 見幾道、別士〈本館附印說部緣起〉，陳平原、夏曉虹編《二十世紀中國小說理論資料》（第一卷），北京：北京大學出版社，1989年，頁12。

[7] 參見梁啟超〈變法通譯·論幼學〉，同注3，頁39。在此論及說部，以古人與今人之文字和語言的差異，而認為今人的文字與語言不同，故在寫小說時「宜專俚語，廣著群書：上之可以借闡聖教，下之可以雜述史

提出「新小說」的理論前導。及後他在〈譯印政治小說序〉裏，則以歐美和東瀛為例，將政治小說視為改革群治的器具，並將之拔高到「國民之魂」的大格局，這條思路，順理成章地成了「新小說」的思想理論背景與修辭策略。所以，當「新小說」被提到檯面上來時，它最大的意義已不是在於文學的最上乘，而是在於「中國精神」的重構與實踐，或成了「鼓民力、開民智、新民德」的改革工具。因而，為了達到啟迪民智和傳播新思想的目的，「新小說」被梁啟超與一些士大夫們大張旗鼓式的宣傳[8]，而相互激盪並蔚為一時之風氣。

　　當然，從今天來看，被賦予救國救民、改革社會，以及創造世界能力的「新小說」，是當時維新派基於政治考量下推出來的大話[9]／神話，但在整個現代小說的發展史上，這類以改造國民精神為號召而產生出來的「新小說」，卻結束了小說長久以來的

事，近之可以激發國恥，遠之可以旁及彝情，乃至宦途丑態，試場惡趣，鴉片頑癖，纏足虐刑，皆可窮極惡形，振厲末俗，其為補益豈有量耶！」

8　從1898年梁啟超發表了〈印譯政治小說序〉後，及至1908年，這十年其間，他對小說改良與小說界革命所提出的理論，受到許多士子的肯定與認同，這期間在各刊物所發表的許多類似文章如：〈小說原理〉（別士，1903）、〈論文學上小說之位置〉（楚卿，1903）、〈論小說與社會之關係〉（1905）、〈論小說之勢力及影響〉（陶佑曾，1907）、〈論小說與改良社會之關係〉（天僇生，1907）、〈小說與風俗之關係〉（耀公，1908）等等，都是在小說的社會革新與改良群治的救世功能上著筆，並形成了一股相互激盪的風氣。這時期的相關資料，可參考陳平原、夏曉紅編《二十世紀中國小說理論資料》（第一卷），北京：北京大學出版社，1989年。

9　此一「大話」，可以理解為空大的話語，相反的也可以當著是一個「大敘述」（Grand narrative）的涵義予以解讀。

邊緣地位，扶搖而上為文學的主流，並為往後小說在進入現代文學的場域，打下了最好的基礎準備。因此，從梁啟超通過政治意識，高喊小說界革命開始，即已注定了中國現代小說的性質，不可能是以內在藝術審美表現為依歸，而是以外在國族主體建構的功能性為底蘊的[10]。它的背後充斥著西方對中國的侵蝕、欺侮、不平等的國恥和創傷意識，是「血與淚文學」最寫實的表現。

然而值得玩味的是，中國「新小說」必須藉由「西方」這一符號來加以啟動。如梁啟超以歐洲改革為範例，寄助於小說，並謂「往往每一書出，而全國議論為之一變。」[11]，類此由小說想像西方，進而學習西方，翻譯西方小說，並以此完成小說界革命的過程，正也說明了在「變」、「革」與建構之中，以西方為借鏡的意識背後，隱然存在著一份與世界接軌的意圖[12]。易言之，「新小說」的發端，撇開國族建構的問題不談，實際上它已潛藏著向「現代」探索的性質趨向。而林紓等人的翻譯小說，只是在這一趨向上，將「新小說」帶入現代文學場域的順勢過渡罷了。所以，在某種意義上，「西方」做為一種現代象徵，內在於「新小說」的推行裏，無疑成了一種移植卻不可或缺的現代徵象。因

---

[10] 梁啟超在〈論小說與群治之關係〉中，雖然一再強調「小說為文學之最上乘」，但其遵循的邏輯思維程序卻是：新一國之政治→新一國之民→新一國之小說。小說在此，只是做為一個工具性而被關注而已，所有的目的無非是為了建構國族主體的認知，而並不是以小說藝術內在規律去探索「新小說」的藝術價值。因此，在這一政治歷史的驅動下，使往後完成轉換的現代小說，也難於脫離功能性的本質了。

[11] 參見梁啟超〈譯印政治小說序〉，《梁啟超全集》（第一卷），北京出版社，1999，頁172。

[12] 這樣的意圖，可以理解為一個以「民族」與「世界」橫向並行的坐標，易言之，它已超脫了早期魏源所喊出的「師夷長技以制夷」的狹隘目光了。

此，在想像中國現代化，並沿著這一條思維路線迂迴前進，而在
後來開出了五四時期以感時憂國、涕淚飄零為敘述主軸的現代小
說場域，自也就成了必然的趨勢。

　　是以，從「新小說」到「五四」時期小說的衍繹，其最大的
意義，並不是在於時間邏輯的進程上，也不是在於思想與藝術判
別的認知裏，而是在於歷史背景不同的這兩個階段，確立了中國
現代性（Modernity）的追求，不論從器物到精神，或由「強國保
種」到「新民」再到「國民性改造」的啟蒙價值體系之架構[13]，
展示出了一種對「國族」凝視的專注、欲望與幻想。小說在此完
全被視為具有現代意義的傳播媒介，延續著一份神符意志：改造
中國人的身體，進而建立國體。「五四」小說做為現代文學的開
端[14]，即在這樣一個國族的想像裏，被帶入了「現代性」的表述

---

[13] 其實，啟蒙的價值架構至終並未完成，在中國內部政治局勢的混亂與危
急的狀態，如：軍閥割據、五卅運動、北伐戰爭、十年內戰、抗日戰
爭等一連串的動盪不安下，在國家利益與國民生計面對基本存亡的時
局，如李澤厚所指出的，救亡的現實問題，必將壓倒思想的啟蒙。（相
關論述可參見李澤厚〈啟蒙與救亡的雙重變奏〉，《中國現代思想史
論》，台北：風雲出版社，1990，頁1-55。）因此，在「五四」時期的小
說裏，被大力提倡的國民性改造、個性的自由解放、甚至戀愛與婚姻自
主等等觀念，也因救亡意識的高張，而轉化為二〇年代末革命小說的場
域去。

[14] 關於現代小說的定義，可以從時間概念與內涵概念兩條理路進行解讀。
就時間概念而言，一般學者將它定限於1919-1949年。即以五四運動做
為起點，並終結於中共政府的建立。另一方面，這樣的分期，也可以
與近代文學（1840-1918年），及當代文學（1949年後至今）做一區隔。
（這與史學界將「近代」的時間斷限為1842-1949年自是有所不同，相
關定義可參閱陳少明、單世聯、張永義著《被解釋的傳統──近代思想
史新論》，廣州：中山大學出版社，1995）然而，這樣的時間斷限仍然
引起了一些爭議與聚訟（相關討論可參見《復旦學報》由章培恒、陳思

（representation）層面，也為中國現代小說場域，奠定了一個相當穩固的基石。

因此通過這樣一個小說史的脈絡，我們可以發現，承繼「新小說」所想像的一個理想世界，中國現代小說實際上也是從兩種革命，即政治與文學革命出發，以去建構一個現代化的中國。如陳獨秀在辛亥革命後，檢討中國時勢所面對的困境，而不得不提出須先更變中國人長久以來根深柢固的思想觀念，才能為中國問題尋找突破口。故他說：「今欲革心政治，勢不得不革新盤踞此政治者精神界之文學。」[15]因為雕琢阿諛的貴族文學、鋪張堆砌的古典文學，以及深晦艱澀的山林文學等傳統倫理道德文藝，塑造了千年來虛偽、誇張、迂闊的國民性性格，惟有從革新文學下手，推翻舊式文學，並借助現代小說的力量，才能重新振發國族精神。傅斯年在這一理路上則把話說得更明白，他指出政治革新不成功，最重要的問題是在於思想的守舊，只有思想革命才有希望建立新中國，所以他說：「我以為未來的中華民國，還須借著文學革命的力量造成。」[16]在他們的認知裏，文學可以帶來更深

和主持的「中國文學史分期問題討論」，自2001年第一期至2002年第四期。），此處不加以贅述。至於在內涵概念上，則著重於文學觀念的現代性轉換，徹底否定舊文學，批判傳統，及以西方現代意識為前導，而引入了各種外國文藝思潮與創作手法，由此展示出有別與過去的敘寫姿態。（參閱許志英、鄔恬主編《中國現代文學主潮》，福州：福建教育出版社，2001。）「五四」小說，尤以魯迅、葉紹鈞、及郁達夫等人為首的作品，在這方面的表現上，無疑可以做為現代小說的先鋒。

[15] 見陳獨秀〈文學革命論〉，錄於陳平原、夏曉紅編《二十世紀中國小說理論資料》（第一卷：1897-1916），北京：北京大學出版社，頁20，1989年。

[16] 傅斯年在〈白話文學與心理的改革〉一文中指出：「到了現在，大家應該有一種根本上的覺悟了：形式的革新──就是政治的革新──是不中

層的文化感召力與現代視野，並期待藉由此一文學去改變讀者的世界觀，而為中國政治進行更有效的改革功能。處於這樣急迫的心理狀態下，不難想像五四時期的知識份子，在凝視西方，想像中國的現代性進程上，把西方觀念與主義視為萬能的靈丹，或可以治療中國思想的處方，大量挪借，以致誤入西方現代性的時差中，而使中國現代小說成了一種充滿著濃厚工具價值理性色彩的敘事。

如Marston Anderson所指出，國族的危亡意識使這些知識份子不得不選擇一個最有效的改革工具，而能夠直接反映現實，又具有西方科學理性精神的寫實主義，因具備一種創造性的文學生產與接受模式，又可滿足文化與社會變革的迫切需要，於是便成了他們最殷切的寄託[17]。這在往後三十年中國現代小說創作的歷程裏，不論是在啟蒙、革命，或救亡的呼號中，寫實主義小說幾乎佔據著主流的位置，成了典範的書寫模式。

中國小說的「現代性」，正是內在於寫實小說之中，成了國族存亡敘事的一種表述。它揭示了對傳統文學決裂與告別的姿態，以新的語言、思想、修辭符碼和敘事模式等等，更新了小說的表述系統；亦以現代的認知方式與情感價值，塑建了中國文學的新典範。是以郁達夫把它稱為「中國小說的世界化」[18]，然而

───────────────

用了，須得有精甚上的革新──就是運用政治的思想的革新──去支配一切。物質的革命失敗了，政治的革命失敗了，現在有思想革命的萌芽了。」見《新潮》地一卷地五期，1919年5月出版。

[17] 參閱Marston Anderson：“The Limits of Realism: Chinese Fiction in the Revolutionary Period” Berkeley: University of California Press, 1990. P.40。

[18] 見郁達夫〈小說論〉，收錄於嚴家炎編的《二十世紀中國小說理論資料》（第二卷：1917-1927），北京：北京大學出版社，1989年版，頁472。

在這「世界化」的涵義背後，實際上卻隱含了西化的現象——借鑑西方文學技藝而開展的中國小說。但如前所述，早在梁啟超的時候，就已存在著這份與世界接軌的意識，小說革命所開發出來的「新小說」，從政治、歷史、哲理科學、軍事、冒險、偵探、寫情與語怪等等多重經驗書寫[19]，眾聲交會為一個想像異景，正以跨越傳統的姿勢向世界貼近，這種敞開，在某個意義上而言，是將自己的經驗敘述到世界的故事裏面去。惟五四時期的作家，卻依據時代的需要，只接收啟蒙意識，並以叛離的態度割斷一切傳統，將「新小說」的多重表述，棄置於後，將現代推前，並裝置在寫實的手法中，以去實現改造中國的願望。

簡而言之，中國小說的現代性，一方面參照著西方現代性所保有的理性、啟蒙、進步與人文精神色彩的特質，一方面卻因應著本土的需要，為國家民族的未來尋找出路。如魯迅所強調的批判與改造「國民性」[20]，即在「現代性」追求的文化語境中被拓展開來，並在一些五四作家的集體想像裏，衍繹成了一套「現代性」的話語。

---

[19] 梁啟超〈中國唯一之文學報《新小說》〉，《新民叢報》第十四號，1902年11月14日。又收錄於陳平原、夏曉紅編《二十世紀中國小說理論資料》（第一卷：1897-1916），同注4。

[20] 「國民性」一詞，是英語national character的日譯，它是源自日本維新時期現代民族國家的理論，最早由梁啟超等晚清知識份子從日本引入中國，如在梁啟超的一些文章中：〈新民議〉、〈論中國國民之品格〉、〈中國積弱溯源論〉、〈論中國人種之將來〉等，視中國之衰弱乃因為國民性格的缺陷，故欲救亡，必須鼓民力、開民智、新民德。改造國民性遂成了當時立國救國的急務，而從晚清過渡到五四，在眾多作家中，以魯迅對「改造國民性」的議題最為關注。相關討論可見劉禾《跨語際實踐——文學，民族文化與被譯介的現代性》（中國，1900-1937）。北京：三聯出版社，2002年，頁75-103。

今日許多論者一致指出，中國現代文學所想像與追隨的「現代性」，與現實西方的「現代性」，總是存在著「時間的落差」，如王德威所說的，是一種被耽延（belatedness）的「現代性」[21]。也就是說，當中國的啟蒙者開始張揚理性與改革的觀念去面對專制權威、聖書賢徒的神魅時，西方的現代性業已進入完成的狀態了。然而，在想像西方之下，貫穿啟蒙人文精神、科學與民主的「現代」追尋，卻被五四知識份子轉化為一種嶄新的文化空間，以及用以振興國族的夢想。它帶有一種「未來」與「理想」的色彩，一個中國對西方的想像。至於這份夢想和想像落在小說的書寫上，卻被寫實地指向了一個目標——現代中國身體／國體的政治建構：一個富強的新興中國。

第二節　中國身體／國體的凝視：閱讀身體的另一種閱讀

在近代中國歷史的發展過程中，「身體」似乎成了許多激進知識份子關注的焦點。從1842年鴉片戰爭以後，古老中華帝國面臨著西方列強一系列的殖民／資本侵略活動，西方槍砲更是直逼天朝帝國的清廷權力核心，政治環境、文化環境、經濟環境，在西方科技與思想的衝擊下，產生了極大的變化。這是李鴻章所謂的「三千年未有之大變局」。為了因應著此一世變，迫使中國知識階層開始提倡自強之術，練兵造槍、建兵工廠、略改考試制度，擴張西學，終於使中國步入了一個西法模仿的時代——洋務

---

[21] 見王德威著《晚清小說新論：被壓抑的現代性》，台北：麥田出版社，2003年版，頁39。

運動。只是在這圖變與自強的意識中，所有的改革都只專注於軍事國防的器物層面上，反而身體的改造並未得到太大的重視。而且這時期儒家的意識形態也未受到懷疑，推行洋務運動的士大夫仍然沉醉在維護傳統社會的秩序和恢復道統的舊夢之中。然而，當中國再次於甲午戰爭敗給同樣是向西方學習的日本時，中國知識階層才開始將目光從器物層面轉移到身體的改造上，並以密集與擴大的方式推展到國民改革層面來，如軍國民、新民、新文化等。由此，身體開始成為國家和各種知識議論試圖干預的對象[22]，或成為國族建構意識下的各種論述與實踐話語。強身強種、保國保教的呼號更將「身體」與國族命運緊密連結在一起，且在國族主體建構的過程中，面向了一個更大的歷史與政治場域，同時也成了知識與權力的交結點。

　　而近代中國「身體」的擬構，是無法完全擺脫對西方身體的想像，及以它為參照體而進行的。類此以西方為鏡像的中國身體話語構成，實際上，亦是梁啟超等晚清知識份子對現代自我的一個理解，或以此做為民族之重鑄，以及建構現代民族國家的一個思考起點。尤其在中國走向現代轉換的過程中，在強大他者侵略之下，使得近代中國產生了政治與文化根本的危機；也就是：治國需以道統還是以器技為根本？而張之洞、曾國藩和李鴻章等人認為中國被西方所敗，是敗在器物不如人，非道之所失。這引出了當時文人和士大夫的主張：治國需以中學為主，修明政治，注重禮法；並以西學為輔，講求工藝與製造，強大國防。如薛福成所主張的：「取西方人之器數，以衛我堯舜禹湯文武周孔

---

[22] 見黃金麟〈歷史、身體、國家：近代中國的身體形成1895-1937〉台北：聯經出版社，2001年，頁43。

之道」[23]，王韜也曾說：「形而上者中國也，以道勝；形而下者西人也，以器勝」，而後引發張之洞（1837 1909）〈勸學篇〉那「中學為體，西學為用」的表述[24]，即企圖以「道」馭「器」，或「變器不變道」做為洋務變革的集體陳義。實際上，以「中學治身心」的「中體」並無法完整地保住中國傳統文化的本位，因此「中體」在中國政治與文化面臨存亡的危機時，不得不加以更動。如代表維新派的康有為與梁啟超，均主張「道可變」之說，譚嗣同更提出了「器既變，道安得獨不變」之理[25]。因而在自救、自存、自立、自強的理念驅動下，中國身體只能往「西學為用」的路徑上走，最後走進西方文化思想的方向，也就成了一個必然的趨勢。故在政治和文化體制上，「中體」即不能救中國於危亡，更不能濟中國於富強，所以必須面臨變革與重造的工程。不論是從民族文化與制度禮儀，還是就隱喻層面的「中國身體」而言，在自救與圖存的意識裏，除了向西方學習，則就別無選擇。

---

[23] 參薛福成，《籌洋芻議・變法》（薛福成集），瀋陽：遼寧人民出版社，2002，頁56。

[24] 其實馮桂芬最早提出「以中國之倫常名教為原本，輔以諸國富強之術。」（見氏著《校邠廬抗議》〈採西學議〉、〈制洋器議〉已含具「中學為體，西學為用」的理念了，但並未受到太大的注意。而後梁啟超曾針對中學西學加以討論，並說：「捨西學而言中學者，其中學必為無用；捨中學而言西學者，其西學必為無本；無用無本，皆不足以治天下。」1898年，張之洞在〈勸學篇〉中整合了中體西學的觀念，並系統地表述了「舊學為體，西學為用，不使偏廢。」使「中學西體」的表述才引起注目與討論。相關論述可見羅志田《民族主義與近代中國思想》，台北：東大1998，頁94-117。

[25] 參王一川，《中國現代性體驗的發生》，北京：北京師範大學出版社，2001，頁22-23。

　　嚴復很早就體認到這一點，是以他在譯述《天演論》時，特別將達爾文的進化論簡化為幾個生物競爭的概念，如：「弱肉強食」、「優勝劣敗」、「適者生存」等，這些語境背後所強調的無非就是「力」與「爭」，如他所說的：「民民物物，各爭有以自存。其始也，種與種爭，及其成群成國，則群與群爭。而弱者當為強肉，愚者當為智役。」[26] 嚴復察覺到19世紀末歐洲列強間所發展的「生存競爭」，由此引申出一種競爭的價值觀，亦即「強」與「猛」的身體展現。西方「異體」遂成了中國身體反思的注腳，並且在比較之下發現了自己國家弱質的病態：

> 蓋一國之事，同于人身。今夫人身，逸則弱，勞則強者，故常理也。然使病夫焉，日從事于超距贏越之間，以是求其強，則有速其死而已矣。今之中國，非猶是病夫耶？[27]

這種對身體／國體的凝視，是在挫折焦慮與對泰西文明的欽羨下產生的。由西方「異體」的健壯照見了「中國身體」的病弱，也由此一對照，引發了「中國身體」的一系列改造運動。因此，在現代情境與國族主義所產生出來的「西方－中國」框架下的二元敘述，早已擬定了白人是強種、好動、競爭、進取的，而中國人則是贏弱、沉靜、安份、保守的體質，此一價值評比所形成的知識話語，正是構成了晚清知識份子一套啟蒙的論述。如梁啟超對「中國身體」的審視，所看到的竟是「以文弱為美稱，以贏怯為驕貴，翩翩年少，弱不禁風；名曰丈夫，弱於少女。」有的更因

---

[26] 見嚴復〈原強〉，《嚴復集》第一冊，頁16。
[27] 同上注，頁18。

吸食鴉片，殘戕身體，而變得「鬼躁鬼幽，蹩步欹跌，血不華色，而有病容。」這些「中國身體」所呈現的就只有「弱」、「病」、「死」的病夫狀態，以致整個中國看起來成了「鬼脈陰陰，病質奄奄」[28]的病弱之國。所以為了振興國族，只有對「中國身體」進行脫胎換骨的改造──新民。不論是從精神層面的民智、民德，還是體魄上的民力、民質等，加以重塑，並化文為武，習於勇力，以冒險的精神，雄健的身體，去銘刻一個國家民族的新史──「少年中國」。

　　是以，梁啟超在〈新民說〉中就曾強調：「欲國之安富尊榮，則新民之道不可不講」，又提及「苟有新民，何患無新制度？無新政府？無新國家？」[29]循著此一改造國族的思維脈絡，梁啟超企圖以「新民」的策略性話語，去掀起一場啟蒙運動。而這場啟蒙運動則包含了廢纏足、倡女學、建學制、重體育等等活動，使得「新民說」的演繹，將「身體」從救國圖存，強國強種的論述中，推向了一個無限理想的政治與文化情境，以致令人產生了許多想像。尤其是在「革命」的展示上，雄壯的身體成了暴

───────────────

[28] 梁啟超在《新民說・論尚武》指出：「中人不講衛生，婚期太早，以是傳種，種已孱弱。及其就傳之後，終日伏案，閉置一室，絕無運動，耗目力而昏眊，未黃而骀背。且復習為嬌惰，絕無自營自活之風，衣食舉動，一切需人。以文弱為美稱，以羸怯為嬌貴，翩翩年少，弱不禁風；名曰丈夫，弱于少女。弱冠而後，則又纏綿床第以耗其精力，吸食鴉片以戕其身體，鬼躁鬼幽，蹩步欹跌，血不華色，而有病容。病體奄奄，氣息才屬，合四萬萬人，而不能得之一完備之體格。嗚呼！其人皆為病夫，其國安得不為病國也。」見《梁啟超全集》（第二卷），北京出版社，1999，頁713。

[29] 見氏著〈新民說・論新民為今日中國第一急務〉，《梁啟超全集》（第二卷），北京出版社，1999，頁655。

虐的工具，以去除所有中國邁向現代化過程中的障礙。因此，
「老大帝國」的腐朽要轉型成爲「少年中國」，這過程之中難免
必須以革命的行動加以解決。

即使在文學方面，梁啓超將「新民」拉拔上來，並以身體
革命的方式轉向了小說創作的提倡，且以充滿國族建構的意識
喊出了「欲新一國之民，不可不先新一國之小說」[30]的口號，在
此新國須先新民，新民須先新道德風俗，新道德風俗則須新小
說，新小說卻必須從「小說界革命」做起。而欲求「新」則必須
通過「革命」，於是「革命」無疑成了新興權力建構的一個基本
取向，除了用以革除「誨盜誨淫」的傳統小說外，「小說界革
命」的改革欲望認知，是企圖將小說寄託到「政治之議論」的
功用去，使小說、政治、身體，在文學的想像中，輻湊成了現代
國族欲望的隱喻。小說成了「改良群治」的啓蒙工具，其目標
在於：將傳統老朽的中國身體，重新塑造爲新民／新青年。而類
似這樣的中國性書寫，無疑以求強的欲望訴求，在想像共同體
（imagined community）裏，去達到凝聚國體、建立國格、以及召
喚國魂的理想。因此，從歷史到小說；從現實到虛構，「身體」
的不斷被召喚，正是標誌著小說也被身體化，在變革的進程中，
以新小說的新身體，去承載嶄新的知識生命，及去召喚國體，進
而在想像的共同體中，去尋求一個國富民強的大夢。

是以，「新小說」是在「改良群治」的政治意識前提下進行
的。在此，小說成了身體銘文（body-inscriptions），如身體一般
可在其上編織／繕寫信息。故身體的繕寫（body-writing）可喻化

---

[30] 見梁啓超〈論小說與群治之關係〉，同上注。頁884。

為一套社會或國族敘述的契號。「小說」與「身體」，更可相互依喻，以去刻寫文化符碼。新小說的功用在這裡更被擴大為一種「政／治」符體，一種用以啟迪／治療身體的工具，甚至成為國族的宏大敘述。然而某一方面，「身體」卻也成了啟蒙文學的通行隱喻（metaphor），被寫進小說之中，成為一種政治展示、想像，甚至被操演。小說成了肉身劇場，演繹著作家的政治期待，並遙遙指向了現代文學的起源。

對於身體的凝視與想像，在魯迅（1881-1936）選擇「棄文從醫」的幻燈片事件中可謂是被發揮得淋漓盡致。不論是在日軍刀下引頸待戮的囚犯，還是伸頸觀看的圍觀群眾，他們的身體，從幻燈片的畫面，被放大成了視覺上的中國圖象（image），讓魯迅在震驚與困惑中，於十七年後通過回憶而在《吶喊》的序言寫下了：

> 凡愚弱的國民，即使體格如何健全，如何茁壯，也只能做毫無意義的示眾的材料和看客，病死多少是不必以為不幸的。所以我們的第一要著，是在改變他們的精神，而善於改變精神的是，我那時以為當然要推文藝。[31]

魯迅這後設的文學隱喻與陳述，不但為自己的創作源頭找到一個解釋，而且在中國現代小說史上，也似乎成了起緣和主導的先聲。（「砍頭」——身首二分，正也喻示了中國向現代轉換的徵象，是一種向傳統／古老中國斷裂與告別的必然過程，以

---

[31] 見魯迅，《吶喊·自序》，《魯迅全集》（第一卷），北京：人民文學出版社，1981，頁416。

及象徵家國意義系統的一種崩潰[32]）。他對「中國身體」的凝視，後來在他的許多小說裏不斷地重現／重寫[33]，由此演繹成了一個「展示身體」的文本世界，亦給讀者留下更大的政治想像空間。

而這類「展示身體」的小說，在主體的能動力量上意味著甚麼？它與中國現代小說又形成著一種怎麼樣的連繫關係？尤其小說在二〇年代初被視為拯救國民身體的工具時，國民性的神話書寫，業已被轉換成了一種超越自我歷史的話語，在詹明信那所謂的「國族寓言」[34]涵義中四處漂浮。因此，身體與象徵；小說、歷史與政治，不斷在想像和現實中進行著永無休止的對話。身體被收編為各種符碼，在小說中不斷地被銘刻、示意和展演，並被講述到一個充滿著國族想像的世界中去。不論是由魯迅所開掘出來的「改造國民性」之吶喊，還是鄭振鐸（1898-1958）所主張的「血與淚的文學」，他們的書寫，是藉著歷史的疼痛記憶術

---

[32] 參閱王德威〈罪抑罰〉，《如何現代，怎樣文學？》，台北：麥田出版社，1998，頁119。

[33] 在魯迅的小說裏，關於「中國身體」的書寫有：〈狂人日記〉、〈藥〉、〈阿Q正傳〉、〈一件小事〉、〈故鄉〉、〈示眾〉、〈孤獨者〉、〈肥皂〉等等。從砍頭到國民身體的演譯與展示，顯現出魯迅在身體政治的建構中，是充滿著非常強烈的國族意識的。

[34] 詹明信（Fredric Jameson）在〈處於跨國資本主義時代的第三世界文學〉一文中指出，第三世界文化提供了一種與第一世界文化形式十分不同的文本。因為所有第三世界的文本都帶有寓言性和特殊性，是以有必要將這些文本當著民族寓言來解讀，尤其是小說。這些具有民族寓言性的文本，其所呈現的是民族與個人在文化選擇和認同何去何從的困惑與焦慮問題。故實質上，它是根植於悠長的歷史文化傳統之中，並以一種歷史與現實，哲學與文學的互涉性呈現（詹明信，1994：234）。而中國現代小說，在這方面，也有不少文本是符合有民族寓言的特質的。

（pain mnemonics），將中國迭經長期對外的挫折，與國體被東西帝國主義瓜分的心理創傷與精神震顫，納入到集體記憶中去，做為教育、啟蒙、反省和改造的理念，並以此去煽動與喚醒麻木與沉睡的大眾。而身體一次次的被凝視，甚至被文本捕捉，揭示了中國現代小說在身體話語中，所形成的一個特殊的社會歷史空間。它在近代中國國族企劃（nationalist project）上，隱然成了相當重要的一部分。

實際上，在中國走向現代化的過程裏，「身體」的存在與解放，對許多中國現代小說家而言，不只存在著高度的迷思與現實的想望，其背後更是涵蘊著主體建構的政治意識。因而，五四時期的啟蒙身體，二〇年代末被裝置在「革命」行動中的身軀，以及三〇年代獻「身」戰場，為國損「軀」的敘事等等，凸顯了身體被作家固執與深情的迷戀，這些「身體」被不斷的回憶和敘述，迴映出了作家們最深沉的創作意識──以小說寫作做為民族國家拯救歷史的「大故事」（grand narrative）。如夏志清所指出的，一種「感時憂國」的精神表現[35]。這樣的「身體」書寫，一方面表現著「身體」做為國體想像的隱喻（metaphor），一方面卻從歷史的位置上向多病的國體召魂，身體被重估、被改造、被治療、被教育，甚至被革命與摧毀，在文本中交錯而表演著一套「身體的敘述學」，亦即「民族國家文學」[36]的表現。因此，綜

---

[35] 夏志清在〈現代中國文學感時憂國的精神〉一文中指出，中國的國恥、積弱與腐敗，是啟發了1918至1937年期間的大部份小說創作，這些作品所表現的是「道義的使命感，一種感時憂國的精神。」見氏著《中國現代小說史》，香港：香港中文大學，2001年，頁459。

[36] 劉禾認為，自「五四」以來被稱為「現代文學」的東西，其實都是一種民族國家文學。相關論述可參閱氏著〈文本、批評與民族國家文學〉，

觀二〇年代初到四〇年代中的小說，不論是以葉紹鈞、許地山、王統照、茅盾等為代表的人生派，或郁達夫、郭沫若等為代表的浪漫派，還是鄉土寫實派的王魯彥、彭家煌、黎錦明、許欽文與台靜農，甚至是海派的施蟄存、劉吶鷗、穆時英，以及巴金、老舍、蕭紅、張天翼與錢鍾書等，我們不難發現，他們對「身體」的凝視，幽隱地穿入國族建構的意識裏，化為小說中的欲望圖像，為中國主體政治、現代化、自由與秩序等等的想望，編制著各種不同的身體故事。

是以從晚清以來的政治現實，在西方凝視下的「老大帝國」國體，延入到民國時期，仍在「種性」與「國性」的問題上迴繞。啟蒙與救亡的雙重主題，在小說家的腦中卻如鬼魅般揮之不去。歷史裂變，政治不斷地解體，使得「五四」以來的小說家，戮力於寫實主義的書寫展現，捕捉種種國民身體，以期在建構現代民族國家的過程中，以反省、批判的書寫，喚醒久已沉睡的國魂。身體場域的開展，也在二十世紀中國現代小說中，通過國族的想象，而展現了更深刻與豐富的內蘊來。

至於，通過「身體／國體」的探索之路，作為一名讀者，我們又如何透過中國現代小說中有關於「身體」的閱讀、探索、分析與辨證，去證見小說家們在意識上，或潛意識裏所企圖建構的的國族主體性之欲望？小說家們對「身體」的寫實呈現，甚至想像或虛構，其目光所凝視的是「身體」背後更大的歷史社會場景，而文學被「身體」所裝置，正凸顯了近代中國知識份子在具有濃厚的國族主義情緒中，試圖透過身體的文化、符號和書寫資

收錄於唐小兵編《再解讀》，香港：牛津出版社，1993年，頁22-50。

本（writing capital），在國族的建構上發出他們最真實的聲音。所以，閱讀「中國身體」在小說中的演繹和展示，以及在歷史與政治展演下所形成的國族敘述，不論是以寫實、以隱喻、以象徵、以寓言，或是以幽微的意象，都成了研究者不可迴避的一個問題。而這問題，對中國現代小說史的發展而言，也必然存在著某種值得參照的價值與啟示的效用的。

第三節　觀念援引與文學語境

在中國現代小說裏，如上一節所陳述的，國族想像不僅是一種政治論述的策略，而且也重構了中國人自我與世界秩序的想像空間。畢竟，中國要邁向現代文明並走入現代世界中，則就不能不考慮到自我主體建構的重要性。而中國現代小說做為一種文學敘事，無可避免的也必須在這方面構築其之想像世界——即以國族想像承載著主體意識與政治論述的現代性追求，並企圖由此開展出具有現代意識的民族國家來。故在此，國族想像的書寫也成了承載一個時代的變革、圖新與破舊的文學敘事，它一方面體現了國族自決、歷史拯救，以及對一系列外強侵略、殖民困境、戰亂、集權政治、國族危亡的對應；一方面卻在歷史創傷中，企圖以迂迴的書寫方式喚醒中國社會的改造意識，以便由此尋求民族的自立解放，進而打造現代化的民族國家計畫來。這樣的想像書寫，背後隱含著進化的憧憬與啟蒙的欲望，不論這進化歷史或者啟蒙價值是否借助西方話語中適者生存、自覺自救、個體、自由、科學、民主等等思想概念，其之終極目的，無非是為了尋找出一條民族國家的自我拯救之路。

　　因此，接下來我們必須提問的是：國族在小說中是如何被那些作家想像的？在怎樣的歷史情境下被想像？以及誰在想像？王德威曾經指出，小說是沒有必要去負起拯救中國的大任，因為小說的目的不在於建構中國，而是在於虛構中國[37]。然而，自晚清的梁啟超，到五四時期的魯迅，他們都篤信著小說救國的理念，並賦予了小說無比的幻想[38]。如梁啟超就以「薰、浸、刺、提」四種小說對身體改造的作用，放大了小說作為變風易俗，進化國民的想像，以去實現其小說新民、新政治與新國的夢願；而魯迅的棄醫從文，著譯小說，目的也是為了救國的壯舉。故小說與政治連在一起，被想像成為一種覺世和救世的宏大敘述[39]，這無疑

---

[37] 見王德威著《想像中國的方法──小說、歷史、敘事》，北京：三聯書店，1998，頁2。

[38] 如晚清時期的康有為，就曾調查上海的書市，而發現到書籍的銷路是「經史不如八股盛，八股無如小說何」的情景，而不由感嘆道：「方今大地此學盛」。故小說在傳播思想，或進行革命維新無疑是一種可以上達和下達的「妙音」。甚至將小說的地位提升到與經史等同，以便起到經史無法影響的作用上：「易逮于民治，善入于愚俗，可增七略為八，四部為五，蔚為大國，直隸王風者，今日之急務，其小說乎？」，以及「六經不能教，當以小說教之；正史不能入，當以小說入之；語錄不能喻，當以小說喻之；律例不能治，當以小說治之。」見康有為〈日本書目誌〉卷十四識語。

[39] 自晚清吳趼人就已將小說做為一種政治訴求，如他在〈近十年之怪現狀。序〉中，自述創作小說動機：「為嬉笑怒罵之文，竊自儕于譎諫之列」，雖然在其思想上仍然根深蒂固著傳統文學觀念，鄙視小說為小道，然而以小說為載道之體，「為教科之助」（《月月小說》序），使小說成為「覺世之文」，才有其存在價值。梁啟超後來提倡「小說界革命」，雖然是借助西方近代文學觀念將小說的地位提高，但卻未確立藝術表現人生的信念，以至於小說仍然向「覺世之文」的觀念傾斜。而五四時期提倡「文學革命」論，背後實際上乃隱含著「政治革命」的思想，這也就形成了夏志清在中國現代小說史上所謂的「感時憂國」表現

成了當時一些小說家企圖主導社會改革，甚至國族改造的信念。因此，做為一種研究視角，對作家如何在其小說中想像國族，書寫國族，或探問小說自五四以來，如何向歷史和政治，不斷進行著永無休止的對話；乃至在民族國家的敘事脈絡裏，如何通過身體的敘事構圖，進行政治的主體建構意識等，這些問題，只有進入文本中探尋「中國身體」的展演內涵，或通過文學的隱喻挖掘作家的創作意識，並以此對應當時的社會歷史情境，才可能有一個比較清楚的回答。

故本書帶著這樣的問題，試圖以「身體」做為一個論述的切入角度，去閱讀、觀察、探索、分析和辯證中國現代小說裏的國族想像。這如第二節所提及的，「身體」做為開啟中國現代性的話語，不論在文化的啟蒙如新民、新青年的打造，或政治主體建構如自強運動、軍國民、公民運動等等的連結上，都存在與國族命運密不可分的敘事訴求。是以，通過小說中所展示「中國身體」的考察，勢將可以更深入和清晰的探見，五四以來的現代作家如何在國族想像下，搬演著國族政治主體建構的大夢。

由於本書引進了「身體」、「國族」與「國族想像」做為論述的視點，因此在論述之前有必要對這些概念做進一步的界定和釐清，以期這些概念能夠緊貼著論述的脈絡，爬梳著本文所要探討的議題。

了。然而也必須在這裡指出，梁啟超等晚清作家所強調的「小說界革命」，仍然在「文以治國」與「文以載道」的儒家文學觀為思想核心中打繞，它與強調個性解放和重視文學獨立性的五四文學觀，在思想本質上，還是具有很大的差距的。

一、敘事隱喻下的「身體」符號

甚麼是「身體」？在這提問下，撇開成爲自然生物意義上的「肉體」（corporeal）外，身體實際上已經成爲一些社會學家、哲學家、政治學家用以標誌、組織、建構，或揭示意義與價值的載體。換句話說，身體在此是歷史、文化、政治、社會和經濟等的媒介。一如特納（Bryan Turner）所指出的，身體是具有多維度、多層次的現象。它的意義是隨著民族與性別的不同而不同；也隨著歷史與境遇的變化而變化。它成了一種符號，或一種對世界意義的詮釋[40]。因此從歷史考察，人類常常以自己的身體爲模型去想像世界：「人類首先是將世界和社會構想成一個巨大的身體。以此出發，他們以身體的結構組成，推衍出了世界、社會以及動物的種屬類別。」而得出結論：我們的身體，就是社會的肉身來[41]。也由於每個人都擁有身體，以至於讓人自然的會意識到運用身體做爲外在秩序與失序的隱喻，像約翰・歐尼爾（John

---

[40] 特納（Turner, Bryan）在此將社會學家對身體的認知依據三種不同的觀念析爲三種社會學的研究方法。如第一種是以牟斯（M. Mauss）與布迪厄（P. Bourdieu）爲主，他們認爲身體只是一套社會實踐，即身體會被社會化所規訓，並形成習性，以便在日常生活中有系統地進行生產、維護與呈現的功能；第二種則是將身體概念化爲一個表象符號系統（representation system），即把它當做社會意義或社會象徵符號的載體或承擔者，如身體是社會地位、家族勢力、部族約盟、性別、年齡狀態公開展示的重要表面。第三種身體研究，卻是將人類身體闡釋爲權力關係的符號系統，如傅柯（Michael Foucault）通過規訓與懲罰揭示身體是權力／知識交集的對象，而女性主義者如朱莉婭・克里斯蒂娃（Julia Kristeva）等則以身體做爲具有權力與政治爭議的文本。相關論述可參閱 Turner, Bryan S. "The Body and Society", Sage Publications, Newbury Park. 1996, p36-63。

[41] 同上注，頁10。

O'nell）就曾把「身體」分為五類：即世界的身體、社會的身體、政治的身體、消費的身體、醫學的身體[42]。也就是說，身體做為一種現代性的體驗，是具有象徵化的傾向。尤其是從社會學的向度觀看身體，身體自也被銘刻成社會身份的一個重要隱喻，或被視為一種意義再現的表徵。

　　從社會人類學的角度，如牟斯（Marcel Mauss）所指出，身體是被文化塑造出來的。因而在一般規誡、約束和訓練等等技術的建構下，可使身體成為一種工具，而也只有借助身體這樣的工具，個體才能在某種文化中認知和生活。所以依據牟斯的說法，男女因受到社會規訓的差異，以至於他們在運用身體方面也會有所不同[43]。這樣的身體言說，體現著身體經由反復訓練，是可以內化為某種習性，並成為社會中一種可以辨認的意識，或社會現象。所以做為可塑造與可變性的身體，身體必然的將會成為權力所佔據的中心，以實行權力／知識的播散作用。而傅柯（Michael Foucault）正是從此一身體的「權力技術學」（technology of power），辯證了權力對身體的可馴服性、管理、改造、控制和分類。所以，在傅柯的敘述中，身體是權力／知識暗中支配的統一材料，以及權力／知識生產與操作的產品。是以特納認為，從傅柯所論述由權力／知識集結的身體，可以窺見個體是如何被特殊的政治所安排，譬如起居、膳食或運動習慣等，它提醒個人身

---

[42] 歐尼爾認為，人類最早是通過自己的身體去思考與建構世界，故他從擬人論的觀點，探討自然、社會、政治、消費、醫療這五大領域，並以身體論述做為其建構世界的意義。見John O'nell著，張旭春譯《五種身體》，台北：弘智出版社，2001。

[43] 相關論著可見於Mauss, M. "Techniques of the Body". Economy and Society2(1), 1973. p70-89.

體必須爲自我的健康與病變負責；或從中可以看到群體的身體是
如何被現代知識與監視技術所規訓的現象。換言之，傅柯在身體
的譜系學研究，提供了權力如何在身體上展開並發揮作用以達到
其目的。而傅柯對身體的考察，無疑也使身體的存在與解放，成
了現代性終極關懷和反省的重要議題[44]。

　　從傅柯對身體的考察，我們可以看到身體在現代國家打造
過程中，被納入政治軌道的種種跡象。身體的教育、訓練、強健
化、管理和投資，無不涉及國家的建設和發展計劃。因爲只有民
眾的身體強化了、國體才有可能強化；人民的身體是國家身體的
隱喻，所以這是爲甚麼現代的民族國家要建立在民眾身體健壯管
理上的原因，畢竟唯有民眾的身體與國體統一，才能真正展現出
一種力的意志。是以，身體在這樣的凝視中，必須受到教育、管
制與規範，以期民眾的身體能馴服於國家的政策之下，並使身體
成爲國家最有效的生產工具。因此，爲了有助於管理、投資、鍛
練與規訓身體，國家設置了各種機構，如：醫院、學校、體育
館、監獄等，以確保身體能在政治審視的目光下，提高競爭的能
量與效率，也提高國族的創造與素質。另一方面，身體的生成，
在國族化的圖式中，難免必須依附於其文化與政治的建制，並在

---

[44] 有關於傅柯（Michael Foucault）對身體的權力技術學論述，可參見其
　　幾本著作，如："Madness and Civilization: A History of Insanity in the Age of
　　Reason" London, 1967.（中文版：林志明譯《古典時代瘋狂史》，北京：
　　三聯出版社，2005）；"The Birth of the Clinic：An Archaeology of Medical
　　Perception", London.（中文版：劉北成譯，《臨床醫院的誕生》，北
　　京：譯林出版社，2000）；"Discipline and Punish：The Birth of the Prison"
　　Harmondsworth.1979.（中文版：劉北成、楊遠嬰譯：《規訓與懲罰》，北
　　京：三聯，1999）；"The History of Sexuality"London, 1981.（中文版：佘碧
　　平譯《性經驗史》，上海：人民出版社，2000）等。

想像共同體的框架裏，趨向於國家化與使命化的開展。總而言之，身體在現代社會與政治的展演，不論是從生產所需的理性設計，還是國族的建構計劃向度思考，都顯得非常的重要。

　　然而，在此必須提及的是，本書並無意於進行社會文化形塑與發展下的身體研究，也不想從大歷史語境裏再現「身體」的話語，或對身體做哲學性的研究，而是試圖通過小說的敘事，去追問身體是為何以及如何在中國現代小說中被想像與被象徵？特別是它如何成為建構國族主體的關鍵標誌？因此，在敘事意義下的身體，如彼得・布魯克斯（Peter Brooks）所說的，是想像的對象，它同時也是指意活動——即呈現出作家內在心靈和意志世界的表現[45]。故身體成了敘事的符號，或某種文學隱喻（metaphor），以承擔種種信息和意義。在此，身體被符號化，成為作家意識的展現，或話語的建構。通過挖掘隱藏在文本中的這些身體，可以從中窺見作家自我呈示的心理訊息。此外，這些處於小說中的「身體」，也形成了一種修辭式的潛藏符譜（hypogram），投射著某種歷史記憶的創傷，或在敘事中反復被銘刻為某種意義的故事。

　　法國學者塞杜（Michel de Certeau）曾經指出，小說其實只是身體的代喻而已。因此在小說的繕寫之間，小說家不論是通過寫實，或通過虛構，實際上都是在銘寫著自己的身體[46]。易言之，

---

[45] 見Peter Brooks著，朱生堅譯《身體活——現代敘述中的欲望對象》，北京：新星出版社，2005，頁1。

[46] 轉引自Elizabert Grosz，陳幼石譯"Inscriptions and Body-Maps－Representation and the Corporeal"〈銘文和肉體示意圖——呈現法和人的肉身〉，收入於《女性人》第二期，女性人研究室出版，1989年7月，頁65。原文源自法國文學評論者Michel de Certeau, "Des outils pour e'crire le corps"一文

小說家的敘事指涉，往往是自我身份意識（personal identity）的呈現。至於小說中的敘事性身體，無疑是一種「追蹤身體之下的身體」[47]，這意味著身體的被想像，是一種意指的過程，其投射的向度不只是小說人物的性格表現，更多時候是人物背後，小說家自我對社會、政治、歷史與文化種種心理現象的呈現。因此，小說中那些被繕寫成一個個修辭概念不同的身體，不論是饑餓、傷殘、斷頭、裹小腳、疾病、革命、瘋狂、剪辮、死亡，還是企圖從封建傳統文化間隙中尋求自主與解放的身體等等，都形成了某種意義下的象徵圖像、話語，或符號的建構。

甚至有些文本中的身體，往往代擬了現實世界中的身體意義，或與現實世界的身體形成對應，這尤其在寫實小說中，更是以此為標的。這些文本，一般上被設想為合法性地交付給外在的世界，故其意義框架也仿若不是出自於文本，而是蘊含在現實世界裏[48]。所以，身體的敘事想像，在這文本中也成了指向現實世界為範疇。在這方面，中國現代小說由於受到「文以救國」的觀念影響，再加上五四時期啟蒙意識的催動，使得創作上難免也趨向了寫實的反映論，唯有這樣，才能激勵並召喚讀者投入國族建構與國族救亡的行列中去。因此，處在此一目的之下，中國身體

（Traverses，1979，p14）。

[47] 讓・鮑德里亞（J.Baudrillard台灣譯做尚・布希亞）在〈身體，或符號的巨大墳墓〉一文，於後段曾探討莊子「庖丁解牛」的寓言，並指出庖丁恢恢乎遊刃於牛體之間，是一種「追蹤身體之下的身體」這宛如作家在小說中所敘述的「身體」，所在意的是身體符號的涵意指涉，而不是身體本身。見陳永國譯文。收入於汪民安、陳永國編《後身體、文化、權力和生命政治學》，長春：吉林出版社，2003，頁35-68。

[48] 見安敏成（Marston Anderson）著，姜濤譯《現實主義的限制——革命時代的中國小說》，江蘇：人民出版社，2001，頁18。

的被敘事，多少仍然含具著文學教化的功能，或話語的實踐，以形成一種感召的力量。

總而言之，小說把身體帶進語言／修辭領域，必然是有所承擔。故身體的徵象；人物的展演，都是一種銘記，甚至是一種敘述的符號。而身體如何成為文本中關鍵的意指，或身體如何展現意義的方式，則端賴小說家對身體銘寫的動因和目的，以及讀者對身體符號的詮釋了。因此，通過敘事性的身體，不論這身體是出自於想像或虛構，一旦進入小說的文字裏，即成了符號，它在刻錄故事的同時，也必然會將自己推演成某種意義的示意，以指向敘述的終極意旨。這如十六世紀法國小說家，弗朗索瓦・拉伯雷（Francois Rabelais 1483-1553）在其小說《巨人傳》裏，以小丑、傻瓜、侏儒、巨人、殘疾者等醜怪身體，戲仿了嚴肅的慶典，並以詼諧的身體等廣場表演姿態，展現狂歡的語言，以反撥教會或國家官方一成不變且教條呆板的節慶。這些醜怪身體，在小說中形成了一種抵抗統治者權力的民間符號，或對官方地位的真理與權勢給予降格的嘲笑。這誠如巴赫金（M. Bakhtin）所指出的：怪誕人體在拉伯雷的小說中隨處可見，如被肢解的人體、腸子、內臟、張開的嘴巴、妊娠、排泄活動、屎尿、死亡等，宛若強大的洪流，衝跨了一切傳統的正規[49]。而拉伯雷的怪誕身體敘事，其實都是指向了生生不息的歷史與一個快樂、自由、開放，以及充滿生命活力的世界。所以，從處理與拆解敘事性身體的象徵／隱喻符號著手，我們說不定可以更貼近的進入到文本內

---

[49] 有關於巴赫金對拉伯雷小說的研究，可參見李兆林、夏忠憲等譯《拉伯雷研究》，石家莊：河北教育出版社，1998，頁251-427。

所潛藏的意識，而從中觀察小說家如何通過敘事性身體，見證與
介入歷史和國族，或逼視出他們所關懷的問題來。

二、國族與國族想像

　　而論及中國身體，則不能不論及做為身體投射下的「國族」
建構欲望。然而甚麼是「國族」？對這一概念，在漢語中的使
用上是有點混亂複雜。就其本源，它是來自於西方的nation一
詞。然而由於跨語際的翻譯，使得nation在漢語中常被譯成「民
族」。如1903年3月《新民叢報》所刊出的〈近世歐人之三大主
義〉以「民族之國家」為題，指出：

> 近日世界之大事變，推其中心，無不發於民族主義之動
> 力，……凡言語同、歷史同、風俗習慣同，則其民自有結
> 合之勢力，不可強分。反之言語異、歷史異、風俗習慣
> 異，則雖時以他故相結合，而終有獨立之一日。如意大利
> 之獨立，希臘、羅馬尼亞之獨立是也。民族同一也，則結
> 合為一國，如德意志聯邦，意大利之統一是也。民族之勢
> 力，可不謂巨歟！[50]

　　或在同年9月的《游學譯編》所刊出的〈民族主義之教育〉
所寫的：

> 所謂民族者，謂具同一之語言、同一之習慣，而以特殊之
> 性質區別於特殊別姓之民族。……民族之所由生，生於心

---

[50] 見雨塵子〈近世歐人之三大主義〉《新民叢報》第二十八期，1903年6月。

理上道德與情感之集合。……民族建國者，以種族為立國
之根據也。[51]

　　在此，「民族」一語所涉及的「言語同、歷史同、風俗習
慣同，則其民自有結合之勢力，不可強分」與「以種族為立國
之根據」等語意，實是含括了種族（race）與「族群」（ethnic
group）等不同層面的意涵，前者無疑深具血源意義，或具有共
同的遺傳特徵（如膚色、髮色、血型、骨骼等）；後者則屬於
政治文化信仰（如語言、習俗、歷史記憶、起源神話）的共同
體。這難免會造成歧義，尤其是nation在《新英文辭典》（New
English Dictionary）中，特別強調其「作為一政治實體及獨立主
權」的特質[52]，也就是說，國家、國民與民族是在憲法與權利義
務關係下合為一體的，它形成了一種法權上的政治、文化、歷史
的共同體。故安東尼・史密斯（Anthony D. Smith）認為，國族是
可以被界定為：「一群分享共同的歷史領土、共同神話、歷史記
憶、公眾文化、經濟體系、法律上的權利與義務關係，而且擁有
自己命名的人群。」[53]這無疑指出了國族的意涵是比民族大，它
含具了政治國家與族群民族的意義，而且在實際的運用上，國家

---

[51] 轉引自姜義華〈論二世紀中國的民族主義〉，收入於劉青峰編《民族
主義與中國現代化》，香港：中文大學出版社，1994，頁146。

[52] 見Eric Hobsbwam著，李金梅譯《民族與民族主義》，台北：麥田出版
社，1999，頁25。

[53] 見Anthony D. Smith "National identity". Reno, Nevada: University of Nevada
Press。Smith認為nation是出自state的建構，而state是近代初期政治組織的
型態，當state結合了族群核心並擴大吸收其他邊緣的族群，則就形成了
nation state（民族國家）。這個新興的政治文化組織，含具了國與族，故
可簡稱國族。

的含義又比民族高；在此，也意味著所有不同的族群，均以國家做為認同的中心。而1906年，張君勱就意識到了這一點，他是最早採用國族一詞，並注明「其意可以成一國之族也」[54]，由此以將國族與民族加以區分，並突顯出國家是族群認同的政治符號來。

此外，一提及國族（nation），總是難免會與國族主義（nationalism）糾纏一處。有學者認為，國族這個概念，乃源自國族主義所建構而成的產物，如葛爾納（Ernest Gellner）所指出的：「國族是由國族主義所產生，也只能以國族主義時代的詞彙才可定義。」[55]也就是說，國族是在一種政治情操或政治運動中所推衍出來的。依據Ernest Gellner的觀點，只要一般社會的高等教育達到普遍化、同質化，以及透過中央統一化的語言、歷史、文化與傳統的發明（invention）等，就可經由意志訴求、政體、想像產生出「國族」。換句話說，「國族」不是先天性或早已存有，而是被某群體在特定的時空與歷史條件下，以共同的歷史、故事、民謠歌曲、小說等建構出來的「共同體」；這與後來安德森（Benedict Anderson）所提出「想像的政治共同體」（an imagined political community），在理論上是相互呼應的。然而不論是「發明」或「想像」，都明顯的突出了「國族」是經由社會建構而成，並非自然本質存有。故戈林菲爾德（Liah Greenfeld）在這方面，很清楚地破繹了一些人所認定的國族本體論之虛妄，他以為：世上並沒有「蟄伏不覺」（dormant）的國族等著我們

---

[54] 見張君勱〈穆勒約翰議院政治論〉，《立國之道》，台北：商務出版社，1971。頁148。

[55] 見Ernest Gellner著，李金梅、黃金龍譯《國族與國族主義》，台北：聯經出版社，2001，頁75-76。

找出其先天與俱的客觀「國族特性」（nationality），以便將其自酣睡中喚醒；反之，人們乃先被灌輸一套虛構的國族認同，才會相信他們已是一個統一的「國族群體」[56]。易言之，國族主義是先於國族而存在，它利用了一套意識形態或傳統文化作為凝聚與認同國族的手段，以建構國族的自我主體性。故不是國族創造了國家與國族主義，而是國家與國族主義創造了國族[57]。

至於霍布斯邦（Eric Hobsbwam）則是從近代歷史經驗中去分析現代國族的生成，並認為，有三種固定標準是構成「國族」的要件：一是它的歷史必須與當前的某個國家息息相關，或擁有足夠長久的建國史；二是擁有悠久的菁英文化傳統，並有其獨特的民族文學與官方語言；三則是武力征服，因為在備受感到強權的侵略威脅中，才會讓群眾產生出休戚與共的國族主義情操[58]。在這三種條件皆俱的狀況下，「國族」才有可能被召喚出來。

而這樣的條件設定，置之於近代中國，在義理上是可以成立

---

[56] Liah Greenfeld，"Nationalism：Five Roads to Modernity (Cambridge，Mass：Harvard University Press, 1992), p.402" 轉引自沈松橋：〈振大漢之天聲——民族英雄系譜與晚清的國族想像〉，《中央研究院近代史研究所集刊》第33期，2000.6，頁82。

[57] 實際上，並不是所有人都認同此一「國族建構論」的論點。如馬克思主義者認為「國族」乃是個人的特性之一，只要他們認定自己是，則就是；或約翰·阿姆斯特隆（John. A. Armstrong）堅持，在國族主義出現之前，國族就已經存在了。米勒（David Miller）卻不認為國族是虛幻不實的，他強調國族是具體實際的存在，而且是屬於一種倫理意義的共同體。相關討論可見於John .A.Armstrong："Nation before Nationalism"、David Miller的"On Nationality" (Oxford: Claredon Press 1995) 與Anthony D. Smith的"Nationalism and Modernity" (London：Routledge, 1988)

[58] 見Eric Hobsbwam著，李金梅譯《民族與民族主義》，台北：麥田出版社，1999，頁46-47。。

的。因為很少人會懷疑中國人的歷史與民族地位，尤其在歷史記憶、神話、傳說、語言與文化傳統等相同的條件下，實已構成了民族的認同與某些共同情感；再加上十九世紀末的甲午戰敗，中國不但被日本漫侮，而且也面臨外國列強侵略瓜分等亡國滅種的危機，更使得一些愛國知識份子在保種保國保文化的「救亡」意識中，必須不斷通過一些論述凝聚國族力量，以抵禦帝國主義侵略和殖民政策。國族主義也在這種情況下，成了一種自我激盪和奮起的手段。因為他們相信，唯有通過國族主義情操的鼓動，才能使群眾產生休戚與共的命運共同體，如竟盒所指出的：欲達救亡莫大之目的，「必先合莫大之大群，而欲合大群，必有可以統一大群之主義，使臨事無渙散之憂，事成有可久之勢，吾向欲覓一主義而不可得，今則得一最宜于吾國人性質之主義焉，無他，即所謂民族主義是也」[59]，或是：「我國民若不急行民族主義，其被陶汰于二十世紀民族帝國主義之潮流中乎？」[60]因此，在當時許多知識份子心中，他們始終認為只有通過國族主義的催化，才是最直接和有效的挽民族於危亡之境。是以，在救亡圖存中，國族也被國族主義召喚了出來，如孫文就更進一步的將夢想寄託於四萬萬國民身上，以期這些國民成員能夠一起承擔共同的命運：

> 我們提倡民族主義，便先要四萬萬人都知道自己死期將至知道了死期將至，困獸尚且要搏鬥……[61]

---

[59] 竟盒〈政體進進化論〉，《江蘇》第三期，1902。轉引自徐迅《民族主義》，北京：中國社會科學出版社，2005，頁221。

[60] 〈論中國之前途與國民應盡之責任〉，《湖北學生界》第三期，1903。轉引自陶緒《晚清民族主義思潮》，北京：人民出版社，1995，頁152。

[61] 《孫中山全集》，北京：中華書局出版（第一冊），1986，頁237。

　　故在此，我們可以看到國族主義是如何在晚清被激發，或激盪為共同的情感，以催生一個具有共同信念和共同意志的國族[62]。所以，從歷史的脈絡中我們可以窺見，中國的國族是由一連串的政治危機所產生出來的社會共同體。即從推翻滿清帝制到中華民國的建立，這過程所展現的，即從現代國族主義的啟蒙，乃至以終結傳統中國「家天下」的政治體制，並企圖通過種種現代化的革新，以期將中國帶進世界中心去的夢想，都是起自於西方列強入侵的結果；所以章太炎才會說：「今之建國，由他國之外鑠我也」[63]，這實質指明了中國國族主體的構築，是與作為「他者」的西方列強和殖民侵略者從外部激發而起的。換句話說，是西方「他者」環伺的目光，構成了現代「中國」的生成，這無疑也成了中國現代史上，極之重要的一頁。

---

[62] 在傳統中國，民族的認同是以文化與道德為依據。它超越了種族、血統、語言的認定，故夏夷之辨，是以儒家的綱常倫理與道德教化為依歸的，在春秋戰國時就已有「諸夏用夷禮則夷之，夷狄用諸夏禮則諸夏之」的說法了。而「以夏變夷」，即在文化大一統的原則下成了一種民族認同的秩序。這也意味著儒家意識形態認同代替了民族認同的價值，故費正清（John King Fairbank）稱此文化大一統為「華夏中心主義」（Sinocentrism）。在這「華夏中心主義」的觀念下，「天下」成了一種政治文化理想的世界。因為只要文化統一，政治統一也會隨之形成。而國家的觀念向來淡薄，何況它在中文概念裏，並不具有現代國家的統治、主權與共同體的涵義。因此，中國的國族意識，要到了1840年鴉片戰爭，英國的入侵迫使中國從自己的「天下」走出來，發現外在世界的存在，以及1894年甲午戰爭失敗，徹底摧毀了傳統的「天下」觀後，在亡種亡族亡文化的危機中，才真正的在晚清萌發與形成。

[63] 章太炎〈四惑論〉《章太炎全集》（第四卷），上海：人民出版社，1986，頁443。

　　而做爲被國族主義所產生的國族，不但如葛爾納（Ernest Gellner）和霍布斯邦（Eric Hobsbwam）的論述，是被發明和被建構的社群，而且也是一個被「想像的共同體」（imagined）。安德森（Benedict Anderson）特別提出這「想像」的概念，以凸顯出在現代資本主義印刷技術的提升與傳播擴散下，使得不同口語的族群能在統一的「印刷語言」（print-languages）中，產生一種「我群」的想像連結。故居散各處，互不認識的數百萬讀者群眾，在小說與報紙這兩種印刷術的想像形式裏，穿越了「同質而空洞的時間」，蘊釀出了休戚與共的「同族」心理情感，自然而然的也會由此形成共同體的胚胎。故安德森（Benedict Anderson）強調十九世紀「國族」成爲「想像的共同體」，是與資本主義生產體系、印刷技術以及人類語言的分歧性是分不開的[64]。而在這想像的過程裏，許多個體（可見的）已被歸入爲群體（不可見）之中，凝聚爲一股潛藏的勢力。易言之，想像的共同體是不受空間地理的限制的，通過閱讀，他們在共享意象（不是共享距離）的同時，建築出一種記憶，或一種能激盪出共同情感的意念，以形成國族認同的意識。

---

[64] Anderson認為促成新的共同體成爲想像的，是「一種生產體系和生產關係（資本主義），一種傳播科技（印刷品），和人類語言宿命的多樣性」。即基於資本主義的市場與商業化，並借助印刷技術的發明與不斷進步，使得各地不同方言的讀者群，在印刷語言（可以成爲字體又具有優勢政治權力的某個方言）的統一下，可以進行讀寫溝通，進而在閱讀中，創造出想像的共同體。故在此，Anderson所提出的這三種因素，相互作用，缺一不可。相關論述可見Benedict Anderson著，吳叡人譯《想像的共同體——民族主義的起源與散布》，台北：時報文化出版社，1999，頁49-56。

　　在此，小說做為一種重現國族想像的形式，在印刷資本主義的推動下，成了可以喚起國族意識的召喚術。如安德森（Benedict Anderson）以菲律賓民族主義之父Jose Rizal所寫的《社會之癌》（Nori Me Tangere）為例，指出小說中的某些意象，可在許多讀者的心中召喚出一個想像的共同體來[65]。而經由這樣的想像世界，實際上也將使讀者群確信他們所想像的，是實存於日常生活之中，或成為現實情景的一部分。何況小說有其內在相互聯繫的象徵代碼，它所構成的文本語境，將使讀者群在「可見與不可見」中把自己滲入故事裡，或從故事中召喚出共同的記憶來。這恰如阿契貝（Chinua Achebe）所說的：「故事界定了我們」[66]，所以在一些國族主義運動中，我們可以窺見，國族主義者常藉由文學，尤其是小說家打磨出具有凝聚力的象徵，讓讀者在閱讀想像時，從「我」的個體，納入到「我們」的群體中，而形成了某種生命的共同體。所以Anderson以小說（及報紙）衍生想像的國族，或國族的想像，是深具象徵意義的。

第四節　研究成果與本書架構

一、研究成果概述

　　關於中國現代小說的研究，港、台和大陸兩岸三地，以及西

---

[65] 見Benedict Anderson著，吳叡人譯《想像的共同體——民族主義的起源與散布》，台北：時報文化出版社，1999，頁30-31。

[66] 見Elleke Boehmer著，盛寧譯《殖民與後殖民文學》，香港：牛津出版社，1998，頁6。

方學者等，已有不少的專書論著，其中佼佼者如夏志清的《中國現代小說史》，無疑是歐美中國現代文學研究開山之作和最具典範與影響力的論著。此一專書綜論四十年來（1917-1957年）中國現代小說的流變與傳承，全書承襲英美人文主義的大傳統，以新批評（New Criticism）的方法細讀文本，其見解獨到，是許多研究中國現代小說者不可或缺的參考資料。唯此一著作較重史的脈絡，並以小說家專論舖成史觀，且以右派觀點出發，故曾被一些大陸學者譏為「對眾多的作家與作品作了錯誤的評價」[67]，然而，就此書中所指出中國現代文學具有感時憂國的精神之說，卻可謂慧眼獨具。

此外，李歐梵在〈中國文學的現代化之路〉，以兩小節〈追求現代性〉（1895-1927）與〈走上革命之路〉（1927-1949）做為探討中國文學的趨向，準確展現了中國現代小說的史觀思路。尤其以斷代問題為要，指出中國現代小說演變的行跡，清楚梳理出了小說的生產、傳播、嬗變的時代意義功能。而他在另一篇論文〈現代中國文學中的浪漫個人主義〉[68]則強調中國現代小說的發展，不論寫實或象徵，基本上都呈現著一種浪漫的傾向。此一詮釋框架，開就了往後中國現代小說研究者有關於現代性、革命和浪漫主義的論述之風。

至於向來對中國現代小說著力甚深的王德威，則發表了不

---

[67] 見趙遐秋、曾慶瑞，《中國現代小說史》，北京：中國人民大學，1984，頁8。在此趙、曾兩位學者，認為夏志清在小說史的撰寫上，存在著一種特殊的價值觀，以致他的文學史觀亦有偏差。

[68] 李歐梵相關論文，可參閱《現代性的追求──李歐梵文化評論選集》，台北：麥田出版，1996。

少的中國現代小說論著，其中比較具有代表性的論文有〈從頭說起—魯迅、沈從文與砍頭〉[69]，通過身體與象徵、刑罰與權威的主題，論述小說通過暴力所展示的一種政治姿態，闡述其與社會／國家系統形成內部連結，進而遙指向以國族做為中國現代敘事能量的起源。此論文也開啟了中國現代小說裡，身體被關注、凝視與研究的起點。其另一篇論文〈戀愛加革命〉[70]，則以三位左派作家：茅盾、蔣光慈、白薇為例，討論1927年後作家的戀史與小說，以及政治的糾結。歷史的想像、革命的活動、愛情的遊戲和敘事的欲望，在徘徊於政治與身體，現實與虛構間，輻湊成了現代中國小說中某種修辭和意識形態的展現。此論文開拓了文學與歷史的辯證關係，並提供了一個論述的新視域。而王德威的專著《寫實主義與中國現代小說：茅盾、老舍、沈從文》[71]，以三位小說家的作品，探討寫實主義在寫實敘事中所呈現三種不同的層面：政治與歷史、諷刺與批判、鄉土與鄉愁。由此，他力陳寫實主義不應被視為一種模擬的觀念，而是具有多重聲調，以展示了寫實與虛構的互動辨證關係。此一論說，與安敏成（Marston Anderson，1953-1992）在《現實主義的限制—革命時代的中國小說》（The Limits of Realism：Chinese Fiction in the Revolution）[72]一書

---

[69] 參見王德威著《小說中國──晚清到當代的中文小說》，台北：麥田出版，1993，頁15-29。

[70] 王德威著《歷史與怪獸：歷史、暴力、敘事》，台北：麥田出版，2004，頁19-95。

[71] 王德威著《寫實主義與中國現代小說：茅盾、老舍、沈從文》，台北：麥田出版，2009。

[72] 相關資料可見於Anderson Marston, "The Limits of Realism: Chinese Fiction in the Revolutionary Period."Berkeley: University of California Press, 1990. 中文版則有：安敏成著，姜濤譯，《現實主義的限制：革命時代的中國小說》，

中，通過寫實主義去觀照中國現代小說中的寫實批判（主要是以四位作家：魯迅、葉紹均、茅盾、張天翼的作品爲探討對象），遙互呼應，卻又以寫實主義的多聲複調（如老舍的笑謔、沈從文的抒情、茅盾的政治虛構等）去補述了安敏成（Marston Anderson）「寫實主義的限制」之盲點。王德威的此部論著，證見了中國寫實小說「眾聲喧嘩」的特色，無疑是中國現代小說研究的力著。

而西方的學者，則以歐洲漢學家普實克（Jaroslav Průšek，1906-1980）的研究最顯著。他在《二十世紀初的中國小說》研究[73]，提出了中國現代小說的主體性是以抒情爲主調，而且具有史詩的傾向。在研究方法上，他以馬克思主義的觀點與俄國形式主義，觀察中國現代小說形式的轉換，以及探討社會的變遷。普實克的研究，可以說是開啟了中國現代小說研究的另一扇窗口。

除此，相關大陸學者所著的中國現代小說史[74]，兩岸博碩士研究生以個別小說家與小說作品爲研究對象[75]、或以各段時間／

南京：江蘇人民出版社，2001。

[73] 見普實克著、李燕喬等譯，《普實克中國現代文學論文集》，湖南文藝出版社，1987。

[74] 大陸在這二十年來最有特色的三本中國現代小說史有：
1. 趙遐秋、曾慶瑞合著《中國現代小說史》，北京：人民出版社，1984。
2. 田仲濟、孫昌熙合著《中國現代小說史》，濟南，山東文藝出版，1984。
3. 楊義著《中國現代小說史》（上、中、下），北京：人民出版社，1998。
這些小說史主要是以各段時間、各個地區、各種專題與代表作家作品，以及小說現象作爲全體考量，甚至對小說流派及文學思潮亦有詳細的考察與分析。而田、孫二人所著的小說史，卻比較傾向於小說中人物典型的分類陳述，這是與其他兩本小說史最大不同之處。

[75] 主要是通過小說家的生平背景及小說作品進行分類解讀，或從小說的內

年代對敘事的類型做研究[76]、或以性別研究對中國現代小說進行探討[77]等等，多方論述，深層詮釋，繁複的研究方向，使得中國現代小說研究在學術思潮的辯難和方法的推陳出新上，形成了一

容、特色、修辭、技巧、敘述模式、藝術表現手法、思想主題等，進行歸納與探討，相關論文有：

1. 鄭懿瀛《魯迅與中國現代知識份子：從「吶喊」到「彷徨」的心路歷程》（政大歷史所碩論1991。）

2. 魏康扶《郁達夫小說研究》（師大國文所碩論1993）

3. 錢佩霞《沈從文小說研究》（台大中文所碩論1993）

4. 蘇麗明《盧隱及其小說研究》（輔大中文所碩論1995）

5. 辛金順《錢鍾書小說主題思想研究》（中正中文所碩論1999）

6. 李權洪《沈從文小說研究》（政大中文所博士論文2002）

7. 顏建富《論魯迅「彷徨」、「吶喊」之國民性結構》（台大中文所碩論2003）

[76] 以年代區分，如五四時期、或二〇、三〇、四〇年代等，對當時的小說類型與特質進行系統性的觀照，也通過對文學思潮的流向審視小說的發展，由此釐清小說流變上的問題。也有的是通過年代的比較，考察文學流派之間的傳承與變異，以及小說的特色風格，以求其之時代意義。相關論文又：

1. 孫萍萍《四十年代的小說與五四的小說》（武漢大學中文所博論2001）

2. 王燁《二十年代革命小說研究》（武漢大學中文所博論2002）

3. 今炫坰《五四婚戀小說研究》（北京師範大學中文所博論2002）

[77] 通過對某個年代的中國現代小說家所創作的文本，探討中國女性的特質、經驗與主流話語。有者通過女性主義的理論，對相關研究對象與小說進行細讀，並詮述其之小說的特色來，相關的論文有：

1. 鄭宜芬《五四時期（1917-1927）的女性小說研究》（政大中文所碩論1995）

2. 蔡玫姿《發現女學生－五四時期流通文本女學生角色之呈現》（清大碩論1997）

3. 林幸謙《從女性視角重讀張愛玲的小說》（香港中文大學中文所博論1997）

4. 劉乃慈《第二／現代性：五四女性小說研究》（台灣淡江中文所碩論2002）

個更大的開拓場域。

　　至於有關中國近代社會，國族與身體的研究成果方面，主要的有黃金麟著《歷史、身體、國家——近代中國的身體形成1895-1937》。此書企圖通過身體社會學，去考察中國身體在歷史演變中的生成，並連結著政治與國族，思索身體在近代中國的發展趨向和特質。而作者以四個面向，即身體的國家化和使命化的開展、身體法權化的誕生與演變、身體的時間化走向，以及身體在空間化的展示，陳述了近代中國身體在建構過程中的形成、發展、價值認定，以及在歷史連續性裡成了教化權力與知識連結的場域。黃金麟以傅柯（Michel Foucault）的懲罰與規訓，和韋伯（Max Webber）的理性化計算做為觀看身體的發展，幽微指出身體至終將會成為政治烏托邦的燔祭。此書無疑是一本開啟近代中國社會身體學的重要著作。

　　借助於文化研究理論的崛起，以及現代西方身體學的論述深拓，加之海外學者如李歐梵、王德威、王斑、周蕾等人在中國現代文學有關身體論述上的啟發，使得大陸學界在近年來對文學中身體的審視和討論，也給予了更大的關注。如葛紅兵和宋耕著《身體政治》，以古代中國、古希臘與現代西方身體觀切入，論述中國現當代文學中所涉及的身體書寫。從理論探討到文本分析；從先秦、五四、文革到當代的創作意識；從身體書寫、性政治，及至後現代，紛陳雜亂闡述著身體在中國政治中的存在處境。此書最大弊病在於身體論述缺乏系統，焦點失散，理論概括貧弱，斷代不清，並無法梳理出身體意識轉型的流變，但就其論及五四新文化革命身體政治觀念方面，以病、睡、狂、頹梳理了魯迅小說中的身體隱喻，仍可發人深思及可供為參考的

視點。

　　相對於《身體政治學》一書，黃曉華在《現代人建構的身體維度——中國現代文學身體意識論》，則以傅柯的社會身體學和尼采的生理身體論述，系統化的將中國現代文學中各流派（人生派、藝術派、革命派、翻身派）所敘述的「現代人」，進行評析、研討，並由此把握住中國現代文學身體意識的流變與轉型。潭光輝則通過了疾病的隱喻，挖掘了身體修辭學裡有關於中國文學中的疾病意義指向，並通過疾病隱喻細緻梳理了1902-1949年小說中病症的呈現方式，以及其遞變的歷程[78]。由此也證見了疾病詩學對瞭解國族的重要性。這一論述和分析，將黃子平早期對疾病隱喻和文學生產的一個初探加以擴大和拓深[79]，此外，李自芬卻從中國現代小說中，去探索中國新身體的存在形式，進而關注在現代性體驗之下，現代性如何對個人身體銘刻意義，或從思想層面進行啟蒙的問題[80]。中國舊身體的轉換，新身體的塑成，交接於時代遞換、文化更變和政治鼎移之際，身體在文學中的安置，遂成了意義的新焦點。李自芬的論述，引以小說的身體敘

[78] 潭光輝著《症狀的症狀——疾病隱喻與中國現代小說》，北京：中國社會科學出版，2007。

[79] 黃子平所著有關疾病隱喻和中國文學的關係，可閱〈病的隱喻與文學生產——丁玲的「在醫院中」及其他〉，此篇論文的問題意識主要是圍繞在「棄醫從文」的辨證上，從魯迅如何進入小說創作，到丁玲「在醫院」女主角的企圖拯救病患到被拯救的過程，論述了中國文學在病症詩學中的生成。此文因很多面向尚未觸及，故只能說是初探。氏著收入於唐小兵編《再解讀——大眾文藝與藝術形態》，香港：牛津出版社，1993。

[80] 李自芬著《現代性體驗與身份認同——中國現代小說的身體敘事研究》，四川：巴蜀書社，2009。

事，驗證中國新身體生成的軌跡，及探尋現代性與中國身份認同的互動關係，做了相當細緻和深入的探討。故這三本以身體詩學去論述中國現代文學的論文，可以說是近五年來大陸學界有關於中國現代文學中身體論述相當令人矚目的論著。

海外學者方面，有關於中國現代文學與身體論述的研究，從早期王德威提醒中國現代文學要從「頭」說起，潛隱著身體與中國文學的想像，以及這想像做為中國現代文學認識機制的起源之一[81]。而後有王斑以「雄渾」（sublime）做為一套以身體為界面或意象的文學經驗結構，敘述中國美學的陽剛風格[82]；周蕾則是從女性與中國現代性，言說了女性主體在中國現代文學中的位置，如對茅盾小說〈虹〉的乳房身體意象，或張愛玲小說中女性（〈半生緣〉的顧曼楨、〈金鎖記〉的曹七巧）存在秩序的闡述，以揭示現代性在現代中國文學敘事中的改變和影響[83]。而劉禾在《語際書寫──現代思想史寫作批判綱要》論及〈重返《生死場》〉一章，辯證蕭紅在小說中所表現的女性身體，是做為國族興亡的意義場而存在的。至於新進學者如劉劍梅所著的《革命與情愛──二十世紀中國小說史中的女性身體與主題重述》一書，追蹤女性身體敘事的主題研究，另闢蹊徑，從革命加戀愛的小說，爬梳處在動盪與劇變時代中女性身體，是如何接受政治權

---

[81] 相關論述見王德威著〈從頭說起──魯迅、沈從文與砍頭〉，《小說中國：晚清到當代的中文小說》，台北：麥田出版，頁15-29，1993。

[82] 參見Ban Wang "The Sublime Figure of History: Aesthetics and Polirics in Twentieth-Century China", Stanford, calif: stanford University press, 1997。

[83] 參閱周蕾（Rey Chow）著〈現代性和敘事──女性的細節描述〉，《婦女與中國現代性──東西方之間閱讀記》，台北：麥田出版，頁167-234，1995。

力所左右，銘刻和扭曲的過程，進而以女性身體、政治暴力、現代性等，考察了從1930年到1970年代革命話語循環下，所形成的一系列表演式（Performative）之文學生產。[84]這些研究成果，理論與方法兼容並蓄，博采多義，展示了中國現代文學中身體論述研究的新視域／新座標。

　　總體而言，雖然有關於中國現代文學與身體論述的研究日趨豐碩，但做為比較具有系統性的專論，畢竟仍然不多。而將小說中的身體敘事，連接國族的隱喻，進而研究其間中國身體／國體的現代性欲望和想像的論文，至今仍然空缺。因此，本書選擇此一議題進行探索，冀望能由此在中國現代小說的研究上，提供另一個觀點，以補充中國現代小說在這方面研究的不足。而以上所提及的各學者研究成果，也將一併納入到本人的研究思辯理路上，或進行對話，或供參考、或成為研究養料，希望以此能豐富起本書的研究內涵。

二、 章次說明

　　做為一種文學的想像，我們感到好奇的是，中國現代小說如何在敘事中上去想像現代中國？尤其是做為中國近代史上，由一系列政治與文化挫折中產生出來的現代小說，自五四以降，就被認定是一種民族國家的產物[85]，況且在某些作家的創作意識中，

---

[84] 劉劍梅著《革命與情愛──二十世紀中國小說史中的女性身體與主題重述》，上海：三聯，2009。

[85] 劉禾（Lydia.H.Liu）認為自五四以來的現代文學，是與中國現代民族國家反抗列強侵略的歷史脫離不了關係的，因此她提出了「『五四』以來被稱之為『現代文學』的東西，其實是一種民族國家文學」的看法。也就是說，中國現代文學生產的背後，是有其使命與歷史語境的。見劉禾著

它甚至被視爲一種改造中國／國體的工具。因此在小說的虛構中，我們不時可以窺見政治歷史的光影貫穿其間的迷魅和幻思，有些小說更是成了「國魂的召喚、國體的凝聚、國格的塑造、乃至國史的編纂」[86]，以至於詹明信（Fredric Jameson）將這些文本歸類爲「民族寓言」來閱讀：「第三世界的文本，甚至那些看起來好像是關於個人和利比多趨力的文本，總是以民族寓言的形式來投射一種政治：關於個人命運的故事，包含著第三世界的大眾文化和社會受到衝擊的寓言」[87]，而寓言內部的象徵，均指向了國族的政治敘事，故詹明信指出，魯迅筆下的小說，不論是狂人與吃人，買血、賣血與沾血的饅頭（人藥），還是阿Q的中國形象隱喻和砍頭場面等，都徵示著一種國體的病態，而這類身體／國體的凝視，如第二節所提及的，其實不只是魯迅筆下獨有的故事，在葉紹均、許地山、冰心、巴金、魯彥、茅盾、沈從文與老舍等人的小說中也常出現；故身體的被敘述，甚至被寓言化，是一種「想像中國」的方式嗎？又身體如何在那個時代中被想像？它在虛構與現實間，又如何被作家通過敘事技藝，以形象的方式轉化成一種感知符號，並指向國族建構的主體認知與追尋？

　　因此本書將從小說敘事裏的身體，去觀照身體與國體之間的政治符碼關係，並從中探討中國現代小說在國族建構企劃的想像

　　〈文本、批評與民族國家文學——「生死場」的啟示〉，收入於唐小兵編《再解讀：大眾文藝與意識形態》，香港：牛津出版社，1993，頁30。

[86] 王德威〈序：小說中國〉《想像中國的方法：歷史、小說、敘事》，北京：商務出版社，1998，頁1。

[87] 見詹明信著，張京媛譯《馬克思主義：後冷戰時代的思索》，香港：牛津大學出版社，1994，頁93。

方式、類型、寓意和演變過程。大致上，本書將從以下的章次展開問題意識與說明：

（一）中國現代小說、國族、身體

　　本章主要是關注小說如何以一種現代性的敘事，進入現代中國的歷史場域？或是在怎樣的一個歷史背景，和思想變革中，成為救亡圖存與建構國族的想像工具？而從梁啟超等人提倡小說新民和救國開始，小說原本做為一個敘述想像世界的文類，卻被賦予一個「新」的使命，即以政治的視域，開啟了改革群治的工作。這使得小說與身體／國體形成了連結，由此構成了一種身體書寫的神符意識——想像「新中國」。故在此所要叩問的是，現代小說與「新小說」的內在意志書寫，是否有其關聯性？若有，則其關聯性為何？換句話說，從「新」到「現代」，小說在中國，是以怎樣的一個身體姿態出場？因這樣的姿態，以致小說在「五四」，被設定在怎樣的一個敘事位置上？它在這個位置上又構成一個怎樣的歷史和現代性想像？而身體如何在近代中國被凝視，又如何被想像捕捉和被文本銘刻為民族國家的新史，以及如何在「五四」現代小說中，被敘寫為啟蒙／救亡敘事的焦點——一種「政／治」的身體隱喻？除了提出和釐清這些問題外，本章也對引用於本書的論述方法——「身體」、「國族」、「國族想像」等概念，進行了一個比較周圓的定義和闡釋，並對一些專家學者所著作的現代小說史、身體論述等文獻進行回顧和參考，並由此希望能展開一個現代中國小說的身體與國族之論述。

（二）身體歷史敘事：從儒家身體、新民到新青年

第二章則是聚焦於考察中國近代知識份子對身體改造的想像和演繹，並提出「國民」在政治意識中如何被召喚、想像與敘述，以及身體如何被納入到國族的建構中來進行思考？其實，對於中國身體話語的構成，是因應著不同時代、位置、與政治需要，以及在直線性時間和進化觀念驅動下，所產生出來的。在這樣的歷史語境裡，「國民」身體的建構，又是如何被提出與展開？而西方的身體符號，在這場中國身體建構的工程／運動中，如何成為一種鏡像，以做為對傳統儒家身體的改革，重塑、甚至刪除？除此，晚清知識份子在借用西方身體符號去進行國族主體建構的這一過程中，是否會產生疑惑？或主體認同的焦慮？且又如何去尋找「國魂」與自我認同？就這方面，本章以「老大帝國」、「少年中國」、「新青年」的身體擬像想像，分成三節，去探討中國身體演繹的內涵特質、歷史脈絡、政治欲望和國族想像的追求；並從中辨析「新國民」與「新青年」之間的迥異性，及在國體面對存亡威脅之際，展現著怎樣一種時代不同的對應。而小說，做為一個承載著身體的敘事文類，如何以文學的修辭，隱喻著身體建構國體的能指，去刻錄作家經驗自我與一個時代的聲音，亦將在此加以說明。

（三）身體啟蒙敘事：國民神話的演繹

而做為一種論述的延伸，第三章所要探討的是，五四小說家如何通過啟蒙敘事，啟動了以身體最為批判場域的「國民性批判」話語？就西方啟蒙思想而言，理性做為一種「除魅」的徵

象，是將人從基督教神學的蒙昧中解放出來。然而在中國現代性的啟蒙話語中，科學理性卻是用以將封建傳統禮教的千年枷鎖從身體上打開，並將身體從家交給了民族國家。唯在此所要提問的是：「國民性批判」是如何通過身體的啟蒙話語去進行？在小說敘事中，又如何呈現？以及以甚麼方式治療？故於第一節裡，說明晚清知識份子在新國民群體建構的視域期待下，如何以「喚醒」與「治病」的啟蒙敘事模式對身體進行改革與重塑，這樣的啟蒙敘事對「五四」，尤其魯迅造成怎樣的影響？而魯迅則如何以身體敘事做為發動啟蒙的符號，在國民性批判中，以示眾的方式，展開一系列中國鄉土身體圖象，進行改革，並在現代性／進步的自覺意識裡，幽微地顯現了他在現代國族建構的心理意圖。此外，在朝向國家形式化的追求，由魯迅所影響的鄉土小說，又展現了一種怎樣的鄉土國民性，在現代線性時間的發展與進步追求下，對鄉土身體，進行怎樣的一種批判？這樣的身體啟蒙敘事，又對現代國族建構，形成了怎樣的表述方式？

　　第二節則討論處於三〇年代中的作家，如何去書寫國民性的問題──即國民性如何批判？而夾雜在革命文學的蕭殺之聲裡，以及五四自由解放呼號漸消的時代中，國民性改革仍被視為一種新民族、新社會與新國家的國族身體建構性話語。在此，本節獨舉出老舍與沈從文二人的小說，論析其等如何以戲仿和寓言的方式，遙應二〇年代國民性批判的書寫，並在國族主體建構裡，尋找國民性神話中的歷史超越。順而也探討老舍如何以小說敘事，消解「新青年」的身體，由此指出青年身體在「新」的價值中迷失，這種文化危機，凸顯了現代中國身體構成的曲折與艱難。

（四）身體出走敘事：身體解放和國族主體建構

　　在中國身體追逐現代性的過程，每一步身體傾前的移動，必然要面對時間與空間的轉換，此一變更，也自然會造成時空巨大的斷裂。即背離古典時間，走向現代時間。這種割除過去，追求未來的身體行動姿態，表徵著中國身體急切尋找新秩序與新生活，以及恐懼於被世界拋離的焦慮。因此，身體只有向前出走，才能展現出進步與新生命的動力。易言之，身體必須得到解放，從羈絆中獲取自由，始有自主性。此一自主性，也將可形構國族主體的獨立地位。故第四章以身體出走，論述「五四」以降的中國現代小說，如何通過身體的前傾，去開啟一個中國現代性場景的追求，以及經由個體的自由解放，如何啟動著現代國族建構想像的符號。第一節所要探尋的是「離家」出走在現代小說中形成怎樣的一個意義指向？子／父、現代／傳統、國／家的對置，如何被編碼，並在身體解放的修辭中，展現為一種怎樣的革命性敘事？又女性身體如何以「離家」的方式，被收編於男性的國族話語空間裡？或如何被收編？

　　從離家而促動離鄉，這種空間的跨界，也形成兩種時間的隔離，文化的變異（傳統／現代），身體在不同的時空中移位，將會產生怎樣的存在體驗，或怎樣的文化視域？它是以怎樣的敘述模式出現，又如何與國族的建構形成連結？這是第二節所要處理的問題，並藉此以魯迅、巴金和焚蘆（師陀）的小說做為討論的對象。

　　第三節則將視點放在「出國」的身體上，尤其以留學生文學為主，追尋他們在異域身影背後，所隱藏的歷史創傷記憶。這

創傷記憶所承載的是一個國族主體與身份認同的問題。即在中國身體跨向世界的同時，終於讓他們面對到了「我是誰」與「誰是我」的一個存在處境。在此，小說家是如何通過敘事進行中國身體認識自我的過程？它形成怎樣的身體寓言表述？主體又如何投向了集體的想像，而建立一個統合性的國族訴求？除此，不同的留學教育環境與存在處境，將迴映出怎樣的身體／國體之建構？這都將在此節做一詳細的探析。

（五）結論

　　總結前面數章的討論，並提出了中國現代小說身體敘事在國族建構中的一個意義指向。而感時憂國，所憂的是一個怎樣的國？在身體的被啟蒙，革命、救亡曲折的敘事中，擬實的書寫把美學放逐到了邊緣處境，並將目光調定在國族自我的塑造上，一文一字，一心一意，以身體想像國體，在啟蒙和自由解放中，暴力的革命中，或救亡的戰亂中，以民族欲力，血與淚（郭沫若語），如何去組構／想像一個中國？因此，從梁啟超虛構西方「以小說救國」到「五四」以後的現代小說，其間，以身體寓意國族建構，是否有所轉變？而這樣的書寫，在現代小說史上，將形成一個怎樣的指向？

第二章　歷史身體敘事：

儒家身體、新民、新青年

在近代中國身體的演繹上，「國民」幾乎成了中國知識份子在身體改革運動中的關注焦點，更是國族建構的重要概念。它凸顯了一個政治意識的覺醒，以及自我主體的追尋。從晚清到「五四」，做為一個集體性實體（collective entity）的國民，不斷地被中國知識份子「召喚」出來，以去改造社會大眾長久以來禁錮在傳統君主世界的封閉思想。因此，如果說傳統中國是以儒家的宗法家族、道德倫理與科舉爲架構的政治體系，則在這政治體系下所教化出來的忠君、尊孔、禮義、奴性等等思維，輻湊成了一群沒有自我面孔的群眾。這些傳統中的臣民（subject）、順民和賤民，毫無主體意識，更無個體生命價值的自我認知。如晚清知識份子所指出的

> 民者，出粟米，通貨財以事其上之名詞也。自數千年之歷史觀之，以言名義，則蟻民可已、小民可已、賤民可已、頑民可已，與國家果有若何之關係？[1]

這些民眾，沒有所謂的國家觀念，他們長久馴伏在王權專制的政體之下，習爲備役，鑄就奴性，因此只是皇帝的家奴而已。

---

[1] 見〈嗚呼國民之前途〉，《國民日日報彙編》影印本（原刊於1903年），第三集，頁602。

所以晚清與五四的啟蒙主義者認為，中國歷史上只有奴隸，沒有國民，而且這些人都只顧及個人私益，一切唯利是圖，借用梁啟超的啟蒙話語：「有能富我者，吾願為之吮癰；有能貴我者，吾願為之叩頭。其來歷如何，豈必問也？」[2]，而魯迅則認為，中國歷史所寫下的是一冊「想做奴隸而不得」和「暫時做穩了奴隸」的循環時代，中國文明只是吃人與被吃的筵宴[3]。換句話說，在他們的認知裏，傳統中國的歷史只是一部家族史與大奴隸史所構成而已。所以從晚清知識份子以來，他們集矢批判的，就是這些毫無國家觀念，習為奴隸以致無「國民」意識的民族劣根性。也就是因為沒有國家觀念，不知愛國，導致中國面臨了被西方列強瓜分的危境。這些思想在當時很快地被轉化成了印刷語言（print-languages），不斷地被闡發，被宣傳，並為中國國族建構提供了一個無限想像的歷史空間。

也就是在於這些想像中，晚清知識份子意識到國族的存亡，必須繫乎於國民整體的改造工程，不論是從政治、文化或道德意識層面，只有進行全盤的改革和重塑，才有可能使民眾化奴隸為國民，將千年來迂愚、迷昧、麻木、保守、怯懦和奴性的陳年舊習，從中國身體上一一革除，使國民不但真正認知自我的權利，而且在群體凝聚中合成強大有力的國體，以抵禦一切外在的挑戰。晚清知識份子即在這樣的一個思想歷史背景中，挪借了西方現代國家結構和意識形態，掀起了一場「國民／民體」與「國家

---

[2] 見梁啟超，〈新民說‧論國家思想〉，《梁啟超全集》（第二冊），北京：北京出版社，1999，頁666。

[3] 參閱魯迅，〈燈下漫筆〉，《魯迅全集》（第一卷），北京：人民文學出版社，1981，頁215。

／國體」的啟蒙運動。在這場不流血的身體革命中,「國民性批判」成了啟蒙的主調,而且隨著政治局勢的轉變,不但在晚清開啟了一個極爲廣闊的知識場域,更在「五四」、三〇年代,演化成爲中國現代小說中重要的思想主題。

因此,在這樣的身體改造思維下,身體的被觀看,以及身體話語的建構,成了現代自我想像和民族國家建構的出發點。在此,身體的被政治化,只有一個目的——即救亡:挽救國家被西方列強瓜分的命運。另一方面,在「進化」思想的促動下,身體的變革,成了中國身體從「傳統」邁向「現代化」進程中的一個論述重點。唯身體在歷史的語境中,自受縛於儒家傳統禮法和名教所鑄就的奴性,到晚清時所召喚出來的新民,以及五四時期的「新青年」,其間的轉折、演繹、變動和塑成,無疑是具有一定發生學的意義。所以基於這樣的理解,本章試圖將現代中國身體的改造以及其建構歷程進行考察,並將它納入到中國現代文化／文學的解讀上,窺探中國國民身體在敘事和想像話語中,如何與晚清及五四知識份子的存在體驗與知識結構等,形成一個互動的關聯。

但同時也必須在此指出,國民身體在現代國族的話語建構中,是被想像、論述和敘事出來的[4]。故沒有想像、論述和敘事,則就無法進行任何建構,特別是處在動蕩不安與發生危機

---

[4] 關於這方面的敘述,可見李歐梵引梁啟超的「新民說」爲例,指出梁氏是通過印刷媒體,以及小說去塑造新民,並希望由此去吸引讀者群,以開啟民智。甚至讀者群也是想像出來的,即通過想像,想像讀者能和作者一樣,在想像中去尋求新民和新國家的建構。參李歐梵《中國現代文學與現代性十講》,北京:北京大學出版社,2002,頁10-11。

的時期，面臨著個人身份的失落與國族存亡受到威脅之際，焦慮與壓抑情緒所形成的沉痛之情，成了當時知識／文化場域的身體／精神創傷與話語表述。如英國文化社會學者拉雷恩（Jorge Larrain）所指出的：「這種動蕩和危機的產生源于其他文化的衝擊，或面對其他文化的破壞和侵吞，才會如此。」[5]對於晚清和五四知識份子而言，其處境正如上述。故身體的想像與敘事，放在這樣的歷史框架中，較能考察出晚清與五四知識份子，在召喚新國民，或想像新青年的身體改造運動上，如何去完成一份現代國族身份的自我建構。

第一節　老大帝國、儒家身體的改寫

從鴉片戰爭、中法戰爭到甲午戰爭，晚清歷史無疑是在一系列戰敗的迫簽和約，割地賠款中呈現了一冊殘破的敗局；古老中國更是在東西帝國主義列強瓜分攘奪之下，面臨了重重的危機[6]；如光緒二十四年（1898）十一月初一，《知新報》上一篇文章所描述的：

---

[5]　參Jorge Larrain，"Ideoloty and cultural identity: Modernity and the third world presence" Cambridge, UK, Cambridge, MA: Polity press, 1994. p194。

[6]　十九世紀的歐洲資本主義和種族主義國家，以及學習西方文明進步主義的日本，在「優勝劣敗」和「物競天擇」的進化論中，不斷在商業和軍事上進行彼此的競爭，一方面卻企圖由此建立強大的國族和文化殖民，因此遂有西方征服東方；日本明治政府打著文明開化的旗幟侵略或壓迫比它落後的東亞國家等事件。而中國在十九世紀末與二十世紀初被西方與日本侵略，無疑亦與此「進化觀」和殖民意識有極大的關係。

> 彰彰西報日播瓜分之謠,渺渺中州將蹈波蘭之轍,外人之
> 涎我土地也,故萬國一心,況俄德下點于東北,英國下點
> 于長江,法人下點于滇粵,日人下于閩浙,危哉累卵,痛
> 哉剝膚……江山四望,忍豆剖而付人。[7]

　　因此,在外國列強競相侵削的狂潮之下,他們深恐整個社
會即將面臨全面的解組,整個文化價值也會面對徹底消失的威
脅,以致於亡國滅種幾乎成了當時知識份子心理上揮之不去的魅
影,一如康有爲所憂慮的:「內地權利盡失,危亡逼迫若火燎
原」[8],或「中國祖宗失傳之遺業,遂爾寂寂可危」[9];是以在面
臨此一亡國滅種的危難狀況中,唯一的抵禦方式,就是喚起民族
主義以抵制外強侵略擴展的主張,並以此尋求救亡圖存的途徑。
這樣的民族主義救亡方式,可從1895年至1898年,由一些知識份
子所組成的「強學會」、「知恥學會」、「群萌學會」、「同心
會」、「匡時學會」、「保國會」、「勵志會」等等新式學會,
如雨後春筍在各地成立可窺見一斑[10],這不但充分反映出了他們
心中所隱含的國族和文化存亡的巨大焦慮,也透顯了他們企圖以

---

[7]　〈八月六日朝受可十大可痛說〉,《知新報》第七十四冊,光緒二十四
　　年十一月初一日。轉引自陶緒著《晚清民族主義思潮》,北京:人民出
　　版社,1995,頁148。

[8]　康有爲,〈敬謝天恩并統籌全局折〉,《康有爲文集》(上),北京:
　　古籍出版社,1987,頁215。

[9]　〈論中國時局危急〉,《昌言報》第七冊,光緒二十四年九月初六日,
　　轉引自陶緒著《晚清民族主義思潮》,北京:人民出版社,1995,頁
　　148。

[10]　王爾敏,《中國近代思想史論》,北京:社會科學文獻出版社,2003,
　　頁33。

「合群」、「自強」、「自保」等民族主義的主張，奮起抵禦外侮的求存意志。就以康有為（1858-1927）創辦的「保國會」來說，其宗旨是以保國、保種、保教為三大重心，在這一連串的「保」字之下，深刻地說明了救亡的痛切和急迫性。而康有為於1898年在「保國會」上的著名演說，更為當時國勢瀕危的時代做了最詳實的描述與沉痛的呼號：

> 吾中國四萬萬人，無貴無賤，當今日在覆屋之下，漏舟之中，薪火之上，如籠中之鳥，釜底之魚，牢中之囚，為奴隸，為牛馬，為犬羊，聽人驅使，聽人宰割，此四千年中二十朝未有之奇變，加以聖教式微，種族淪亡，奇慘大痛，真有不能言者也。[11]

在此，「中國四萬萬人」的民體和「四千年中二十朝」宇宙王制（cosmological kingship）的古老國體，無疑已陷入了一種危亡和崩解之中[12]。家國成了「覆屋」與「漏舟」，如劉鶚（1858-1909）在《老殘遊記》（1907）裏將中國隱喻為破漏欲沉的危船一樣，備受摧殘，已不再是一艘「乘長風破巨浪」的快艇了；而

---

[11] 康有為，《康有為文集》（上），北京：古籍出版社，1987，頁125。

[12] 自殷周以來的政治秩序，是以天命、陰陽、五行、理、氣，包括儒家的天人合一等傳統的宇宙論所組構而成的，此一傳統的宇宙論，尤其是儒家的世界觀在晚清面臨西潮的衝激，以致其價值體現在現實中無法像過去般天經地義的被認同與堅持，而導致逐漸解體的狀況。王制的崩解，使得晚清知識階層的價值取向危機（orientational crisis）更形加激，及產生更大的精神意義的失落及挫折感。相關論述可參閱張灝著，陳正國譯，〈轉型時代中國烏托邦主義的興起〉，《新史學》十四卷二期，2003.6，頁1-42。

清廷長久以來的積弱，更迫使族民困死舟中，或被囚為奴隸，失去自由與尊嚴。因而，晚清知識份子即在這份救亡圖存的憂患意識下，急切地想去尋求變法靈丹，以達到救國的目的。這是當時知識份子對「強勢逼迫」的普遍共識。梁啟超就曾直接的以「大勢相迫，非可閼制，變亦變，不變亦變」[13]的陳述做為改革的堅決姿態，並將變革稱為「天下公理」。而他的老師康有為更強調不但要變，而且要全變：「能變則全，不變則亡；全變則強，小變仍亡。」唯有通過變革，或進行全面性的改造，才可能將長久以來，建基在國家官僚機構及宗法家族的儒家意識形態和封建專制制度革除，並為古老中國挹注新生的力量。

是以，不論是從政治方面的開制度、立憲法、改國號；經濟方面的開礦產、修鐵路、辦商會、發展近代工業；文化教育方面的廢科舉、立學堂、廣譯書、派留學、設報館；或社會風氣方面的禁纏足、改制服等等改革措施，包羅萬象的，無不涉及到國體改造計劃的大敘述。雖然改良派最後在戊戌政變中失敗了，如李澤厚所指出的，此一失敗無疑是宣告了一個激進的政治制度改革計劃之結束[14]，但「求變／改造」的思想在晚清知識階層已成了一股擋不住的洪流。那時，一些知識份子也意識到，民族主體的建立與自我意識的覺醒，不是一朝一夕所能完成，而是需要更長時間的工程。尤其是中國若想擠入現代世界的版圖中，成為富強

---

[13] 梁啟超，〈變法通議·論不變法之害〉，《梁啟超全集》（第一冊），北京：北京出版社，1999，頁14。

[14] 李澤厚認為，從鴉片戰爭、中法戰爭到甲午戰爭後的軍事技術改革、經濟改革，以及政治制度改革等，都是晚清力圖思變的自強之道，然而戊戌政變的失敗，卻可以視為晚清政治改造計劃的階段性結束。參閱李澤厚，《中國近代思想史論》，台北：風雲出版社，1990，頁33-93。

的民族國家，則一切的計劃，就必須從解決傳統思想的糾葛與人民的改造工程開始。

在這思想氛圍中，嚴復（1853-1921）卻選擇了以三本翻譯名著敲開了儒家意識形態下「聖聖相傳」及「禮儀之邦」的哲學觀和社會觀之核心：

（一）以《天演論》的「進化」代替「天不變，道亦不變」之傳統宇宙觀，故他對儒家的衛道之士提出了棒喝之言：「嗟乎，物類之生乳者至多，存者至寡，存亡之間，間不容髮。其種亦下，其存彌難，此不僅物然而已。」[15]因此，他舉墨、澳二州土人蕭瑟的事例，告誡說：「知徒高睨大談萬書夏軒輊之間」，那麼必將面臨亡國滅種之災：「祖父之聖，何就子孫之童昏之也哉。」[16]所以應該拋棄數千年來傳統儒家封建思想，積極變法圖強，抵抗外國侵略，才能救中國於滅亡之災。

（二）以《原富》的「求富求強」思想變為聖人之道；即借用英國古典經濟學家亞當斯密（Adam Smith1723-1790）經典之作所倡導的商品自由價格和市場價值分析，主張民族資本的自由發展，並反對政府的干涉，由此宣揚自由放任的經濟以達致「求強求富」的目的。另一方面也批駁儒家傳統「正其誼不謀其利」重

---

[15] 參嚴復譯，《天演論‧異言三‧趨異》，北京：華夏出版社，2002，頁32。

[16] 同上注，《天演論‧自序》，頁7。

義輕利的義利觀，而在按語指出：「民所以爲仁者登，爲不仁者若崩，而治化之所難進者，分義利爲二者害之也。……故天演之道，不以淺乎，昏子之利爲利矣，亦不以谿刻自敦，濫施妄與者之意爲義，以其無所利也，庶幾義利合，民利從善，而治化之進不遠焉」[17]，在此他認爲道義和功利是統一的，利人和利己是一致的，不應將兩者對立起來。唯有去掉儒家的義利觀，才能使國家富強。

（三）以《群己權界論》（穆勒J. S. Mill《論自由》）的自由論，打破以中國爲天下中心的封閉觀念，進而強調建立新社會與新世界秩序的重要。在此，他將穆勒尊重個性，以及保障個人自由引介進中國，並在譯作的觀點上，以「群己權界」的觀點，強調自由與管制之間的平衡，在保障個人自由的同時，也需維繫著群體的利益。並因應著時代的需要，將富強和「己群」並重，且結合在一起。在此可以窺見他所顯露的主體意識，隱匿於國族大敘事的背後，而對翻譯進行有爲自我的具體操作。

而嚴復版的翻譯學說，尤其是進化論，強調社會達爾文主義「物競天擇，適者生存」、「弱肉強食，優勝劣敗」的「天演」思想，目的就是爲了揭示西方富強的原因，並同時指出中國民眾在儒家傳統文化的教化（pedagogical）下，變得保守、頑固、軟

---

[17] 參亞當‧斯密著、嚴復譯，《原富》，北京：商務出版社，1981，頁77。

弱和知足，以致阻礙了中國身體的潛能發展生機[18]，使得中國面臨淪亡的生存危機。換句話說，嚴復其實是企圖借鑑西方的威猛、雄壯、奮勇的身體形態，以做為革除儒家身體柔靜文弱的習氣。故他認為衡量「民」的強弱有三個標準，即：「一曰血氣體力之強，二曰聰明智慮之強，三曰德行仁義之強」，因而他提出了「鼓民力、開民智、興民德」的口號，究其實，這是為強身、強種的國族身體設計下所進行的理論話語。所以，就嚴復而言，統治者長久以來藉著儒家倫理、文化和科舉，對中國身體進行教化與規訓，正是造成「民智日窳，民力日衰」，以及沒有國家觀念的因素。因此，只有通過西方知識，中國身體才能真正擺脫一切無知和蒙昧，而展現出自立、自強、自主的尊嚴[19]。

　　嚴復的翻譯學說，在當時的晚清知識階層引起了相當大的迴響，「天演」、「物競」、「天擇」、「淘汰」等概念，成了當時各報章雜誌上的思維術語，也成了近代家國想像的身體議論。尤其是當義和團以法術蠱惑的偽身體做為暴力的展示，結果卻被西方槍砲下的另一種現代暴力所摧殘時，使得一些知識份子更意

---

[18] 參閱Benjamin Schwartz著、葉鳳美譯，《尋求富強：嚴復與西方》，南京：江蘇人民出版社，1996，頁52-54。

[19] 儒家意識形態其實是一個整體性的思想體系，它包含以家庭倫理為中心、以忠孝仁義為基礎的價值觀，大一統仁政理想的社會觀與「天不變，道亦不變」的哲學觀三個子系統，它形成一個穩定的社會與官僚結構，如「祖宗之法不可變」，即是源自於「天不變，道亦不變」的天道思想。因此嚴復的翻譯學說，如進化、求富、群治等新觀念，不但觸動了千年來無人敢動搖的儒家倫理價值的根柢，而且在改造國民性與建立新的國族觀念提供了一個認知，這也是甚麼嚴復的西學翻譯，尤其是社會達爾文主義會受到當時知識份子的接受，及成為中國社會變革的基礎了。相關論述可參閱金觀濤、劉青峰著《開放中的變遷——再論中國社會超穩定結構》，香港：中文大學出版，1993，頁87-100。

識到在這身體創傷的經驗下，中國人的身體必須強力進行改造／重塑，才能有所作為，而不是在柔弱與蒙昧中為人所魚肉，或智役，更非以瘋狂的暴力姿態成為列強槍炮下的恥辱。身體的檢視與審思，在八國聯軍對中國身體的踐踏後，開始成為各種知識場域的論述，而身體在現代經驗的想像中，也轉向了另一套身體體格改造的教育與規訓，以期由此建立強盛的新興國體。然而，在身體改造的過程中，晚清知識份子卻常常以一種病理化、衰老化，甚至醜怪化的身體形象去對中國國體進行文學修辭式的隱喻，由此以凸顯改造的必要和重要。因此，「儒家身體」也在這樣的論述中被視為昏眊、老朽和衰頹，而必須予以改造和重塑。換言之，中國現代國族的建構，正是藉由改寫／改革身體以重新書寫／重塑其自我之下而成立的。而身體的改寫／改革，背後其實是具有一套認識機制的形構，尤其是當身體被納入到現代性的情境時，在新舊二元框架的辨證中，以及改造的訴求裏，將開展出一個更大的國族想像和論述空間。從梁啟超的「老大帝國」到「少年中國」，「病夫」與「新民」等，無不是在這樣的論述空間進行。因此，從西方借來的知識、文化符號，正形成了當時身體改革的論述資本（discourse capital），並與國體連結，成為現代經驗下的共同想像與實踐界面。

而「儒家身體」[20]做為必須改造的目標，是被置於現代西方視域下進行的。尤其是滿清王權的衰落與舊體制的逐漸崩解，更

---

[20] 在此所謂的「儒家身體」，是指千年來深受「禮教」傳統所規訓的身體，如「非禮勿視、非禮勿聽、非禮勿言，非禮勿動」的訓條歸定了一切身體的行動與行為，而且在三綱五常之下，「君君臣臣父父子子」的忠孝教育，更使傳統中國身體銘刻著奴隸的印記；至於婦女在男權社會

促使改造的速度必須加快，以將過去的殘敗舊軀全都轉化成具有現代意識的國民，讓中國能夠納入到世界的體系中去。因此，在身體改造的過程中，晚清知識份子常常通過「西方－中國」、「新－舊」、「強－弱」的二元辯證，展開他們對中國身體的建構策略。所以，通過與理性的、進步的、科學民主的現代「西方」之對照，則以三綱五常為基本規範，或深受儒家經典、禮儀、倫理，並被科舉長久教化／規訓的「儒家身體」，在這視角下就不免顯得孱弱、蒙昧、老舊與充滿病態的現象。如嚴復就是通過西方科學真理的視角，看出了歷來以漢學考據、宋明義理、四書五經、八股文章等為基礎的科舉制度，是產生「儒家身體」的偽教育，也造成中國人成為病夫，而中國國體成為病體的主因。梁啟超也曾舉《中庸》之言：「寬柔以教，不報無道」和《孝經》之「身體髮膚，不敢毀傷」，說明儒教對身體的侵害之深，以致大多數中國人形體精神「柔弱無骨，頹憊無氣」[21]。因此，在這一「聖人牢籠天下之術」的教化中，是不足於開出民力、民智、民德的現代國民意識與素質，更是變法維新屢受挫折與失敗的因素之一[22]。這樣處於腐敗柔媚學說之中的病體，自是無法抵擋西方列強的侵略與殖民，更不必說是與世競爭了。

中，更是「奴隸中的奴隸」。而儒教的教育，或通過家規、私塾、科舉等等，長久滲透和控制著身體，使整個傳統封建社會，形成了一個超穩定的結構，由此也讓皇權更加鞏固。

[21] 梁啟超，〈中國積弱溯源論〉，如注2，頁416。

[22] 參閱Benjamin Schwartz著、葉鳳美譯，《尋求富強：嚴復與西方》，南京：江蘇人民出版社，1996，，頁78-79。

　　這類終生如蠹魚般皓首於經書的病體，通過梁啟超以西方視角的放大鏡來看，卻成了一個癆病者，臟腑損壞，精血竭蹶[23]，以致看來「翩翩年少，弱不禁風，皤皤老成，尸居餘氣」[24]，或「頹然如老翁，靡然如弱女」[25]，以及「鬼脈陰陰，病質奄奄，女性纖纖，暮色沉沉」[26]的衰殘身態，所以梁啟超無限感慨地指出：「合四萬萬人，而不能得一完備之體格。嗚呼！其人皆為病夫，其國安得不為病國也！」[27]身體與國體在此疊合為一，並在病理化的想像中，被賦予「弱質」、「死容」、「無人道」，甚至「鬼氣」的形象，而處於必須儘快被治療、改造與重塑的情境。

　　因此，經由「西方－中國」二元對照所形成的差異，及「儒家身體」的被凝視與想像，正是晚清知識份子在改造「中國身體」過程中的一種論述策略與表現。伍渥（Kathryn Woodward）在論及文化認同的建構過程中，曾指出知識份子往往就是通過二元對立下的「差異」（difference），才能清楚地辨認自我的身份處境，瞭解「我是誰」，主體與他者的位置等等問題，以及由此一差異建構，認識真正的自己[28]。而身體做為銘刻（inscription）

---

[23] 梁啟超，〈中國積弱溯源論〉：「嗚呼！中國之弱，至今日而極矣……譬有患癆病者，其臟腑之損失，其精血之竭蹶，以非一日，昧者不察，謂為無病。」，參《梁啟超全集》（第二冊），北京：北京出版社，1999，頁412。

[24] 梁啟超，〈新民說・論毅力〉，如上注，頁706。

[25] 梁啟超，〈新民說・論尚武〉，如上注，頁712。

[26] 梁啟超，〈新民說・論進取冒險〉，如上注，頁670。

[27] 梁啟超，〈新民說・論尚武〉，如上注，頁713。

[28] 參閱Kathryn Woodward ed"Identity And Difference"1997 Sage Publications Inc.。P40-43。

認同與差異的辯證場域，在梁啟超的「身體改造」論述中，極為清楚地被展現出來。在〈新民說〉一文中，他就優勝劣敗的觀念，將「白種人」與「他種人」[29]進行二元對照，並將前者視為強者，優於他種人，原因在於：

> 他種人好靜，白種人好動；他種人狃於和平，白種人不辭競爭，他種人保守，白種人進取，以故他種人只能發生文明，白種人則能傳播文明。[30]

類此以二元框架的思維模式想像「白種人」與「非白種人」，並由此得出優與劣兩種價值層級，而凸顯了只有將儒家身體進行改造，使孱弱羸怯的病體化為如西方人一般具有公德、冒險尚武的精神，以及積極進取、強勇健壯的身體，才能讓「中國」走出古老的時間，而進入現代的時空，成為現代世界的一部份。是以，在這二元對照中，西方身體做為中國身體的「異己」──異於自己，但卻如鏡子般，鑑照出中國身體的病弱，進而才能促使中國病體予以自我治療與重塑，這無疑形成了一種重新認識自我的方式。所以，梁啟超等人對新國民身體的想像與論述，就是建

---

[29] 梁啟超將世界人種分為五種，即白色民族、黑色民族、紅色民族、棕色民族與黃色民族，而在這五大民族中，他認為以白種人是最強勢與進步，並由此衍生「白種人」與「他種人」（含黑、紅、白、黃四大民族）的二元對照，且以他們的民族特性，論證「白種人」優於「他種人」。相關言說可見梁啟超〈新民說・就優勝劣敗之理以證新民之結果而論及取法之所宜〉，《梁啟超全集》（第二冊），北京：北京出版社，1999，頁658-659。

[30] 梁啟超〈新民說・就優勝劣敗膌理以證新民之結果而論及取法之所宜〉，《梁啟超全集》（第二冊），北京：北京出版社，1999，頁659。

基在這一自我重新認識的自覺意識上,以去解除造成「四萬萬病夫之國」與「人種不強」的困局,並由此建立國族主體的政治欲望。

總之,站在傳統歷史即將終結之處,老大帝國的變革和儒家身體的被改造,無疑標誌著晚清知識份子自覺意識的覺醒,而「中國」由傳統邁向現代的過程中,也需要從身體改造的期待與想像,去開啓近代思想啓蒙的思路,它對辛亥革命時期由革命派提出來的「陶鑄國魂」,與五四時期所宣揚的「改造國民性」,都留下了極大的影響。然而,在晚清以中國國體做為一個集體身份(collective identity)加以演繹,如上述所言,仍與西方身體相互糾結,在「中－西」二元的對立與對照下,中國身體即不能改頭換面,變臉整容為「白種人」,又不願再穿起儒冠禮服,哈腰彎背露盡奴才相,因此只能往神話裏頭尋找共同的祖源,而召喚(interpellation)出雄武四方的黃帝,以做為凝聚現代國族認同的象徵,此一神話身體,不只被晚清知識份子用來「振興國魂」,以抵禦西方的殖民,及作為排滿革命的手段,而且更被供為國民的精神指標,中國國體的象徵符號。如梁啓超所撰的愛國樂曲,就直接的以黃帝做為國族認同的歷史符碼,其詞曰:

> 巍巍我祖名軒轅,明德一何遠。手闢亞洲第一國,布地金盈寸。山河錦繡爛其明,處處皆遺念。嗟我子孫!保持勿墜乃祖之光榮。[31]

---

[31] 梁啓超,〈愛國歌四章〉,《梁啓超全集》(第九冊),北京:北京出版社,1999,頁5429。

至於，鄒容在《革命軍》中，則喊出：

> 中國一塊土，為我始祖黃帝所遺傳，子子孫孫，綿綿延
> 延，生於斯、長於斯、衣食於斯，當共守勿替，有異種賤
> 族，染指於我中國，侵佔我皇漢民族之一切權利者，吾同
> 胞當不惜生命共逐之，以復我權利。[32]

除此之外，陳天華在其小說《猛回頭》和《警世鐘》裡，也將黃帝稱為「始祖公公」，故黃帝在此被想像、建構、認同，說明神話提供了一個媒介，可經由想像而建構的集體身份，化為現代形式的民族自覺，並通過血緣論述，強化內部的凝聚力量，以對抗外侮和引導革命實踐[33]。魯迅在東京留學時，於1903年初所寫的〈自題小像〉末句：「我以我血薦軒轅」[34]，寄託了一個做為

---

[32] 鄒容，〈革命軍〉，《革命先烈先進詩文選集》（鄒容選集），台北：國父百年誕辰籌委會出版，1965，頁13。

[33] 黃帝成為中國民族的始祖，以及「炎、黃子孫」的稱號，都是二十世紀國族主義建構的產品。如孫隆基所指出的，春秋以前的文獻如《詩經》、《書經》等所記載最古的帝王只止於禹，不曾提及黃帝、堯和舜；《論語》、《孟子》、《墨子》等書則上溯到堯、舜，卻不及黃帝，而黃帝的傳說，要到戰國時期才盛行，即使如此，在《史記》裡，黃帝在〈五帝本紀〉中也只是成為帝系之首，而非國族的奠基者。見氏著〈清季民族主義與黃帝崇拜之發明〉《歷史學家的經線》，香港：花千樹出版社，2005，頁7。而關於黃帝神話與晚清國族建構的詳細敘述，可參閱沈松橋的〈我以我血薦軒轅〉，收錄於盧建榮主編《中國新文化史──性別、政治與集體心態》，台北：麥田出版社，2001，頁281-364。

[34] 魯迅〈自題小像〉的七絕詩，意在述志，全詩為：「靈台無計逃神矢，風雨如磐暗故國；寄意寒星荃不察，我以我血薦軒轅。」這首詩是魯迅在1903年初剪掉了象徵滿州統治的辮子，並拍了一張「剪髮照」，提在

具有「炎黃子孫」血統對國族多難的憂懷，及抱著參與革命的意願，就是一個最佳的例子。因此，從「黃帝」而引申爲「炎黃子孫」，此一近代中國國族想像的隱喻，無疑具有符號政治（symbolic politics）的意態，也凸顯了中國身體在追尋自我主體的過程中，企圖掙脫異己（滿清／西方）影響的潛在欲望，以及爲了追求現代化與保留國魂之間的矛盾心理現象[35]。

而儒家身體的改造與擬塑，從另一個角度而言，卻是指向現代情境中，主體從歷史移置出來的一份認同，亦即由傳統的臣民／奴民轉化爲具有現代意識的國民，一個具有國家觀念的群體。此一主體認同的過程，可以依據拉岡（Jacques Lacan 1901-1981）的「鏡像」理論來加以詮說。就拉岡的觀察，經由「鏡像階段」（mirror phase）的鏡中意象（imago），「自我」（ego）在經過發展才能建構而成的。也就是說，主體透過鏡像認識自己時，因爲所依據的是外在的「他者」（other），以致鏡中意象成立的同時，主體也處在「分裂」之中，因此，主體要依靠鏡像他者，才能建構「自我」的形象，可是另一方面，又擔心「他者」將威脅「自我」的存在，以致引發了主體爲「他者」所取代的焦慮感。

照片後寄給同鄉好友許壽裳的。見《魯迅作品精華》（第二卷），香港：三聯書店，1998，頁339。

[35] 在近代中國「國族」的建構歷史過程，自晚清以來，神話中的黃帝被想像爲國族認同的歷史符號，與晚清及五四知識份子對傳統的批判形成了矛盾的現象。然而我們可以發現，對傳統批判，是基於革新的論述下形成，而對黃帝此一選擇性的歷史記憶，則可視爲這些知識份子在身份認同的同一性，或中國主體性追尋過程中，用以擺脫西方糾纏的一種焦慮表現。因此，由此身份劃定之主體認同，可與異己／他者做一區隔，或保持拒離，以凸顯民族的獨特性。故神話身體的被運作與儒家身體的被批判，是有所差異的。

　　因而，西方身體做為「他者」，是中國身體改造：即儒家身體轉換成為「新民／國民」的一個依據。然而主體認同的焦慮，卻引致了一種選擇性的歷史記憶，即召喚出黃帝做為國族認同的符號，以確立主體自身。這可以說是一個認同的弔詭。唯睽諸晚清以降，至五四與三〇年代的論述與敘事，都在這一身體認同的過程中，努力地探索著「假我」、「真我」的確認與誤認姿態中前進。因此，在「自我認同」的進程裏，儒家病體的治療與重塑，甚至到五四時期「打倒孔家店」的革命話語，是中國身體在現代「自我」形塑的一個必然過程。因為，在幻認之中，如拉岡指出的：「一旦獲取了形象，變革與轉化也會在主體之內跟著產生」[36]了，是以，主體的認同，是通過變革之中而逐漸形成，這是中國身體在建立現代化國家的進程中，所不可避免的現象。

第二節　少年中國、新民身體的想像

　　因此，「新民」成了晚清知識份子自我主體的一份追尋。此一「新民」，可以理解為儒家身體改造後國民群體的表徵。也就是梁啟超所強調的「新本」之人格理想與社會價值觀[37]。它不

---

[36] 參閱Lacan，Jacques. "Ecrits: A Selection"Ed and trans. Alan Sheridan. New York and London: Norton, 1977. P4

[37] 梁啟超在〈新民說‧釋新民之義〉嘗謂：「淬厲其所本有而新之，採補其本無而新之」（如注2，頁657），前者意謂接收傳統文化中的精華，並進行更新、改造，且賦予新內容。後者則是指出需以西方文化為參照系，找出傳統中國身體的缺乏與劣質，並加以補救。也就是說，「本／主體」文化仍須保存，但思想觀念必須加以改造，以鑄新人格，或變化

再是與「君」相對的「民」，而是與「國」相聯的「民」了；不是「一私人之權力所團成」的「臣民」，而是「一私人之結集」而成的「國民」。是獨立自主及具有自由意志，與附屬於他者的「奴隸」成了強烈的對照。此外，「新民」身體在晚清的論述，可以說是延著嚴復的自強理念：「開民智、鼓民力、新民德」發展出來的。所謂「鼓民力」，主要是禁止鴉片與廢除纏足，以使體魄強健，進而才能提高民智與民德。「開民智」則是主張廢除八股，提倡西學，使國民在新知的啟迪下，進行除魅／昧的工作，並經由科學真理，打開面對世界的視野；至於「新民德」，意在培養國民愛國公德，倡導國民選舉，革除封建專制舊體，由此「合天下之私以為公」，以提升國民思想道德素質。故嚴復說：「三者誠進，則其治標而標立；三者不進，則其標雖治，終亦無功。」[38]因此，民力、智力、公德結為一體，指向身體改造後與世競強的一種手段，一個國家求強致富的大夢。

在此，身體成了尋求救國富國的工具，並在「進化」的故事裏，不斷地被想像、宣傳與重述。所以在這「改造國族」身體的敘事主調上，身體被重新發現、凝視、反省與批判，並在「新民」的符號中重新編碼與建構，以期走進世界的大故事中，無疑是晚清知識份子在拯救國家的歷史情境裡，勢在必行的工程。如梁啟超在〈新民議〉一文中就指出：「中國群治之現象，殆無一不當從根柢處摧陷廓清，除舊而布新者也。」[39]晚清知識份子意

氣質，才能促使傳統身體轉化為現代國民，救國圖存，甚至強種強國。

[38] 嚴復，〈原強〉，《嚴復集》（第一冊），北京：中華書局，1986，頁31。

[39] 梁啟超，〈新民議〉，如注2，頁620。

識到，人種不強，皆因墨守舊習所致，因此，只有將千年腐敗柔媚的學說，橫掃廓清，使「數百萬如蠹魚、如鸚鵡、如水母、如畜犬之學子，毋得搖筆弄舌，舞文嚼字，為民賊之後援。」[40]唯有如此，才能瓦解由科舉建構而成的儒家意識形態與奴隸性格，並通過新式教育與西方思想的灌注，新國民的觀念，才有根植的可能。因此，處於這樣的論述下，「新民」在晚清集體的想像中，無疑被打造成了一個國族計畫：一個強國強種之「道」。

實際上，早在1900年所發表的「少年中國說」，梁啟超就已在召喚他的「國族新民」──「少年中國」了。他以文學修辭構想的「少年」，如朝陽、如乳虎、如俠、如春前之草，充滿著進取、盛氣、豪壯、冒險，以及能創造未來的世界。此一「少年」身體的想像與召喚，不單只是對於被西風吹成腐朽「老大」的帝國之批判，而是可被視為「新民」的開端，國族新體的憧憬與期待。故他說：

> 使舉國之少年而果為少年也，則吾中國為未來之國，其進步未可量也。使舉國少年為老大也，則吾中國為過去之國，其漸亡可翹足而待也。故今日之責任不在他人，而全在我少年。少年智則國智，少年富則國富，少年強則國強，少年獨立則國獨立，少年自由則國自由，少年進步則國進步，少年勝歐洲則國勝歐洲，少年雄於地球則國雄於地球。[41]

---

[40] 梁啟超，〈新民說‧論進步〉，如上注，頁688。
[41] 梁啟超，〈少年中國說〉，如上注，頁411。

故少年如日初昇，雄壯奮發的精神，在此成了開發一個新興國族
的夢想與喻託。因而，從「少年」身體演化成「新民」，則是更
進一步地將身體推向了國民整體塑造的完成。「新民」的品質德
行，如公德心、自由、自治、合群、冒險進取與尚武的精神等
等，正是「少年」身體據於從舊體制的層層框架和桎梏中，掙脫
與解放出來的強大力量。因此，「少年」、「新民」、「國民」
內延於國族群體的想像，全都指向了國體建構的理想情境，一個
「救亡」的身體話語：

> 國也者，積民而成。國之有民，猶身之有四肢、五臟、筋
> 脈、血輪也。未有四肢已斷、五臟已瘵、筋脈已傷、血輪
> 已涸，而身猶能存者。則亦未有其民愚陋、怯弱、渙散、
> 混濁，而國猶能立者。故欲其身之長生久視，則攝生之術
> 不可不明，欲其國之安富尊榮，則新民之道不可不講。[42]

由此民體而組為國體，或國家身體化，敘說了國族欲望的集體
需求，以期跨越國道危難的處境。所謂「民族之實驗，只有兩
途，不為國民，即為奴隸。」[43]，「新民」的召喚，國民意識的
倡導，無非是避免淪為亡國之奴，成為他人牛馬；另一方面，由
此改造，也為了去掉銘刻於中國身體的千年奴性，一種內化為民
眾的意識結構與行為模式[44]：愚昧、自私、好偽、怯懦、麻木等

---

[42] 梁啟超，〈新民說・緒論〉，如上注，頁655。

[43] 佚名，〈箴奴隸〉，《國民日日報匯編》（第一集），1904，頁25。

[44] 日本明治維新時期的啟蒙者，福澤諭吉就曾指出，中國國民奴性的根源
其實是源自於儒家的名教綱常與道德教化，故其曰：「支那舊教，莫重

性格。這些被視為造成中國國體積弱的陳年積習，只能從文化與道德的根柢上進行改造。如梁啟超所說：「此根性不破，雖有國不得謂之有人，雖有人不得謂之有國」[45]。故「新民」的提出，以新風俗德行，重鑄國族身體，在某方面而言，正是以身體敘事，在「國家」的前提之下重新書寫歷史，以及建構它的未來。所以從「新民」到「塑造國民」的口號下，通過自由、自尊、自治、平等、民主、民權等西方自由主義的思想觀念，加以重新編碼，然後將個人身體置於群體之中，進而納入國體的建構裏。

易言之，晚清知識份子所關懷的，並非個人的個性發展，而是社會群體與國家的存在意義。這與西方自由主義者如洛克（John Lock 1632-1704）或彌爾（John Stuart Mill 1806-1873）所強調的個體自由與權利的伸張相反，而是一種「群治」的集體主義理想[46]。是以，在這狀態中，身體在此被政治欲望所想像、符號化，甚至工具化，這正是晚清知識份子企圖在國族的編寫中，去書寫一冊面向西方，又抵禦西方的現代化國族敘事[47]。

於禮樂。禮也者，使人柔順屈從；樂也者，所以調和民間勃郁不平之氣，使之恭順于民賊之下者也。」（相關論述可參閱林正珍《近代日本的國族敘事——福澤諭吉的文明論》，台北：桂冠出版社，2002，頁60-75。）

[45] 梁啟超，〈國民十大元氣論・獨立論〉，如注2，頁269。

[46] 張灝認為梁啟超的「新民」，是比較類似以集體主義取向的古希臘國民，而不像以個人主義作為一個重要因素的近代民主國家之國民。參見張灝著，崔志海、葛夫平譯《梁啟超與中國思想的過渡（1890-1907）》，南京：江蘇人民出版社，1997，頁155。

[47] Prasenjit Duara 就曾指出，「非西方世界」國家，尤其是日本與中國，在現代化的追求中，往往以一種攝取與揚棄「他者」來產生知識，通過這種方式，以使主體不至於喪失。而「改造國族」的敘事，其實也是在學習與抵抗西方的意識下完成的。相關論述可參見Prasenjit Duara（杜贊奇）

　　總之，「新民」的身體想像，其終極目標無非在於「新國體」的建構。梁啟超很明白地指出：「苟有新民，何患無新制度？無新政府？無新國家？」[48]是以，身體被武裝、被重新編碼，甚至以「新」代「舊」，討伐所有奴性、愚昧、羸怯、醜怪與病態的老大身體，是晚清知識份子面臨內憂外患的救國方法之一。因為國體要新生，並進入和參與新世界，則身體必先進行根本的改造，此一同體進化，是現代國族建構的必然過程。因此，置於這樣一個敘述脈絡下，梁啟超後來所倡導「新小說」的思路，其實也是循著此一國族建構的邏輯進行的：「今日欲改良群治，必自小說界革命始；欲新民，必自新小說始」。也就是說欲新國須先新民；欲新民須先新風俗道德；欲新風俗道德，須先新小說。小說與「新民」在「國族」的聖化與神化中被緊密地連接上關係，而文學也在這一口號聲中，被賦予了改造國民身體，重塑國民靈魂的政治責任——一個國民性神話的大敘述[49]也跟著產生。

　　實際上，晚清知識份子筆下的「新民」、「群體」、「國民」的身體敘述，乃被假設為一個具有內聚力的集體性主體，而且又是由印刷語言所塑造出來的。如安德森（Benedict Anderson

---

著、王憲明譯，《從民族國家拯救歷史：民族主義話語與中國現代史研究》，北京：社會科學文獻出版社，2003，頁3-10。

[48] 梁啟超，〈新民說・論新民為今日中國第一急務〉，如注2，頁655。

[49] Benedict Anderson就曾指出，任何一個新興的民族國家被想像出來之後，勢必要為自己製造一套神話，這套神話性的大敘述（grand narrative），通常是建立在被選擇的記憶之上的。由此，才能讓國民在共同的想像中對國族有所認同。相關論述可見Benedict Anderson著，吳睿人譯，《想像的共同體：民族主義的起源與散布》，台北：時報出版，1999，頁17-37。

1936- ）所指出：國族有一個界定性的統一系統，蘊藏於自我想像的自覺意識之中。也就是說它是一種想像的政治共同體，在自我主權意識覺醒中被塑造出來。而在《想像的共同體》一書中，安德森提出了「國族」的起源，最初是通過文字的閱讀與想像所形構而成。他借用了班雅明（Walter Benjamin 1892-1940）的「同質與空洞的時間」概念，以陳述想像的共時性。並認為此一想像必須藉由兩種重要的印刷媒介，即小說與報紙，做為重現「國族」的方式。因此他說：

> 在積極的意義上促使新的共同體成為可想像的，是一種生產體系和生產體關係（資本主義），一種傳播科技（印刷品），和人類語言宿命的多樣性這三個因素之間的半偶然，卻又富於爆炸性的相互作用。[50]

　　而小說與報紙在這三個因素（資本主義、印刷品、語言）的結合中，連結了讀者群，在「可見之不可見」當中，促成了社會群體共同想像的作用。由此，回到晚清知識份子企圖造就「新國民」身體，也就是如何將「老大帝國」轉化成為「少年中國」的問題，無疑是梁啟超等人所必須面對與思索的。「新民」如何被召喚，正意味著「群體」或「國民」是如何被想像、敘事與建構，以及集體意識（collective conscience）又如何在想像與敘事中發揮身體改造的最大作用。在這方面，晚清知識份子企圖通過辦報，或提倡「新小說」來達成他們改造身體的理想。易言之，

---

[50] 如上注，頁53。

就是利用印刷文字做為一種啟蒙媒介，經由交流與傳播所形成的
共同想像，以改變和突破傳統群體的思想觀念，並由此通向國族
身體建構的大夢。所以，李歐梵就曾指出：梁啟超在辦報之初，
提出〈新民說〉，主要是希望通過最有效的印刷媒體創造出讀者
來，並由此去開啟民智[51]。而以這種方式去製造讀者群體，想像
「新民」——身體改造，並促進中國現代性主體的構成，無疑是
當時晚清知識份子所認為最重要與最有效的方式。

　　所以，想像「新民」，是晚清國族主義者在創造「國族」
身體的一種表述。他們通過了報紙與小說，以形成想像的社群，
並由此擬構了一種文化想像的身體改造運動。因此，梁啟超在
日本橫濱辦《清議報》（1898），將它做為「國民耳目」與「維
新喉舌」，目的並不單止用於接續維新變革的輿論傳播，或提供
一個公共的論述空間而已，實際上它也成了一個想像社群與凝集
國族的工具。《清議報》中的一些文章如：〈論中國人種之將
來〉（第19冊）、〈論近世國民競爭之大勢及中國之前途〉（第
30冊）、〈論中國存亡之決定于今日〉（第38冊）、〈論中國救
亡當自增內力〉（第41冊）等等，無不在於對身體與國體的改造
及建設上大作議論，並企望由此指引出中國的新未來。然而，最
重要的是，在《清議報》中還提倡、推荐與譯印「政治小說」，
並且鼓吹將政治議論寄寓於小說之中，或轉引英人之說，將小
說譽為「國民之魂」[52]，由此開啟了一個以小說為身體重塑的敘

---

[51] 李歐梵，《中國現代文學與現代性十講》，上海：復旦大學出版社，
　　2002，頁11。

[52] 見梁啟超，〈譯印政治小說序〉，《梁啟超全集》（第1冊），北京：北
　　京出版社，1999，頁172。

事話語。它接駁上了梁啟超後來於《新民叢報》（1902）與《新小說》（1902）所倡導的「小說界革命」宣言，強調小說具有「薰、浸、提、刺」[53]的身體改造／教化功能，甚至認為可以藉此建設新道德、新風俗和新人格的理想。這樣的敘事話語與文學想像，正是以「群治改良」為指向，進而以「新國民」的政治身體改革與建構為終極目的。因此，「新小說」成了「想像新民」及「想像中國」的工具，以在想像社群中尋找身體改造的認同。

　　而梁啟超未完成的政治小說〈新中國未來記〉[54]，可以說是結合著理論與實踐，對「新民」身體改造與國族建構進行了敘事想像的最佳例子。在這篇小說中，「未來」、「新民」、「新中國」，被連結及相疊為一個豐富的身體象徵意義，並探向了新興國體的追尋與憧憬。如小說中的黃克強、李去病、陳猛三人，無

---

[53] 梁啟超在〈論小說與群治之關係〉中，提及「小說有不可思議之力支配人道故」，主要是因為小說有四種功能，即：「薰」、「浸」、「刺」、「提」。所謂「薰」，是指小說如煙霧一樣，無孔不入，使人處於其包圍當中，無法逃脫其感染；「浸」，則指讀小說時被其所浸潤，與小說中的人物同悲共喜，融合一起。「刺」，是受小說中人物、事件、社會境況所刺激，如當頭棒喝，意味無窮；「提」，是通過閱讀小說提神，提高思想認識，領略人生哲理，頓悟經國治世之道。經此四力，就可新道德、新風俗、新人心、新人格，及新一國之民。這意味著，它對身體改造是具有深入與巨大的影響。相關資料見《梁啟超全集》（第2冊），北京：北京出版社，1999，頁884-885。

[54] 嚴格而言，梁啟超的〈新中國未來記〉，夾雜了許多政治論辯，並載入了法律、章程、演說、論文、譯介等，並不太符合小說的呈現方式，梁氏也自覺到這一點，因此在其「緒言」中提到這小說：「似說部非說部，似稗史非稗史，似論著非論著，不知成何種文體。」（〈新中國未來記〉，《梁啟超全集》（第10冊），北京：北京出版社，1999，頁5609）

疑演繹了梁啟超所大力提倡的「新民」理想人格。黃克強留學英、德，而李去病則留學英、法，不論是代表改良派，或是革命派，他們都是「中國未來的主人翁」，是被賦予拯救和建立現代民族國家的重任，以及將引領中國進入世界歷史的進程中。故在他們身上，不再具有迂腐八股習氣，而是學貫中西，滿懷朝氣，又具有愛國的情操。在議論間，他們常常左舉民權自主，右批喪國奴性，及從君主立憲制到革命進行正反辯駁，陳述了新民新國的身體政治欲望，也由此串接上國族主體建構的理想，展現了「少年中國」／「新民」的特質。除此之外，他們的名字，做為一種指稱，無疑隱喻著梁啟超對「少年中國」／「新民」身體形態的寄望──「強」、「猛」、「去病」，正符合了梁氏在「尚武的精神」論述中，所提出「心力」、「膽力」和「體力」的體魄和精神標準。故在建構現代國族的想像中，需要具備能承載新知識／思想的健康與強壯的身體，這也呼應了小說新民的想像話語，及以身體做為小說啟蒙和國族建構的功用[55]。

除此之外，陳天華（1875-1905）的〈獅子吼〉（1905）以「種族革命」與「政治革命」，構想國民身體的自強自立，並由此展現了革命後對國族建構的一分夢想，無疑也為「新民」的身

---

[55] 雖然很多評論者認為《新中國未來記》的教誨意識過強，整篇小說又抄錄了許多黨綱條文，夾雜了演講與政治辯駁，滿紙政治說教，以致成了一部對話體的「發表政見，商榷國計」之書。然而就梁啟超企圖以一種新的民族身體想像進行大敘事，以及通過此一大敘事傳達政治訊息／理念而言，《中國未來記》還算是成功的。相關討論可見於阿英著，《晚清小說史》，北京：東方出版社，1996，頁87。此外，康來新亦認為〈新中國未來記〉是梁啟超「眼高手低的一個殘局」（《晚清小說理論研究》，台北：大安出版社，1986，頁108。

體想像留下了一個空間。如小說中將中國比喻成即將覺醒的睡獅，及描述孫念祖赴美學習政法、孫肖祖到德國研究陸軍，而孫繩祖和狄必攘則是通過辦報與撰寫小說以開通民智等等救國行動，輻湊交織出一幅「國民新圖」的想像，也凸顯了晚清知識份子對國族主體建構的期待與渴望。在此，歷史與敘事，寫實與虛構，在紙面上進行凝聚、塑造，並且為拯救中國身體而吶喊，這些吶喊更成了這時期一些感時憂國之士的寫作動力。

　　另一方面，在小說被視為具有「不可思議之支配人道」的力量機動下，身體也邁入了晚清政治革命的想像場域，在凌空蹈虛之筆底，不斷被賦予建構中國未來的希望。而國族身體的重塑與建構之想像，在晚清另一位小說家東海覺我（徐念慈的筆名，1875-1908）的科學小說〈新法螺先生譚〉中，可謂是達到登峰造極之境。在小說裏，他以誇張的科幻奇譚筆法，描寫主人公化為強光，降到地球上一家有四萬萬兒女的老翁黃種祖居所，但見老翁的子女有些高臥未醒，有些則處在童稚的蒙昧之中，他們都身中煙毒（鴉片煙），以致氣質愚頑、貪婪、迷信，又體格羸弱。中國的國民性，在此被荒誕地想像，並被營造成一個身體與國體必須改造才能重生的奇景：

> 見有二三人，繫一頭髮斑白，背屈齒禿之老人于木架，老人眼閉口合，若已死者然。從其頂上鑿一大穴，將其腦汁，用匙取出；旁立一人，手執一器，器中滿盛流質，色白若乳，熱氣蒸騰。取既畢，又將漏斗形玻管，插入頂孔，便將器內流質傾入……。

　　水星上的老人頭頂被鑿開一洞，在熱氣騰騰的腦漿注入顱內後，斑白髮絲即轉爲黑漆、禿齒再生、駝背成直，龍鍾老翁被改造成了雄壯少年，此一「造人術」，正呼應了梁啟超所謂從「老大帝國」轉變成「少年中國」之說。是以，在此洗髓伐毛而返老還童的想像，正訴說了中國身體改造由老朽頑固成爲強壯少年的欲望與夢想，也是晚清知識份子對塑造「新民」的一種無限想望。反而在這政治意識之下，小說成了敘事的工具，身體則成了工具符號，在國族建構的神話中，述說了一個時代的人的大夢。而晚清知識份子在這方面的敘事與身體想像，則表現了一種意識的覺醒（awakening）。如葛爾納（Ernest Gellner）所指出，國族主義者認爲，國族意識的覺醒，在面對異族的侵犯與殖民，將形成強而有力的抗爭與抵禦；此外，國族主義者更常宣稱，國族主義是恆久長存的，只是在某個時候是處於沉睡之中而已[56]。因此，不論是〈獅子吼〉的「睡獅」意象，或是〈新法螺先生譚〉的黃種祖與法螺先生，所展現的正是晚清國族主義者的一種意識，在特定社會狀況下，他們以一套特定的「框架、聲音與敘事結構」構成了此一論述策略[57]，並企圖由此喚醒、凝聚與重塑久已沉睡與積弱的國族身體。

　　因此，召喚「新民」身體的想像，即在國難當前與外族欺凌的危機驅迫下所激發起來的。國族主義的覺醒，無疑爲晚清社

---

[56] 見Ernest Gellner著，李金梅譯，《國族主義》，台北：聯經出版社，2001，頁8-9。Ernest Gellner並不認同國族主義者此一「沉睡論」的論調，他認爲國族主義固然根植人心，但並非普遍存在的現象，它之所以能產生影響力，是因爲受到特定社會狀況所激發起來的（11）。

[57] Ana Maria Alonso，"Thread of Blood: Colonialism, Revolution, and Gender on Mexico's Northern Frontier" Tuscon: University of Arizona Press, 1995 p39。

會開啟了一系列的改革運動。而「振興民族」、「改良群治」與「喚起國魂」的呼聲，也一一從報章雜誌和小說啟蒙的政治意識裏，穿過想像社群，以去擬塑國民群體的共同聲影。這時期，晚清知識份子無不透過種種所能掌握的文化、符號與論述資本，以為國族尋找出路。改造國民的思想／身體，更被獨舉為最重要的項目，其之目的有二，一為救亡，另其一則是藉此以改造舊有帝國體制以成為現代意義的民族國家。

　　故「新民」的被想像，疊合了國民身體的重塑，已被雙重編碼（double coding），個體與國體在此相互連屬[58]，並衍生為一個集體的身體，這如嚴復從「天演論」的理路推演出「群治」的重要性一樣：「將使能群者存，不群者滅；善群者存，不善群者滅。」只有群者凝聚為一個生命共同體，並在共同的政治認同意識下，才能把自己的民族想像為一個統一的歷史主體，由此達成鞏固內部群體的力量，同時也可以抵禦外部挑戰和攻擊的可能；而梁啟超在〈新民說・論自由〉一文裏，則將個人自由納入團體自由來加以論述：「團體自由者，個人自由之積也。人不能離團體而自生存，團體不保其自由，則將有他團焉，自外而侵之、壓之、奪之，則個人自由，更何有也？」[59]這正意味著改造國民身體的關注焦點，並不在於個體／身權的自主獨立，而是身體被工

---

[58] Edmund Morgan 認為「國民」具有兩個身體（people's two bodies），即個別具體的「國民」只是被支配與被宰制的客體（the subjected）而已，並未獲得真正的自主獨立；而另一個作為抽象整體的「國民」，則是掌握統治權威的主體（subject），亦即國體意志的主掌者。相關論述可見Edmund S Morgan, "Inventing the People: The Rise of Popular Sovereignty in England and America" (New York: W. W. Norton & Company 1988) p78-93。

[59] 梁啟超，〈新民說・論自由〉，同注2，頁679。

具化、國家化、資產化，成為在封建體系的制約中，轉移向「國族國家」這具有現代意義的新共同體。所以，「新民」的被符號化，以及身體被重新敘事，正揭示了晚清知識份子對身體的想像，是在國族打造與國家的塑造下，推向一個集體存亡與拯救的歷史境況。因而，新民、新制度、新國家，在立人與救世，啟蒙與救亡的雙重意識中，幾乎已成了晚清那時代最響亮的口號，它對五四文化的先驅者，無疑也留下了極其深遠的影響。

第三節　從《新青年》到「新青年」

晚清知識份子在提倡身體改革，以想像西方做為想像中國的依據，並在對照中，重新編寫自己的過去。然而，這時期的大部份知識份子仍是從科舉考試與傳統教育的規訓中走出來的，即使他們在改革的言談中表現著一種進步的思想，但潛意識裏仍然未能完全脫離那「大學之道，在明明德，在新民」的傳統理路[60]。套句費正清（John King Fairbank）的話說，他們依舊擁抱著「華夏中心主義」（sinocentrism）的觀念[61]，並以此作為國族的認同符號。一直要到1915年後思想觀念大變革的「新文化運動」[62]，

---

[60] 梁啟超在1902年2月8日於日本橫濱，仿傚西方大型綜合性雜誌，創辦了《新民叢刊》，叢刊之名即取義於《大學》的「大學之道，在明明德，在新民」，以此宣揚「開民智」和「造新民」的宗旨。即使從理論上，《新民叢刊》旨在啟發國民的思想，使國民日新又新，但在思維理路上，仍是以「保皇立憲」為主要的思想核心。

[61] 費正清（John King Fairbank），《劍橋中國晚清史》（上卷）北京：中國社會科學院出版，1985，頁88。

[62] 周策縱認為，「新文化運動」應以1915年陳獨秀辦《青年》雜誌做為起點，及至1924年國民黨改組，社會出現參政的熱潮而文化關懷開始被冷

才出現了走出傳統角色的新知識群體，也就是陳獨秀雜誌上所標榜的：「新青年」。金觀濤與劉青峰把這些新知識份子的興起，稱做是「向傳統紳士爭奪文化領導權」[63]的展現。如魯迅〈狂人日記〉裏的狂人，一個接受新式教育的知識份子，回到鄉下面對的卻是整個族群的「吃人」禮教傳統，在這以儒家倫理為社會秩序的傳統中，只有「吃」與「被吃」的關係，因此狂人之「狂」成了一種自覺的清醒，一種與傳統儒家倫理完全決裂的表現。這樣的表現也說明他已是無法再回到那傳統的角色中去了，只有以精神病疾的「狂」，做為自我封閉及抗拒將被吞沒的存在方式。小說的隱喻一方面指向了「撕掉傳統假面」，及對儒家倫理與仁義道德的批判，一方面卻凸顯了新知識身體與傳統社會格格不入的狀況，並以「發狂」棄絕舊文化來取得新生的改造意義。

　　而從晚清科舉考試於1905年被廢除，到新文化運動的展開，剛好是十年。在這十年中，從新式學堂培養出來的新一代知識青年，已與傳統文人迥然不同，他們接受西方知識的教育，也直接面對西方思潮的衝擊，在思想觀念轉變中，導致他們再也不可能回到傳統士大夫的社會角色裏了[64]。這些從傳統社會走出來的知

落為結束，此一運動為期十年。（參閱氏著，〈以五四超越五四〉，《近代中國史研究通訊》第12期，1991，頁25。

[63] 金觀濤、劉青峰，《開放中的變遷──再論中國社會超穩定結構》香港：香港中文大學出版，1993，頁218。

[64] 從1905年，新式學堂的學生人數約25萬8千多人，及至1916年，學生人數暴增至429萬人。新學堂與學生人數的驚速增長，可見下表：

年度	1905	1912	1913	1914	1915	1916
學校數	8,277	87,272	108,448	122,286	129,739	121,119
學生數	25,883	2,993,387	3,643,206	4,075,338	4,294,251	3,974,454

（圖表中學校與學生人數均取自李良玉，《動盪時代的知識份子》浙江：

識青年，普遍上都認為只有將舊倫理完全拋棄掉，就可以建立新的倫理文化，進而就能克服中國社會與政治的底層結構問題。因此，他們高舉著科學與民主的旗幟，反對禮教綱常和文化專制，提倡個性自由解放，如陳獨秀所說的：「要擁護那德先生，便不得不反對孔教、禮法、貞潔、舊倫理、舊政治；要擁護賽先生，便不得不反對舊藝術、舊宗教；要擁護德先生又要擁護賽先生，便不得不反對國粹和舊文學。」及「我們現在認定只有這兩位先生，可以救治中國政治上、道德上、學術上與思想上的一切黑暗。」[65]是以，在這種意識之下，「痛罵孔夫子」、「打倒孔家店」，甚至將「線裝書扔進毛坑裏」的種種否定傳統、批判舊學的言論，幾乎也就成了「五四」前後的一種時尚。在此，新青年成了傳統的叛徒，或向禮教宣戰的鬥士，如魯迅小說〈孤獨者〉的魏連殳一樣，面對亡祖時「只彎一彎腰」，卻「始終沒有流過一滴淚」，他們企圖刷去銘刻在身體上的傳統文化，認為禮教綱常是阻礙中國進入現代時間的攔路石，也是造成民族國家萎靡不振的主要原因。

　　所以陳獨秀在創辦《青年雜誌》（1915年）時，就立意「敬告青年」需自覺於自己的社會價值與責任，並將之比擬如細胞之於身體的意義：

　　人民出版社，1990，頁132。）由此可見，在科舉考試被廢除後的短短十年，接受新式教育的學生人數竟暴增了150倍。中國身體在新式教育的改造後，也自然對當時傳統社會造成很大的衝擊與改變了。

[65] 陳獨秀，〈本志罪案之答辯書〉，《新青年》第6卷第1號，1919年1月15日。

> 青年之于社會，猶新鮮活潑之細胞之在人身。新陳代謝，
> 陳腐朽敗者無時不在天然淘汰之途，與新鮮活潑者以空間
> 之位置及時間之生命。人身遵新陳代謝之道則健康，陳腐
> 朽敗之細胞充塞人身則人身死；社會遵新陳代謝之道則隆
> 盛，陳腐朽敗之分子充塞社會則社會亡。[66]

在此，身體與社會形成了互喻關係，表現了「新青年」要具備青
年的氣質，新鮮活潑的動力，才能建構新社會，故他期許新知識
青年不但要「尊重自然科學實驗哲學，破除迷信妄想」[67]之外，
還要能夠「敏於自覺勇於奮鬥」，或具備「抵抗實行之毅力」，
以創造力與頑強意志，成為氣宇恢宏的新一代。他在1916改版的
《新青年》中，繼續發文對青年身體的塑造提出了一些看法，認
為二十世紀的新青年，應該自主獨立、健壯活潑、進取有為，並
期許在生理上真正完成青年資格，而不是在年齡上成為「偽青
年」而自滿：「慎勿以年齡在青年時代，遂妄自以取得青年之資
格也。」[68]易言之，他對「青年」的定義不在於年歲上，而是在
於其之人格和精神表現的特質。因此，對中國舊青年那種「白面
書生」的文弱體魄與病態身體，陳獨秀奮筆直批道：

> 自生理言之，白面書生，為吾國青年稱美之名詞。民族衰
> 微，即坐此病。美其貌，弱其質，全國青年，悉秉蒲柳之

---

[66] 陳獨秀，〈敬告青年〉，《青年雜誌》（創刊號），第1卷第1號，1915年
9月。

[67] 陳獨秀，〈新青年宣告〉，《青年雜誌》第1卷第6號，1916年2月15日。

[68] 陳獨秀，〈新青年〉，《新青年》雜誌，第2卷第1號，1916年9月1日。

姿，絕無桓武之態。艱難辛苦，力不能堪。青年墮落，壯
無能爲。[69]

類此「年齡雖在青年時代，而身體之強度，已達頭童齒齯之
期」[70]的現象，無疑是造成人爲病夫，國爲病國的弱勢國種。至
於曾經積極參加過「少年中國學會」的李大釗，則企圖以青春身
體，確立中華民族精神的青年化，故他指出：「青春者，非由年
齡而言，乃由精神而言；非由個人而言，乃由社會而言。有老人
青年者，有青年老人者」，所以青年必須新其精神，壯大意志和
磨礪氣節，才能建構現代國族，如德意志那樣，在極短的時間之
內，就可以震動世界、征服世界和改造世界[71]。

是以，青年身體的被凝視、關懷與期待，彰顯出了身體被
視爲具有救國的功能性與工具性的一種想像。在此亦可以窺見，
新文化運動先驅者雖然強調民主與科學，但在其背後，所仰慕的
卻是西方身體的雄偉健壯，如英、美青年的「強武有力」，而非
「手無縛雞之力，心無一夫之雄」的病夫體質。所以在西方身體
的鏡照中，他們看到了令人深恨痛絕的自我形像：萎靡、猥鄙、
粗俗、野悍、瘠而黃、肥而弛、萎而傴僂[72]的「中國身體」。這
樣的身體，在日本人的眼中，卻被編上「支那賤種」、「東亞病

<hr>

[69] 陳獨秀，〈新青年〉，《新青年》第2卷第1號，1916年9月1日。

[70] 同注59。

[71] 參閱李大釗著，《李大釗選集》，北京：人民出版社，1987，頁59。

[72] 陳獨秀在〈近代西洋教育〉一文中引徵了譚嗣同的話，指出：「觀中國
人之體貌，亦有劫數焉。誠以擬西之西人，則見其委靡、見其猥鄙、見
其粗俗、見其野悍、或瘠而黃、或肥而弛、或萎而傴僂，其光明秀偉有
威儀者，千萬不得一二。」見《新青年》第3卷5號，1917年7月。

夫」的歧視性符號。所以做為新一代的知識青年，他們渴求強悍的生命意志與健壯的身體素質，一種「男兒尚雄飛」的氣概，以洗去「賤種」與「病夫」的恥名。因而，「新青年」的提倡，即意味著一種身體改造，一種召喚強健國族體魄的理想；一方面卻對羸弱蒼白、醜怪猥瑣、迷信無知的身體，進行了嚴厲的批判。這也是陳獨秀所謂的「最後覺悟之最後覺悟」——一種對「身體」與「倫理」覺悟的全面展現。

　　對於「新青年」的身體敘事，在五四時期的小說中多有著墨。這些知識青年被想像得如尼采筆下的超人，以堅忍不拔的意志，體現著一種獨立自主，以及強悍的個性與氣格。如冰心〈超人〉裏的何彬，追尋的是一種獨立的人格，拒絕一切憐憫與愛，並以孤獨面對黑暗社會與習俗的虛假。雖然冰心是以反主題的寫法對「超人」形象進行一種否定書寫，且以「母愛」的感召，代替了「憎」的哲學，但何彬的角色卻也言說了當時新知識青年的一種期待與認知。「超人」的想像，彌補了現實中缺席（absent）的角色——一個強健、有力、獨立自主，及不斷否定、超越自己的人格世界。這就像「五四」知識群當時深受尼采對抗傳統與既定習俗的反叛形象所影響一樣，他們在尋求「重估一切價值」，以及衝破「奴性道德」網羅的「超人」，以帶他們走向進步和光明的地方。

　　同樣的，在魯迅筆下的夏瑜，以剛強的身體企圖撐起暴力的革命，即使「關在牢裏，還要勸牢頭造反」，甚至被打也不怕。這樣一個救亡圖存的雄渾體魄，最後卻成了被庸眾視為療治肺癆的「藥」。在此，魯迅巧妙地以兩種身體進行對照：強與弱、健壯與病殘、個體與群體、革命者與庸眾，並強烈地凸顯著革命者

的身體在改造另一身體（庸眾）的艱難與困阨。而革命者的死，不但喚不起群眾的覺醒；沾著革命烈士熱血的饅頭，最後也還是救治不了罹患癆病的華家（中華民族）未來之主人翁。因此，在重塑中國現代身體的過程中，這些強悍健壯或「獨異」的身體，在革命裏不是被炮火所摧殘，就是在刀下成了身首異處的孤魂，他們的身體至終卻成了懲罰與示眾的教材。

魯迅對這些充滿意志力與勇於成為舊社會叛徒的「新青年」，向來是寄於期盼和厚望的，如他在〈無聲的中國〉一文中指出：「青年們先可以將中國變成一個有聲的中國。大膽的說話，勇敢地進行，忘掉了一切利害，推開了古人，將自己的真心的話發表出來。」[73]他強調「新青年」應該先敢說、敢笑、敢哭、敢怒、敢罵、敢打，甚至「在可詛咒的地方擊退可詛咒的時代」[74]，或如黑夜裏的螢火，發一點光，照亮暗寂中無聲的中國。這樣的英雄式想像，敘說了一個歷史時代的格局與期待，由此希望出現更多勇於面對挑戰的「新青年」，去肩起千年「黑暗的閘門」，迎接未來光亮與充滿著各種聲音的中國。

然而更多時候，在小說裏，魯迅筆下的這一類人物，在面對著禮教綱常所形成龐大的社會網絡，卻只能以「瘋」和「狂」的譫妄話語來對抗千年盤踞在古老廟宇／家庭裏的迷魅神論與「仁義道德」。也就是說，唯有讓身體進入「非正常」（abnormal）的精神狀態，狂人與瘋子的個人話語才能否決掉社會的群體話

---

[73] 魯迅，〈三閒集‧無聲的中國〉，《魯迅全集》（第四卷），北經：人民出版社，1981，頁13。

[74] 魯迅，〈華蓋集‧忽然想到〉，《魯迅全集》（第三卷），北京：人民文學出版社，1981，頁43。

語，並從舊有的價值世界中超越出來。如傅柯（Michel Foucault）所指出的：「瘋巔與狂病者是以粗野不羈的言辭宣告了自身的意義；他通過了自己的幻想說出自身隱密的真理；他的吶喊表達了他的良心。」[75]因此，在絕望的反抗中，〈狂人日記〉裏的狂人揭示了禮義之邦竟是「吃人的民族」，並歇斯底里呼喊：「吃人是我哥哥！我是吃人的人的兄弟！我自己被人吃了，可仍然是吃人的人的兄弟！」[76]至於在〈長明燈〉裏的瘋子，面對著吉光屯那盞自梁武帝時點起，「一直傳下來，沒有熄過」的長明燈，則發出了「我要吹熄它」，以及「我放火」[77]的呼聲，這種與儒家倫理及封建制度決絕斷裂（discontinuities）的瘋狂話語，敘述了身體以瘋狂成為抗爭符號的一種政治策略，是新青年做為「說話主體」[78]（speaking subject）的一種文化質疑。在此，先覺的精神

---

[75] Michel Foucault著，劉北城、楊遠嬰譯，《瘋癲與文明》（Madness and civilization：a history of insanity in the Age of Reason），台北：桂冠出版社，1992，頁25。

[76] 魯迅，〈狂人日記〉，《魯迅全集》（第一卷），北京：人民文學出版社，1981，頁426。

[77] 魯迅，〈長明燈〉，《魯迅全集》（第二卷），北京：人民文學出版社，1981，頁61。

[78] Julia Kristeva（茱麗亞・克莉斯蒂娃）在〈系統與說話主體〉（"The System and the Speaking Subject", 1986）一文中指出，所有意識形態，不論是神話、道德規範、藝術等，都有一套符號系統在其背後運作，因此任何語言與論述都會服膺於此一系統之下。然而主體固然將處於此一系統下發言，可是另一方面，語言卻具有其內在的欲望，因此說話主體將在符號系統的制約與無意識欲力的象徵界形成分裂的主體，此一主體將會在即定的論述中不斷提出質疑，並不斷置換新的位置（轉引自劉紀蕙，《心的變異：現代性的精神形式》，台北：麥田出版社，2004，頁97-99。）

戰士，以自己的身體為祭獻，在主體建構與身份意識的建立中，企圖去編寫一部真正屬於自己時代的歷史。

而李大釗在1919年所發表的一篇文章〈犧牲〉，也曾抒發了這樣的一種企圖，一種以殉國的烈士精神去完成歷史的使命：「人生的目的，在發展自己的生命，可是也有為發展生命必須犧牲生命的時候。因為平凡的發展，有時不如壯烈的犧牲足以延長生命的音響和光華。絕美的風景，多在奇險的山川。絕壯的音樂，多是悲涼的韻調。高尚的生活，常在壯烈的犧牲中。」[79]這種以個體的犧牲去完成群體的敘事，說明了當時政治與社會文化價值的終極取向，即自我身份（personal identity）意識將被喚入國族身份（national identity）意識之中，以去開展國族的未來。這如魯迅的自覺性話語：「自己背著因襲的重擔，肩住了黑暗的閘門，放他們到寬廣光明的地方去。」就是最好的例子，它陳述了小我的知性主體，通過犧牲自我，以承擔著拯救庸眾的大我責任與精神之悲壯角色；另一方面，卻將自我組織到國族之中去，以實現中國現代國族主體的完成。五四小說中的國民性批判，其實也都是奠基在此一意識之下進行的。易言之，「新青年」在自主人格的追求裏，以人的解放、個性的解放，和身體的解放作為起始，最終的目的無非是企圖從帝國主義殖民中尋求國族的大解放[80]。這意味著「中國」的主體性，仍是「新青年」們所關切與持護的唯一聖壇。

更進一步來看，這種心理最明顯是表現於1919年反對巴黎和

---

[79] 李大釗，《李大釗文存》（下），北京：人民出版社，1984，頁118。

[80] 見黃金麟，《歷史、身體、國家——近代中國的身體形成1895-1937》，台北：聯經出版社，2001，頁239-261。

約的示威行動中。一些知識青年企圖以遊行和抗議的身體，去維護國權與國體的完整性，並積極的想通過示威，呈現一種身體的政治實踐。這類以身體抗拒（resistance）做為身體解放的展演，無疑言說了身體在集體狂歡中的一種國族訴求，而在這訴求背後，身體已與國體結合為一，展示了主體的神聖與不容侵犯。總而言之，「新青年」在這場思想啟蒙、政治革命與新文化運動中，不論是通過言談、出版，遊行，還是從自我身體的拯救到集體意志的凝聚，從個體走入群體之中，我們都可以發現，「新青年」的終極關懷依舊是：維護中國身體的存在與獨立。

　　因此，「新青年」成了五四期間最被寄望的現代性自覺主體。他們是被啟蒙的一代，同時也是啟蒙者，在新式的教育中接受西方知識，或涵泳在西方思潮之中，然後以此做為論述與敘事資本，透過各種不同的手段來啟迪民智[81]。「新青年」以自我

---

[81] 若通過《新青年》雜誌的作者群進行分析，可以發現這群在「新文化運動」期間相當活躍的知識份子絕大部份是接受西學。不論是在國內的新式學堂，還是國外的教育學習，潛移默化的新知識與價值取向，使他們比起晚清那些從小接受四書五經的維新份子，更容易突破以儒家倫理為中心的社會制度與結構。《新青年》雜誌的重要作者群於20歲前接受西學與年齡列表如下：

姓名	就讀學校	年代
陳獨秀（1879-1942）	南京新式書院「求是學堂」	1898（19歲）
易白沙（1886-1921）	永綏師範學院	1902（16歲）
高語罕（1888-1948）	日本早稻田大學	1906（18歲）
李大釗（1889-1927）	永平府中學	1905（16歲）
胡　適（1889-1962）	美國康乃爾大學	1910（19歲）
劉半農（1889-1934）	常州府中學	1906（17歲）
馬君武（1881-1920）	上海震旦學校	1900（19歲）
錢玄同（1886-1943）	上海南洋公學	1905（15歲）
魯　迅（1881-1936）	江南陸軍學堂附設礦物鐵路學堂	1899（18歲）
周作人（1885-1967）	安徽高等學堂	1902（14歲）

的身體銘寫著一個新興時代的呼聲，在自救自強，蹈厲發奮中，以「獨立平等自由爲原則」，提倡自主、進步、進取、實利、科學而一步步走向世界[82]。魯迅小說中的狂人、瘋子、魏連殳、呂緯甫、涓生；冰心筆下的何彬、英士、穎銘、穎石；盧隱所描述的露沙、亞俠；葉紹鈞所繪寫的倪煥之；王統照《春花》裏的堅石、身木、義修，甚至郁達夫頹廢書寫中的一些零餘者等等，在小說家「經驗自我」（the experience I）的述行中，被象徵化、甚至形成了新文化的建構物。因而，經由想像，小說中這些「新青年」的身體，被小說家用以確認中國新世紀自我身體的同時，也記錄了五四的「新青年」在自覺和解放的時代，企圖尋找中國未來出路的幽微心理歷程。

所以，從《新青年》到「新青年」；從新文化、新思想與新文學論述的「公共領域」（public sphere）[83]到青年身體改造的期

---

[82] 陳獨秀在《青年雜誌》的創刊詞中，開宗明義地提出了六條「新青年」奮鬥的原則，即：「自主的而非奴隸的」、「進步而非保守的」、「進取而非退隱的」、「實利而非虛文的」、「科學而非想像的」及「世界而非鎖國的」（見〈敬告青年〉《青年雜誌》，1915年9月15日），以期青年身體能通過自救自強，成爲中國現代的「新人」。

[83] 「公共領域」（public sphere）此一概念，可見於德國社會理論學家哈伯瑪斯（Jurgen Habermas, 1929-）的論述中。哈伯瑪斯認爲「公共領域」在十八世紀所興起的新資產階級，如律師、學者、醫師、科學家及作家等社群所形成。他們通過文化沙龍、酒館、學術論壇等，對於啟蒙理性及政治、文學的信仰而發聲，由此形成公共的言談、論述、批判空間。後來隨著「閱讀大衆」的興起，以及平面媒體的流通，使得報紙、雜誌成了另一種「公共場域」，而小說、評論等，則在公共空間形成輿論，以發展出對公共事務的關懷。相關論述可見Jurgen Habermas: "The Structural Transformation of the Public Sphere: An Inquiry into a Category of Bourgeois Society" Canbrudge, Polity Press, 1989。中文版則由曹衛東、王曉鈺、劉北城、宋偉傑譯，《公共領域的結構轉型》，北京：學林出版社，1999。

待與寄望；從小說尋求身體自大傳統的網羅掙脫出來，以一種寫實的反抗美學，陳述了國家民族的想像，到藉由知識青年身體表演的遊行和示威活動，我們看到的是，做為現代化企劃推動者的「新青年」，正以各種方式去打造民族國家的未來前景，在這樣的意識型態形構中，一切都成了工具符號。即使是在「五四」期間，「德先生」、「賽先生」的被推崇，其目的也是為了破除禮教、反對專制、爭取人權，以及掃蕩迷信，建立新的人生觀；至於白話文的被提倡，則不僅是用以代替做為儒家經典符號的文言文[84]，而且也為了方便進行啟蒙的工作，使更多的普通老百姓也能接受思想的啟蒙。易言之，在民主、科學與白話文運動背後，實際上隱含著一種工具價值性，它透過新的意識型態，形成了一種價值逆反機制，以去突破舊傳統舊觀念，並使新觀念普及[85]。因此，若從工具論（instrumentalist）[86]的視角來看，這些運動所

---

[84] 主張廢除漢字的錢玄同，就曾將白話文當作剷除儒家傳統的工具，他認為中國要走向現代化，則：「先決條件就是毀滅作為儒家道德和道教迷信之根言的古代文言」；而陳獨秀卻將白話文視為反對禮教綱常不平等階級的工具，並稱之為「文學的德莫克拉拉西」（見陳獨秀，〈我們為甚麼要做白話文〉，《陳獨秀文存》，合肥：安徽人民出版社，1987，頁326。）

[85] 鼓吹實驗主義的胡適，就曾以此做為重新估計一切價值的標準和認知，白話文也被視為一種文學的改良工具，故他說：「文學的生命全靠能用一個時代的話的工具來表現一個時代的情感與思想。工具僵化了，必須另換新的、活的，這就是文學革命。」見胡適，〈建設的文學革命論〉，《胡適文存》（國民叢刊第一編），上海：上海書店，1989，頁83。

[86] 工具論指的是一種信條，意即思想觀念必須從受惠者的效用和利益面來考量，它只注重效用。尤其是對於國族主義的認同和行動者而言，所有的運動都是一種工具展現，以去達到運動所帶來的效應和目的。可參閱Brendan O'leary："Instrumentalist Theories of Nationalism".pp. 148-153，in"Encyclopaedia of Nationalism"Edited by Athena S.Leoussi. New Brunswick：Transaction Publishers. 2001.

發揮的棄舊圖新效應，無疑是相當成功的。而所有的行動和企圖，其目標無非只有一個：改造國民身體，產生「新青年」，建構新國族。

是以，在歷史與現實交會點的位置上，「新青年」的身體，從某方面而言，與晚清時期梁啓超所倡導的「新民」之某些德目，如公德、權利、進取、自由、進步與自治等，存在著某一種延續的性向，可是另一方面，他又不若晚清知識份子所論述的「新民」，在「救國論」裏被納入一個嚴密的群體——集體的身體中。相反的，處於辛亥革命後時代的轉換間，改造國民性的呼聲變得更加急迫，這時期，「新青年」身體的解放，在面臨中國內憂外患之刻，無疑也成了歷史解放的新敘事。而在民主、科學、白話文的銘寫中，青年身體已被賦予一種衝破傳統網羅、脫離奴隸羈絆的地位，以及追求獨立自主的人格信仰。像李大釗所說的：「衝決過去歷史之網羅，破壞陳腐學說之囹圄，勿令殭尸枯骨束縛現在活活潑潑地之我！」[87]「我」在這裡被標舉爲一種自我的意識覺醒，一種自強不息，永遠青年化的精神[88]，更是一種自由獨立的人格展現。這正如胡適所宣揚的易卜生主義，而鼓吹「救出自己」的理念一樣：

> 現在有人對你們說：「犧牲你們個人的自由，去求國家的自由！」我跟你們說：「爭你們個人的自由，便是為國家

---

[87] 李大釗，〈東西文明根本之異點〉，《守常文集》（國民叢書第一編），上海：上海書店，1989，頁28。

[88] 郭沫若，〈青年化，永遠青年化〉，《郭沫若全集》，北京：人民出版社，1983，頁455。

　　爭自由！爭你們自己的人格，便是為國家爭人格！自由平
　　等的國家不是一群奴才建造得起來的！」[89]

因而胡適認為，只有把自己鑄造成獨立自主的人格，才是「救出
自己」的最好法子。在此，我們可以發現，五四時期「新青年」
的身體塑造，較之梁啟超所想像的「新民」，更貼近現實自主與
人性張揚的主體認知。他們是以身體編寫著否定傳統、批判舊
學，破壞儒家倫理秩序等等符號──一種斷然決然且近乎弒父式
的書寫。然而，也惟有從傳統文化，尤其是儒家倫理的束縛中
解放出來，才可能發展出自我，進而也才能促進國族的進步。
因此，「青年」身體的重塑，以便成為「新人」──「完全的
人」、「覺醒的人」，是以個人的解放為號召，然而在這號召的
背後，卻存在著喚醒中國身體的主體意識為目的，以期最後能由
此走進現代世界的敘事之中去。

　　總而言之，由晚清到五四，我們可以窺見，從「少年中
國」、「新民」到「新青年」的衍繹，正述說著國民身體的想像
與國族建構的企劃，身體與國體結合為一種想像和敘事的開展。
梁啟超所發起的「小說新民」，五四作家群企圖在小說中改造國
民精神，重塑國民靈魂，凸顯了身體敘事在國族主體認同和建構
過程的重要性。如Elizabeth Grosz（依麗莎白・格蘿絲）所指出
的，文學可以做為一種「人身銘文」（corporeal inscriptions），
以去繕寫一個社會、民族或國家的文化歷史與故事[90]。而在中

---

[89] 胡適，〈介紹我自己的思想〉，《胡適文選》（胡適作品集2），台北：
　　遠流出版社，1994，頁7-8。

[90] Elizabeth Grosz："Inscriptions and Body-Maps──Representation and the

國國民身體的改造上，一切的身體書寫，顯然的，都必須從啟蒙開始。

小結

　　身體做為一種現代民族國家的話語建構，在晚清和五四時期，幾乎成了重要的關注焦點。基本上，它與民族國家存亡具有緊密的關聯性。尤其西方列強的入侵，清朝國勢的頹危，自強運動（器技）與維新變法（典章制度）等體制內的變革盡皆遭受失敗，使得晚清知識份子如嚴復、梁啟超等，最後將目光轉向了身體的改造上。故在客觀的歷史情境中，「強身健體」的身形體態，被連結向「強國強種」的民族國家想像去，以致身體被編入一套國族話語之中，成了拯救國家命運的政治工具。在此，身體的國家化，被想像、被敘事、被論述為一個充滿前瞻性和青春活潑的「少年中國」／「新民」；這樣的身體，所呈現的不是個人的形象，而是集體的國民改造，是置於國族之下被凝視和被發明的。

　　而五四知識份子基本上也是承接著晚清這一套身體話語建構體系，去追尋一個個獨立自主和精神奮發的「新青年」。只是與晚清身體國家化的論述迥異的是，他們是企圖通過個人自由解放的精神和科學意識做為訴求，藉此衝撞、打破和改革封建傳統文化，將身體從禮教的鐵牢籠之中解放出來，以尋求民族國家的大解放。在此魯迅等人所呼籲的「救精神」，無疑是「新青年」的

Corporeal"（〈銘文與肉體示意圖——呈示法和人的肉身〉），《女性人》第二期，1989年7月，台北：女性人研究室出版，頁66。

關鍵話語，因為只有新精神——才有可能「魂在」；「魂」，即建構國家主體的核心；因此，通過追求精神自由所伴隨著身體自由而來的想像／欲望，其目的，最後都為了指向以自由為大體的至大延伸——現代民主自由國家的建立。

　　但在中國身體構成的話語中，不論是晚清時對「少年中國」／「新國民」的想像，或五四知識份子群對「新青年」的論述，都可以窺見，西方強健勇猛的身體常常被引為參照，以突出儒教文化所規訓出來的傳統屍骸：老朽陳腐、醜怪愚昧，或落於時代之後，而需以予改造，甚至革除。取而代之的是「新國民」和「新青年」的「新」，他們以青春、雄壯、進取、活力、希望等符號編寫身體，由此而投射出對「新國家」一個充滿著「進步」與「光明未來」的希望。是以，在向西方借鏡，以做為想像中國身體依據的過程中，不免會陷進了雙重否定——即抵抗西方與否定自我的傳統。這是建構「新民」與「新青年」，以及中國身體走向現代化進程中所無法避免的轉變方式。由此，也開啟了「五四」以「國民劣根性」的批判做為身體改造的啟蒙話語。

　　因此，從晚清知識份子以政治改革為目的，而對國民身體改造進行凝視，到五四知識份子，從體格剛強的追求，轉進了精神的重視；或從集體／國民的召喚，進入個體解放與獨立人格的啟蒙，可以窺見，這兩種不同的身體觀點，形成了「新民」與「新青年」的身體想像，論述和敘事的指標，也在現代性的追求裡，前後開展出了以身體為國族建構計劃的想像藍圖。

第三章　身體啓蒙敍事：

國民神話的演繹

　　何謂啓蒙？康德（Immanuel Kant, 1724-1804）指出啓蒙是人「擺脫自身造就的蒙昧」，唯有經由他者的理性指引，人才能突破蒙昧而得以自由解放[1]。易言之，啓蒙驅動著「理性」進行「除魅」（disenchantment）的工作，其目的是在於突破傳統性的權威咒術，讓個人可以從中得以解放並建立自我的主體意識。而十八世紀歐洲的啓蒙運動是以「理性懷疑」（rational doubt）對抗／擺脫宗教和傳統習俗的制約，並以理性客觀的實證科學取代舊有的宗教信仰與世界觀。人（身體）的自由與人（身體）的尊嚴被凸顯出來，並以此確立人在歷史上真正的位置。

　　而比西方延遲了一百多年的中國啓蒙運動，從晚清以來，所開啓的卻是一種進化觀與啓蒙主義結合的啓蒙歷史，一條持續不斷的「除魅」之路。由於兩千多年來儒家倫理與宗法制度，如綱常、名教、禮儀等相互緊密結合，且形成了禁錮個人自由的文化監獄（cultural prison），導致身體在父權、夫權、君權意志的延伸與統治下，如奴隸一般喪失了自主性。因此近代中國知識份子企圖不斷衝擊的，就是這個與儒家思想結合的政治社會與禮法體制，以期國民身體能夠走出這座「鐵屋子」，而求得自我的完全解放。然而中國的啓蒙運動，一開始就是受因西方武力侵略所

---

[1] 康德（Immanuel Kant），〈答何謂啓蒙〉（what is enlightenment），《思想》第1期，台北：聯經出版事業公司，頁3。

產生出來的，也就是說，它是一種被外力逼迫下而形成的啟蒙，並非出於自為的。另一方面，知識份子在政治革命上的失敗，更加速了啟蒙意識的更張，因為他們認為，只有從最根柢的救治方式，去改革國民的觀念，改造中國人的身體，才能達到維護國族獨立自主的權位。因此，啟蒙與救亡已交織成了一種共同的意識，亦即是：啟蒙是為了救亡，而救亡則必須進行啟蒙。所以舒衡哲（Vera Schwarcz）就曾指出：「中國的啟蒙運動是在政治革命之後發生的，它是政治革命幻滅後的宣言。」[2]這意謂著啟蒙是政治革命的一種延續，也就是一種以「無血革命」的方式對中國病體進行內部精神的治療與改造，由此而代替身體在革命暴力中，可能被摧折與毀滅。而國民性批判，即是在此一啟蒙的意識之下而展開。

在這場以建構現代身體做為啟蒙論述場域的運動中，「五四」的一些知識份子／先覺者，企圖透過各種新興的傳播媒體，或利用大量的小說，去進行國民性批判的書寫行動。從魯迅的〈狂人日記〉、〈孔乙己〉、〈藥〉、〈風波〉、〈示眾〉、〈故鄉〉、〈孤獨者〉、〈阿Q正傳〉到葉紹鈞（1894-1988）的〈潘先生在難中〉，許欽文（1897-1984）的〈鼻涕阿二〉，臺靜農（1903-1990）的〈天二哥〉，許杰（1901-1993）的〈賭徒吉順〉、〈慘霧〉，魯彥（1902-1944）的〈柚子〉、〈菊英的出嫁〉、〈岔路〉，王叔任（1901-1972）的〈疲憊者〉，蹇先艾（1906-1990）的〈水葬〉等，無不在紙面媒介展示出種種國民的病症。因此通過對社會達爾文主義的進化和進步思想崇信，

---

[2] 舒衡哲（Vera Schwarcz），《中國啟蒙運動——知識份子與五四遺產》，台北：桂冠出版社，2000，頁374。

以及現代科學文明以及民主意識的啓蒙視域，一具具中國身體無不被挖掘和展示成了愚昧麻木、閉塞保守、卑怯奴性、自私虛僞的病態形象，並大肆的給予批判，使得身體在此成了啓蒙的教材，以便教育和喚醒沉睡的古老靈魂。然而對於中國身體在小說中進行這樣的一種凝視，無疑已將國民性批判轉化成了超越自身歷史的話語[3]，並且隱含著一份神話性的想像——亦即對未來展示著一種可實現性的嚮往。而我們又該如何去看待此一「國民性批判」在神話性想像中的國族敘事？它與晚清知識份子所倡導的「國民性批判」文學是否具有相同的內質結構呢？

而在國民性焦慮下所形成的一套歷史敘述，在小說中被寄寓於救亡圖存的偉大工程，並通過共同的想像，將「國民」的身體推向了一個現代意義的民族國家，因此，在這類書寫中，所有的啓蒙，無疑證見了以身體做為民族打造與國家塑造的政治企劃（political project）。透過這樣一套國族內在建構的敘事策略，中國身體被檢視、反省、批判，甚至展示，就如Prasenjit Duara所指出的，它是民族國家的一種歷史拯救方式[4]。也就是說，在歷史

---

[3] 相關國民性話語的討論，可參劉禾著《跨語際實踐——文學、民族文化與被譯介的現代性（中國1900-1937）》，北京：三聯書店出版，2002，頁76-79。

[4] Prasenjit Duara指出，在現代化的啓蒙話語中，做為歷史主體的民族，一方面必須要鞏固自我內在的民族本質，以對應外部的挑戰；另一方面，在進化與現代意識的衝擊中，又必須擁抱新事物，打掉傳統的舊鐐銬，努力的使民族成為一個具有自覺性的歷史主體。而在追求這自覺性的歷史主體過程中，「國族」很自然的也就被置於括號裏，以期能通往現代性的終極目標去。易言之，人民即使再古老，可是在現代化的催促下，他們還必須要重新被啓蒙、被教育、被塑造，以共同參與新世界，使得民族在歷史主體中，仍然可以延續下去。參閱Prasenjit Duara（杜贊奇）著、王憲明譯，《從民族國家拯救歷史：民族主義話語與中國現代史研

的終結之處，人民必須要重新被塑造，才能成為自己的主人，只有這樣的人民——民族才能成為自覺的歷史主體。因此，通過對傳統身體的審思、破壞、重塑，才有可能將國族的歷史建構起來，並且延長下去。而從五四以降，中國現代小說作家所探尋的就是這一份自覺主體的認知。然而，問題的焦點卻是：「國民性」的考掘與書寫，在「五四」、三〇年代，是如何透過小說家之筆通向國族的建構之路？又在怎麼樣的歷史脈絡下，被架構、播散及再現為一種啓蒙的身體符號？

　　因此，本章將針對以上的幾個問題，進行探析和討論，並藉由小說加以論證，中國現代文學是如何在國民身體上銘刻著國族意識的認知，不論這份認知和敘事是一個集體想像，還是國家神話或寓言，然而經由隱喻、象徵，甚至擬實的呈現，我們可以窺見，通過小說中集體修辭所形成的播散空間（space of dispersion），讓國民身體漫遊到社會、國家，進而形成了一個民國身體／國體的論述。所以，從「國民性改造」做為基點的「國民性批判」，在中國現代小說裏，遂成了國族身體的建構和展演的一種方式，而這樣的建構和展演，可以讓我們以各種不同的視角來加以觀察、探索與理解中國身體演繹的軌跡，同時更能夠由此考察自晚清、「五四」到三〇年代小說家對「國民性」焦慮的原因，以及他們的敘事對中國現代文學所產生的價值和意義。

究》，北京：社會科學文獻出版社，2003，頁15-17。

第一節　凝視下的身體：啟蒙敘事中的國民性批判

一、啟蒙治療：喚醒與治病的身體書寫

　　誠如上一章所陳述的，身體的被凝視，甚至被引進敘事之中，其實是在文化危機中和國族群體期待的視野下進行的。故在這樣的狀況下，晚清和民國初期的革命與啟蒙主義者，常將中國譬喻成一個沉痾待治的病軀；或處於幻覺與昏睡狀態的身體。是以啟蒙者的責任，除了展開「喚醒」（awakening）[5]的行動之外，還要進行診病療治的工作。如康有為在戊戌變法之前向光緒皇帝上書，就曾說「中國方今之病，在於篤守舊法而不知變」，以及「夫中國大病，首在壅塞，氣郁生疾，咽塞致死；欲進補劑，宜除噎疾，使血通脈暢，體氣自強」，並將維新變法稱做是「救病之方」[6]。而梁啟超在〈中國積弱溯源論〉一文，則將中國的積弱喻為久病的「癆病者」，所以啟蒙者必須對中國病弱的身體加以診斷和開出藥方，以活絡其之血氣，救治其之生命。這些論述，無疑開啟了啟蒙文學中以「喚醒」、「醫治」和「療救」的身體／國體敘事隱喻。

---

[5] 「喚醒」（awakening），在國族運動的總體語境下，是指稱「通過一個複雜的過程，而逐漸體認到自己國族的地位」，它是啟蒙者常用的詞語，目的在於令他者「覺悟」或「覺醒」。相關論述可見John Fitzgerald（費約翰）著，李恭忠、李禮峰等譯《喚醒中國──國民革命中的政治、文化與階級》，北京：三聯書店，2005。頁6。

[6] 康有為，〈上清帝第六書〉，《康有為政治論集》（上冊），北京：中華書局，1981，頁212。

　　在晚清小說中，最能表現「醫治」與「療救」的敘事隱喻文學，應當首推劉鶚的《老殘遊記》（1907）。劉鶚在這小說裏設計了主角老殘，以一個遊醫的郎中形象，搖著串鈴行走四方，並努力為渾身潰爛的山東大戶黃瑞和治病。在此，老殘的治病，可以說是隱喻著整治黃河之意，或可視為療治「黃帝子孫」病體的寓意；至於他後來揭發酷吏玉賢的惡行，救賈魏氏於剛弼之手，進而揭穿清官以清廉裝飾形象，卻剛愎自用，誤殺無辜的種種現象，無疑突出了中國社會與官場中「病症」的嚴重，也彰顯了中國政治文化上所面對到的極大危機。而這些「病症」，必須得到適當的治療，才可避免國體走向衰亡的絕境。故李歐梵稱老殘是一位用草藥與思想糾正社會偏差的「文俠」[7]，一個以醫術治身，以筆救人的啟蒙者。如劉鶚在《老殘遊記》初編的點評中所寫的：「舉世皆病，又舉世皆睡。真正無處下手，搖串鈴先醒其睡。無論何等病症，非先醒無治法。」[8] 這裡所謂的「醒其睡」——「喚醒國魂」，正是晚清知識份子在分崩離析的大時代中，所懷抱的熱情與理想，也是當時一些革命者和小說家不斷在其筆下翻演的情節和主題。

　　此外，陳天華也在其小說《獅子吼》（1905）裡，將中國隱喻成了等待被「喚醒」的睡獅[9]；懷仁在《盧梭魂》（1905）

<hr>

[7]　李歐梵，〈孤獨的旅行者〉，《現代性的追求》，台北：麥田出版社，1996，頁120。

[8]　魏紹昌編，《老殘遊記資料》，上海：上海書局，1962，頁6-7。

[9]　民國革命前後十年，中國常被象徵成一頭睡獅，以便等待啟蒙者和革命者「喚醒」。至於有關將中國喻為「睡獅」的說法，最早傳言是出自於拿坡倫（Napoleon）的言說，即：「中國是一頭睡獅，它一旦醒來，世界將為之震撼」，但這頗為流行的說法並沒有材料證明。如研究「喚醒

中，則企圖以「喚醒」術喚醒全國沉睡的民眾；陸士鄂《新中
國》（1910）卻以夢爲框架，展開敘事的狂想，描述國中有些得
了昏睡不醒的病患，只要以催醒術一催，就會被「喚醒」過來。
因此，「喚醒」成了晚清啟蒙敘事裡的一套思想技術，以用來解
除身體／國體「沉睡」的魔咒。此外，在這一敘事中，作家們也
想像著沉睡的國民一旦被「喚醒」後，久經病弱的身體／國體跟
著也能夠得到最根本的治療。故在類此「喚醒」的敘事裡，作家
宛若巫醫，努力爲國民沉睡的靈魂解咒和召魂，讓其魂兮歸來，
以求能夠人醒病除。

　　而這樣的「喚醒」敘事，在十多年後，卻成了魯迅在啟蒙文
學創作上的一個寓言表述：

> 　　假如一間鐵屋子，是絕無窗戶而萬難破毀的，裡面有許多
> 熟睡的人們，不久都要悶死了，然而是從昏睡入死滅，並
> 不感到死的悲哀。現在你大嚷起來，驚起了較爲清醒的幾
> 個人，使這不幸的少數者來受無可挽救的臨終的苦楚，你
> 倒以爲對得起他們麼？然而幾個人既然起來，你不能說絕
> 沒有毀壞這鐵屋的希望。[10]

中國」而聞名的澳大利亞學者John Fitzgerald（費約翰）就曾指出，這說
法純屬謠傳。倒是曾出使歐洲的日本學者曾紀澤在1887年發表於Asiatic
Quarterly Review, Vol.3題爲"China: the Sleep and the Awakening "（中譯爲〈中
國先睡後醒論〉，中譯本可見於朱維錚、龍應台編《維新舊夢錄》，北
京：三聯書店，2000年。）一文，對中國「睡獅」的衍生，多少有一定
的影響。相關論述也可見於沈松僑〈振大漢之天聲——民族英雄系譜與
晚清國族的想像〉，《中央研究院近代研究所季刊》，第33期，2000年，
頁89。
[10] 魯迅，〈吶喊·自序〉，《魯迅全集》（第一卷），北京：人民文學出版

禁閉於「鐵屋子」內少數尚未沉睡的國民（身體），必須經由外來先覺者（從日本或歐美學成歸來的啟蒙者）的吶喊，以「驚醒」的方式，讓他們知覺自己的處境，從中起來「毀壞」鐵屋，尋找一條重生的希望。而魯迅本身就是拋棄醫學後，轉以文學做為「醫治」和「療救」國民精神的藥方，並以此企圖拯救即將在昏睡中死去的靈魂。他在這鐵屋寓言中所扮演的，就是一個「喚醒」的角色。因此魯迅在回顧他的小說創作時，不禁寫道：

> 說到為甚麼做小說罷，我仍抱著十多年前的「啟蒙主義」，以為必須為人生，而且要改良這人生。……所以我的取材，多採自病態社會的不幸的人們中，意思是在揭出病痛，引起療救的注意。[11]

在此，文學似乎成了手術刀，以解剖社會封閉的圖景，揭開國民內在的病根，喚起沉睡者的靈魂，並力求改變和治療，而達到最理想的國民人格。是以，「喚醒」與「治療」，無疑成了五四啟蒙運動中心主題一體的兩個層面，即：為了「喚醒」，故必須將國民的病根與假面全都揭開。在此，一切有關於國民的愚昧、迷信、自私、好利、虛偽、保守、麻木、封閉、怯懦等等性格特質，都被設置在某種價值體系中，以畫出「沉默／昏睡的國民靈魂」來。另一方面，經由此一「喚醒」／挖掘國民性格的劣根性，將在國民之間造成強烈的衝擊（violent shock），以致產

社，1981，頁419。

[11] 魯迅，《南腔北調集·我怎麼做起小說來》，《魯迅全集》（第四卷），北京：人民出版社，1981，頁512。

生一種痛切或心理創傷（trauma），進而引發焦慮感，而迫使國民主體轉向尋找療救的途徑[12]。因此，「病」、「喚醒」、「療救」，串成了從晚清以來至三〇年代的啟蒙敘事隱喻。如李歐梵所指出的，中國現代文學的特點之一是：

> 從道德的角度把中國看作是「一個精神上患病的民族」，這一看法造成了傳統與現代之間的一種尖銳的兩極對立性；這種病態植根於中國傳統之中，而現代性則意味著在本質上是對這種傳統的一種反抗和叛逆，同時也是對新的解決方法所懷的一種知識上的追求。」[13]

這意味著只有借用西方的現代知識與思想，如科學和民主，才能進行「除魅」的工作，由此也才能對人的內在精神與內在尊嚴形成啟迪的效用。因此，現代文明也無疑成了療治傳統病症唯一的藥方，以去塑造中國身體成為具有現代文化與現代意識的現代人。

---

[12] 弗洛伊德（Sigmund Freud，1956-1939）在論及焦慮的本能反應時，認為在面對危險與恐懼，人在心理上將喚起一種高度的興奮狀態，而這種狀態是令人不愉快的，當它強烈得衝擊到心理的保護裝置時，則將造成心理創傷，而焦慮也跟著產生；此一受因外在危機所形成的現實性焦慮，將會發出求救的訊息，以便得到療治。（Sigmund Freud著，汪鳳炎、郭本禹等譯，《精神分析新論》，台北：米娜貝爾出版社，2000，頁131-132。）弗洛伊德關於焦慮的此一精神分析，移繹以解說五四時期，「國民性」被挖掘後所形成的痛切，及由此達至療救的啟蒙效用，也是可以成立的。

[13] 李歐梵，〈追求現代性（1895-1927）〉，如注78，頁229-230。

　　而五四時期的「喚醒」與「診救」之啓蒙敘事，是一個國族在象徵層面完成自我的一種方式。小說在這樣的敘事中，已被視為具有重新構築現實的潛能，它成了解放歷史，開化民智、喚起國魂，重塑國民身體的一種工具。是以寫實主義被五四作家所選擇與熱烈接受，誠如安敏成（Marston Anderson）所指出的，最主要是因為它能提供一種創造性的文學生產與接受模式，同時具有揭示的功效與啓蒙的散播作用，由此而達致文化變革的迫切需要[14]。在這種期待的情況下，敘述本身就已形成了一種變革文化思想、改造國民身體、重新召喚國魂的途徑。

　　所以從這方面看，很顯然的，五四的啓蒙文學乃延續自晚清作家與批評者的「小說新民」之創作理念，即：「小說的目的在於描繪當代生活，診斷社會病情，使讀者瞭解國家狀況的表現。」[15]一種將國民身體、社會與國家寄寓於敘事的再現，並由此以去取得群眾的理解。故五四作家對中國身體的全面凝視，以及對國民人格的病態，不論是從外在的形貌，或內在的心理表現等等，巨細靡遺地將之勾勒出來並加以針砭與批判，體現了一種歷史的眼界與宏觀的文化視野。如魯迅通過小說中角色外在形貌的醜態，以及內在德性的卑劣，以去刻劃出國民群像的庸俗性和

---

[14] 安敏成認為，中國作家所熱忱追求的是文學的社會效應，尤其是對國族建構的需求，而現實主義剛好可以滿足這方面的需要，在反映現實的過程中可以負起啓蒙及將中國國民從傳統解放出來。相關論述可見氏著，姜濤譯，《現實主義的限制——革命時代的中國小說》，南京：江蘇人出版社，2001，頁39-40。

[15] 曹淑英，〈新小說的興起〉，收入於米列娜（Milena Dolezelava-Velingerova）編，《從傳統到現代——世紀轉折時期的中國小說》，北京：北京大學出版，1997，頁32。

國民靈魂的空洞性[16]，即是最好的例子。是以，在魯迅的筆下：趙貴翁的目露兇光，與古怪的臉色、圍觀群眾的「青面獠牙」（〈狂人日記〉）；孔乙己臉上皺紋間的傷疤、長指甲的手、被打折的腿，以及用手走路的姿態（〈孔乙己〉）；閏土的灰黃臉相與粗糙的手掌（〈故鄉〉）；阿Q頭上的癩瘡疤、王鬍的又癩又鬍（〈阿Q正傳〉）；陳士成勞乏紅腫的兩眼，發出古怪的閃光（〈白光〉），對剛死了兒子的寡婦懷有邪念的紅鼻子老拱（〈明天〉），以及「頸項都伸得很長，彷彿許多鴨，被無形的手捏住了的，向上提著」的刑場上圍觀之群眾（〈藥〉）等等醜態的身體，組構成了一種病態與黯淡死氣的圖像，若置入於國族的視域，則將畫出了一個殘缺與沒有未來的圖景。一如陳獨秀所說的：中國人長期形成的「外觀之污穢」、「身心之懦弱」與「游墮之心情」的陋習，吞噬著民族的生命力，這些卑劣無恥的根性，若不加以徹底改造，則必會在競爭激烈的世界潮流中被淘汰出去[17]。

　　然而，小說家的敘事，其實是可以被視為一種傅柯式的「話語形構」（discursive formation）來理解。依據傅柯自己所構思的「知識考古學」，他認為歷史文化是由各式各樣的話語（discourse）所形成的，而話語實踐則被定義為獨特的社會實踐，當一個社會被構成，也將同時產生一個特殊的文化與認知體

---

[16] 相關的分析可參閱顏建富的碩士論文，《論魯迅《吶喊》、《徬徨》的國民性建構》，台大中文所碩士論文，2003年6月，頁93-109。

[17] 參見陳獨秀〈懶惰的心理〉（58）、〈中國式的無政府主義〉（67）、〈東西民族根本思想之差異〉（96-97），收入於《陳獨秀文章選編》，北京：三聯書店，1984。

系，在此一「話語形構」中，所有知識獲取與思維行動都是有跡可循的[18]。因此，五四時期一些作家對「國民劣根性」的挖掘與書寫，已然形成了一套話語的框架，此一話語雖上承晚清知識份子對「國民」內在精神與對身體改造的思索，但因為主體發聲的時代與位置的不同，以致「國民性」的內涵與外延意義也形成了某一種延異。如晚清知識份子所提倡「塑造國民」身體的口號，此一「國民」想像無疑是因應著「國家」而產生的，是與奴隸相對而具有覺醒的意識，如1903年，上海成立國民公會所列出的章程：「革除奴隸之積性，振起國民之精神」[19]，至於梁啟超則挾「國民」之理想，分析中國積弱的根源，犖犖大端是在於奴隸心態，故而指出：「舉國之大，竟無一人不被人視為奴隸者，亦無一人不自居奴隸者。」及「人人皆頂禮人焉，人人皆蹴踏人焉。」且由此展開對奴隸根性的批判。然而當「國民」衍繹出「國民性」的概念時，則奴隸性卻已涵融在國民體系裏。及至新文化運動的反傳統思潮中，隨著時代批判的需要，「國民劣根性」又被提升為對一切傳統的批判。

是以，在五四作家「國民性」的「話語形構」裏，國民身體已被排列為一組具有貶義的符號，並被編入被批判的對象中。如魯迅筆下狂人家族的禮教吃人；華老栓的迷信無知；閏土的愚昧麻木；七斤的閉塞保守；四銘的假道學與偽善；孔乙己與陳士

---

[18] 米歇・傅柯著、王德威譯，《知識的考掘》，台北：麥田出版社，1993，頁93-140。

[19] 〈國民公會章程〉，《蘇報》光緒29年5月5日。轉引自沈松僑著〈國權與民權：晚清的「國民」論述，1895-1911〉，《中央研究院歷史語言研究所集刊》，第七十三本，2001.12，頁694。

成的迂腐好名，受害而不覺悟；呂維甫和魏連殳對現實的妥協動搖、卑怯消沉；阿Q那欺善怕惡與喪失自我的奴隸性格，以及在這些角色背後由龐大的庸眾所組成的看客，於自覺與不自覺中進行著一場場「吃人」、「被吃」與「自吃」的戲碼。這些庸眾和頹靡知識份子的身體，集體地銘刻著國族的巨大墳墓：一個黯淡見不到未來前景，且集體失聲所形成的無聲的中國。

因此，要挽救國民身體／精神，就必須先挖掘其病根，揭開醜態，由此才能「喚醒」國民沉睡的靈魂，並引起「療救」的注意。而五四時期的小說家，運用如解剖刀一樣銳利的筆鋒，將「老中國的毒瘡」一刀刀的挑破，並在國民體內重新挹注新的精神，新的思想，進而為國族尋找一條通往現代世界的出路。因此啟蒙，成了國民身體／精神的再造，也成了現代國體的一種建構方式。

總之，魯迅在鐵屋內的吶喊，在當時無疑於五四作家的群體間，引起了極大的迴響。這些作家瞭解到，只有通過嘹亮的吶喊，才能將處於朦朧狀態的中國身體叫醒，然後認識自己的病態殘缺，以尋求療治。是以，在歷史與傳統的掩蓋下，或禮教文化的壓抑裏，甚至在巨大墳墓內如「活死屍」般生活的群眾，全被二〇年代的作家編寫進「國民性」的話語系統之中，以開啟一個充滿「拯救國民」想像的國族書寫欲望。對於這些傳統／鄉土中國記憶裡的身體，這時期的作家其實是懷著與魯迅同樣深沉的情感認知：「哀其不幸，怒其不爭」，而展開一系列國民性的批判。

然而，在這以「喚醒」為文學主調的批判話語背後，實際上卻隱含著知識份子對傳統／鄉土中國的身體進行一種知識權力

的教化，以期能由此塑造出獨立自主及覺醒的現代化身體—「新青年」來。如蔡元培所主張的，中國的國民缺乏自我意識，所以必須通過啓蒙教育喚醒他們[20]。因此，在「現代化」的視域裏，「喚醒」與「治療」的啓蒙敘事，無非是將中國身體，置入於西方的一套進化論意識框架中來進行的；也就是說，中國身體的重塑，至終還是指向現代國族打造的一條路向去。這誠如帕沙・查特吉（Partha Chatterjee）對東方社群的理解，他認為東方社群一般上是前現代（pre-modern）傳統的遺跡，與之相對照的是屬於現代性標誌而普世認同的民主與科學的觀念。因此在這現代化風潮的引領下：「許多非西方社會的近代史都被編寫成進步主義式（progressivist）的演化敘事，從小的、在地而原始的社群隸屬關係演化成如國族般的大型而世俗化的團結。」[21]至於，傳統與鄉土的觀念價值及制度在現代化實踐的過程中，也必須徹底改變與重建。而五四時期的作家，倡導革除國民的奴隸性，高喊反傳統，並通過小說中的啓蒙書寫，將這群落後的國民身體加以示眾，由此以展開批判的行動，以喚醒身體的主體意識，這無疑也為現代中國國族的新歷史書寫埋下了伏筆。

　　簡單的說，「喚醒」一國沉睡的心靈與醫治／拯救其病弱的身體，是五四時期啓蒙小說在「立人」與「立國」敘事欲望下的雙重表現方式，文學在此已被轉換及提升為一種醫學治療的力

---

[20] 蔡元培，〈國民雜誌序〉《國民雜誌》創刊號，1919年1月，頁1。收入於《蔡元培文集》（政治。經濟），台北：錦繡出版社，1995，頁242。

[21] Partha Chatterjee、王明智譯，〈社群在東方〉（Community in the East），收入於陳光興主編《發現政治社會——現代性、國家暴力與後殖民民主》，台北：巨流出版社，2000，頁41。

量，以對國民身體進行凝視與解剖，因而不論是獨異個人、庸眾，還是郁達夫筆下的零餘者，我們看到的是，身體在「改造國民性」的戲碼中，以示眾與表演的方式，演繹著啓蒙話語下的文學價值與意義。

二、魯迅的國民性展覽：示眾的身體演繹

在魯迅講述自己爲何會選擇「棄醫從文」的回憶中，1906年在日本仙台醫學專校所觀看的幻燈片事件，可以說是起著非常重要的決定性因素。他所看到的那場畫面，深刻腦海，並在十七年後清晰地被轉化成了《吶喊》序言裏的一段描繪：

> 我不知道教授微生物學的方法現在又有了怎樣的進步了，總之，那時是用電影來顯示微生物的形狀的，因此有時講義的一段落已完，而時間還沒有到，教師便放映些風景或時事的畫片給學生看，以用去這多餘的光陰。其時正當日俄戰爭的時候，關於戰事的畫片自然也就比較多了，我在這一個講堂中，便須常常隨喜我那同學們的拍手和喝采。
>
> 有一回，我竟在畫片上忽然會見我久違的許多中國人了，一個綁在中間，許多站在左右，一樣是強壯的體格，而顯出麻木的神情。據解說，則綁著的是替俄國做了軍事上的偵探，正要被日軍砍下頭顱來示眾，而圍著的便是來賞鑑這示眾的盛舉的人們。
>
> 這一學年沒有完畢，我已經到了東京了，因為從那一回以後，我便覺得醫學並非一件緊要的事，凡是愚弱的國

民，即使體格如何健全，如何茁壯，也只能做毫無意義的示眾的材料與看客，病死多少是不必以為不幸的。所以我們的第一要務是在改變他們的精神，而善於改變精神的事，我那時以為當然要推文藝，於是想提倡文藝運動了。[22]

魯迅的這一段「後續歷史」（after-history）建構[23]，並不單純於只是一個著名作家立下了以文學創作為終生志業的起因，幻燈片上所形成的視覺性（visuality）震撼，亦影響了他在往後小說創作中進行「批判國民性」與文學啟蒙的一種表現方式——「示眾」。如周蕾（Rew Choy）在分析這場具有歷史性的視覺暴力，提出了視覺媒體技術帶給魯迅的震撼是一種暴力式的血淋記錄，整個國族的衰弱、歷史的創傷與群眾的麻木性，全成了可視的意象，由此激化了魯迅的民族自我意識，並在往後促使他企圖通過書寫，去推動文化的轉型來回應歷史的創傷[24]。另一方面，

[22] 魯迅，〈吶喊‧自序〉，《魯迅全集》（第一卷），北京：人民文學出版社，1981，頁417。

[23] 關於「幻燈片」事件，李歐梵曾指出，由於這幻燈片尚無實證，故引起了一些推測，可能這故事是一場文學虛構（李歐梵，《鐵屋中的吶喊》，香港：三聯，頁15）。日本學者竹內好則認為，幻燈片事件不過是為追憶所利用罷了，然而追憶本身應該是真實的。（參閱竹內好，《魯迅》，杭州：浙江文藝出版社，1986，頁60）如班雅明（Walter Benjamin）以歷史唯物論式所創述的「後續歷史」（after-history），即以經歷過的歷史經驗，加以進行開放的書寫與建構。而魯迅的「幻燈片事件」，其實也可被視為一種「後續歷史」的建構。

[24] 周蕾（Rew Choy）的相關論述，可見氏著，孫紹誼譯《原初的激情——視覺、性慾、民族誌與中國當代電影》，台北：遠流出版社，2001，頁22-44。

幻燈片上所呈現的即將被砍頭的身體，在刑場上無疑成了示眾的教材。如傅柯所說的，此一「示眾」，是含著警戒的意味，也向民眾展示執法者具有不可挑戰的地位與權力。[25]它形成了一種規訓與控制「身體」的一套方式。而圍觀的群眾在觀看砍頭的同時，他們強壯的體格與麻木的表情，在視覺技術中被放大而成了另一種「示眾」材料的展現。這種「被看」與「看人」，而「看人」者，卻又被另一群人所看的「示眾」模式，形成了一種暴虐的娛樂場域，或一場狂歡的人肉盛宴。而在此，攝影術（photography）所產生的視覺性，雖然呈的只是現實中「肉身在場」的某個局部，但卻因鏡頭能深入細微之處，並被特寫放大，而宛若一種解剖，能使觀眾更深入其形／神態之中，以致產生一種內在震撼的力量與效果。[26]類此「示眾」的攝影術，落入文學的創作上，卻成了五四時期「國民性批判」與「國民性改造」的一種表述方式。因此作家如攝影師，以筆代替不同的鏡頭，將各種國民身體、精神、文化性格等等，攤在小說中，並加以放大與解剖，進而由此對國民性的揭示和呈現之展開，進行啟蒙教育的工作，以達到對國民身體／精神改造的目的。

---

[25] Michel Foucault指出，被砍頭的罪犯，往往是用來當著警戒與恫嚇群眾的心理，以防範他們患上同樣的罪行。一方面卻也宣示執法者的生殺權力。但招來民眾觀看砍頭刑罰的場面，也有可能會造成民眾對執法當局發出挑釁的暴動事件。見福柯著，劉北城、楊遠嬰譯，《規訓與懲罰》，北京：三聯，1999，頁65。

[26] 班雅明認為攝影的藝術發展與科學探索結合一體，可以像現代解剖學一樣，將一些隱藏在細微之處的事物，或人周圍的世界，加以特寫放大，並深入現實的核心，而讓觀眾產生震驚的效果，同時也將由此打開人的無意識之內在世界。見班雅明著、許綺玲譯，《迎向靈光消逝的年代》，台北：台灣攝影工作室出版，1998，頁84-92。

　　而在五四作家群中，以魯迅對「國民性」的書寫與敘述，最具企圖心。在他的小說創作裏，就已表明了建構「國民圖像」的欲望，即「寫出我眼裏所經過的中國人生」[27]。而魯迅的醫學訓練，恰巧在這方面提供了一個可以深入勾勒人生事物與身體／精神表現的技巧。如其在仙台醫專的同班同學，在憶起他的課業，就曾指出魯迅的「解剖圖畫得非常精細」[28]，他在浙江兩級師範學堂任教時，也曾編寫了一冊《人生象》的人體生理學講義，其中六十多幅人體局部解剖圖都是由他所親手繪製。而從人體組織的展示上，解剖圖與攝影機鏡頭下所產生的視覺與影像效果，在某方面而言，可以說是互通的。因此，從醫學的解剖圖迴向小說創作來看，則他的小說宛如一種攝影術，以各種鏡頭對著「中國身體」加以捕捉、暴露和亮相，並形成了小說中各種各類的人物來；故其小說中的人物，亦變成了可視的意象，一種國民身體的展覽。在此一展示中，國民身體是因應著國民性批判的價值範疇而被設定的，也就是說，它其實宛如攝影術一般，是經過攝影師某種意識指導下所選擇或攝下（take）的影像，因此影像在被呈現出來時已被納入了某個框架之中，而成了一種構圖。

　　同樣的，「國民性」在魯迅的筆下，是被架起的一個框架，以做為中國身體展覽的目的。而做為示眾場景的，主要不是犯人，而是看客。如〈藥〉裏那些在菜市場圍觀砍頭的群眾，「頸項都伸得很長，彷彿許多鴨，被無形的手捏住了的，向上提著」

---

[27] 魯迅，〈俄文譯本「阿Q正傳」序及著者自序略傳〉，《魯迅全集》（第七卷），北京：人民出版社，1981，頁78。

[28] 見薛綏之主編，《魯迅生平史料匯編》（第二輯），天津：人民出版社，1982，頁147。

（1995：37）；至於在〈示眾〉的小說裏，魯迅不但描繪出了一群看客圍觀砍頭的麻木心理，也展示出各種國民身體的醜態，他們在看與被看，甚至彼此互看間而依據外在的形貌而被命名，如：白背心、禿頭的老頭子、紅鼻子胖大漢、夾著洋傘的長子、抱著小孩的老媽子、頭戴雪白布帽的小學生、赤膊細眼的胖小孩等等，角色從老人、青年、婦女到兒童，組構成了一幅喪失靈魂與沉默的「國民群像」。這些人爭先恐後、互相推擠的只為了觀看即將被砍頭的囚犯，他們「竭力伸長了脖子」，竟至「連嘴都張得很大，像一條死鱸魚」（1995：86）；或有人從場邊退了出去，「這地方就補上了一個滿臉油汗而粘著灰土的橢圓臉」，以及老媽子被擠得略一踉蹌，旋即站定，並將小孩子轉過身來指著刑場說道：「啊，阿，看呀！多麼好看哪！……」（1995：87）。魯迅捕捉了這些看客的醜陋體態，而以反諷手法徵示了另一種身體的死亡，那就是：他們不會感受到別人精神與肉體上的痛苦。這種死亡其實與被砍頭一樣，象徵著精神意義的支離與失落。這如王德威所指出的：「現代中國都是一個身首異處的國家，擁塞著精神上被砍了頭的國民，他們生活中的興奮點只在於觀賞砍頭和等待砍頭」[29]而已。類此的中國身體圖景，隱含著身體的政治學，它不但隱喻了中國國民喪失自覺的歷史主體，而且通過這樣一組的身體圖像，也反映出了中國在政治、經濟、文化體系上的摧頹和失落。

　　此外，這些被削刪了名姓的空洞國民身體，也全都被編進「麻木無聊、愚弱無知」的「國民性」符號中，成了一群「庸

---

[29] 見王德威著《現代中國小說十講》，上海：復旦大學出版社，頁2003.10，頁147。

眾」，並在魯迅的其他小說裏四處飄浮。這些「庸眾」多是出自於底下勞動階層，並形成了龐大的「庸人世界」；如在〈狂人日記〉中，這群人被魯迅稱為「他們」：「他們——也有給知縣打枷過的，也有給紳士掌過嘴的，也有衙役佔了他妻子的，也有老子娘被債主逼死的」[30]，或在〈孤獨者〉裡被命名為「大家」，「大家」包含了親丁、閒人、近房與村民等，專門打探新聞與看戲者。這些「他們」和「大家」，在〈藥〉、〈孔乙己〉、〈阿Q正傳〉的小說裡，如幽靈般化身成了路上的人群，刑場上圍觀的群眾，酒店與茶樓裡的看客，並以殘虐的心理觀賞和嘲笑一些不幸者的痛苦。他們代表著「數目的力量」，是魯迅所說的「無物之陣」與「無主名無意識的殺人團」。在《吶喊》與《彷徨》的小說中，他們成了一群不分明的形體，忽而伸長頸項張望，忽而張口戲謔訕笑，忽而閃現一雙如豺狼的眼光，忽而以冷漠的臉色、麻木的狀態與遲鈍的動作構成一團活動的軀體。有時候他們也會化整為零，冠於代名出現，如：康大叔、駝背五少爺、花白鬍子（〈藥〉）、趙七爺、八一嫂（〈風波〉）、八三、七大人（〈離婚〉）、紅鼻子老拱、藍皮阿五（〈明天〉）、三角臉、方頭、闊亭、莊七光（〈長明燈〉、柳媽、衛老婆子（〈祝福〉）、趙太爺、假洋鬼子、小D、秀才（〈阿Q正傳〉）等，他們以集體的無個性、無思想性、無目的性，形成了一系列「活死屍」[31]般的展覽，展示著一群醜陋、愚昧、空虛、沉默與病態

---

[30] 魯迅，〈吶喊‧狂人日記〉，《魯迅全集》（第一卷），北京：人民文學出版社，1981，頁423。

[31] 「活死屍」的稱號其實是出自於魯迅以張勳復辟為背景的小說〈風波〉（1920），小說中圍繞著七斤的辮子被剪，而擔憂皇帝再坐龍廷後將面

的身體，在無聲而黯淡的中國鐵屋／墳內的集體沉睡與死亡狀態[32]。

這些「國民圖像」，從外在的體貌到內在的文化精神狀態，都處於一種保守與封閉的世界。癡呆麻木的神情與緘默無聲的精神氛圍，更重構了魯迅在幻燈片事件裏的中國身體想像。在這些中國身體內，魯迅看到的是廢墟與荒原，黑暗與墮落，而他的小說更見證了處處歷史狼藉的屍首與斷頭[33]。由傳統文化所形塑的「庸眾世界」，也如銅牆鐵壁，對異己的先覺者進行壓迫，不斷阻擋著改革與現代化前進的工程。魯迅處於歷史的憂患之處，他對中國身體的凝視，無疑穿透了歷史暴力銘刻在族群身體與心靈上的摧殘，而將自我文化記憶的創傷轉化爲一種對歷史的抗爭與否定。因此在魯迅的小說中，「看」似乎成了逼視國民性格的一

臨砍頭的厄運。因此七斤嫂常辱罵七斤：「從前是絹光烏黑的辮子，現在弄得僧不僧道不道的。這囚徒自作自受，帶累了我們又怎麼說呢？這活死尸的囚徒」，及「你這活死尸的囚徒」（472），而這「活死尸」的身體圖像，正可將那些「麻木無聊，愚昧無知」的國民全統攝在這個稱謂之下。在魯迅的書寫中，類此身體的存在，實是雖生猶死。

[32] 張箭飛在論析魯迅小說中的各種死亡狀態，從身體到精神，而指出了魯迅常以某種敘述方式暗示著死亡的跡象，如：記憶的死亡（忘卻）、情感的死亡（麻木、隔膜）、語言的死亡（沉默）、理解的死亡（寂寞）和意義的死亡（無聊）等。肉體意義的死亡只是一種生理現象，然而精神的死亡則是一種雖生猶死的狀態。在這個意義層面上，「活」也是死，而且是更徹底的死。見張箭飛，〈詞語細讀：論魯迅小說中的「死亡」〉《江漢論壇》第238期，2000.4，頁89-90。

[33] 王斑認為魯迅那一代人所經歷的歷史創傷，如清王朝的衰亡、甲午中日戰爭的慘敗、新興共和體的脆弱無能，以及軍閥割據的動蕩，在他和同輩的知識份子留下了濃厚的陰影，以致其所創作的小說，也含具災難、殺戮、血腥的創傷意識。見王斑，《歷史與記憶——全球現代化的質疑》，香港：牛津出版社，2004，，頁57。

種探索，也是魯迅以中國身體「示眾」的一種表現方式。他在
〈娜拉走後怎樣〉一文中就曾指出：

> 群眾，──尤其是中國的，──永遠是戲劇的看客。犧牲
> 上場，如果顯得慷慨，他們就看了悲壯劇；如果顯得觳
> 觫，他們就看了滑稽劇。」[34]

　　也就是說，國民群眾其實是在觀看自己在社會中的種種演
出，自己是看客，同時也是演員，在「看」與「被看」中呈現了
病態社會的種種現象。故通過「看」與「被看」，中國身體不斷
被凝視、示眾和解剖，使得身體處處創傷，空洞，並處處佈滿著
死亡的訊息。如在〈孔乙己〉一文中，通過了咸亨酒店小夥計的
眼睛，觀看了一群無聊看客對孔乙己的戲弄與嘲笑，也看出了科
舉制度對人性的摧殘與扭曲，以及國民的無知與迂腐；在此，看
客們的哄笑，與「身材高大；青白臉色，皺紋間常夾些傷痕，一
部亂蓬蓬的花白鬍子」及「滿口之乎者也」不合時宜的孔乙己，
在敘述中全成了「示眾」的材料，以凸顯國民的麻木無知與活死
屍般的存在悲劇。
　　同樣的，在〈阿Q正傳〉中，阿Q頭皮上的癩瘡疤和黃辮
子，不只在未庄一群看客的眼中，成了戲謔與玩笑的身體特徵，
而且還被賦於卑賤的身份符號。在這樣「被看」的設定中，阿Q
在未庄的生存方式與人生價值已被定位；他不但成了一些無聊看
客的玩物，甚至常被地保、秀才與趙太爺所欺壓。而與此同時，

---

[34] 魯迅，〈墳・娜拉走後怎樣〉，《魯迅全集》（第一卷），北京：人民文
　　學出版社，1981，頁163。

阿Q也在「看」人,從他眼中,不論是一臉絡腮鬍子赤膊捉虱的王胡,還是又瘦又乏,比王胡更卑下的小D,或是剛剃光頭皮的小尼姑等,都是可以欺壓的對象。故在這「看」與「被看」的身體敘事方式中,國民性格的無知、自欺、欺人、巧滑、懶散、卑怯、好面子等,不斷被挖掘出來,並被展示,由此呈現出國民身體/精神的沉淪現象,以及國體的黯淡未來。

至於〈長明燈〉裏那些守護舊傳統的老家長,如年高德昭的郭老娃,「臉上已經皺得如風乾的香橙」[35],及上唇冒著花白鯰魚鬚的四爺;〈故鄉〉中通過作者眼中所看到的潤土:「先前的紫色圓臉,已經變作灰黃,而且加上了很深的皺紋」與「紅活圓實的手,卻又粗又笨而且裂開,像是松樹皮了」;〈白光〉那考了十六次都落第的陳士成,頭髮斑白,且「疲乏的紅腫的兩眼裡,發出古怪的閃光」;〈孤獨者〉裡曾經激烈反抗傳統而最後卻走向絕望並跟現實妥協的魏連殳,死後屍身卻是「臉色灰黑,骨瘦如柴」;而〈在酒樓上〉的呂緯甫,也失去了年輕時提倡改革的銳氣,「細看他相貌,也還是亂蓬蓬的鬚髮;蒼白的長方臉,然而衰瘦了。精神很沉靜,或者卻是頹唐;又濃又黑的眉毛底下的眼睛也失去了精采」[36],這些被凝視的中國身體,從外在形貌的麻木衰頹,病態殘缺,被轉喻成了內在精神的失落和墮落,由此演繹了中國國民性在傳統文化的巨墓內,無法適應中國走向現代化的存在處境。因此,在「國民性」批判的話語下,身

---

[35] 魯迅,〈彷徨·長明燈〉,《魯迅全集》(第二卷),北京:人民文學出版社,1981,頁62。

[36] 魯迅,〈彷徨·在酒樓上〉,《魯迅全集》(第二卷),北京:人民文學出版社,1981,頁26。

體的衰老和醜怪化，成了發動啟蒙的符號，以召喚改革後一種自覺的民族國家之歷史拯救。

　　而中國女性身體也在這歷史拯救意識的注視下，同樣處在一個等待被改造的視域。如在〈祝福〉的小說裏，經由「我」的觀看與追憶，凸顯了寡婦祥林嫂「死屍似的臉」、「瘦削不堪，黃中帶黑」、「彷彿木刻似的；只有那眼珠間或一輪，還可以表示她是個活物」[37]的身體存在狀態，及不斷重複哀述自己如何失去兒子的語言障礙，並悽悽惶惶於地獄與靈魂的有無，及死後身體因嫁過兩個丈夫而擔心將被鋸成兩半的恐懼心理等等，展現了身體與精神被禮教政治摧殘的結果，這再加上魯鎮中看客的湊興，無疑相互串連成一個龐大的劇場，展演著歷史潰爛中活死屍般的國民故事。而從祥林嫂的身上，或者還可以再連接上〈明天〉裏抱子求醫，被藍皮阿五性騷擾卻畏縮不敢聲張的粗笨女人單四嫂；〈藥〉裏人前人後低聲細語又「慘白著臉」的華大媽；〈在酒樓上〉一臉黃瘦，卻蒙昧無知，怯懦屈從，聽信誑言以致病入膏肓，絕望而死的順姑；〈離婚〉裏鉤刀樣小腳，並在傳統倫理教條中過著婚姻奴隸的愛姑等，她們全被舊文化所編碼，進而組成了中國鄉村女性集體沉默的身體；故這些女性，即使面對失子的創傷和婚姻的悲劇，也都習慣的將蝕心的痛苦和哀慟化做嗚咽、呻吟、嘆息。

　　故女性身體，在此無疑演繹著從屬的社會弱勢角色，並標誌著一種「無我」、「無名」、「無人」的存在處境──一個完全喪失自我主體意識的「人」。他們不但將自己的身體陷於不幸

---

[37] 魯迅，〈彷徨・幸福〉，《魯迅全集》（第二卷），北京：人民文學出版社，1981，頁6。

的深淵之中,而且也構成了舊中國國體逐漸走向衰朽的處境。在此,小說中的鄉土人物和群眾,都仿如在魯迅的價值體系所設定的攝影鏡框下,演出了一齣齣的戲碼;這些鄉土中國的身體,在「看」與「被看」,甚至「互看」的情境中,呈現出了他們的國民性向與社會精神狀態,然後被加以放大、揭示和凸顯,以做為啟蒙的辯證形象(dialectical images)。

而順著魯迅的此一視角,我們可以窺見,這些「看」與「被看」的國民,成了一種「自己被人凌虐,但也可以凌虐別人;自己被人吃,但也可以吃別人」的「人肉筵宴」[38],它也演繹了魯迅那著名的身體隱喻:「吃人」。如在〈狂人日記〉裡,狂人以怪誕的目光,透視了四千年來禮教政治所衍生的文化歷史,是奴隸世界的吃人歷史,而圍繞在其四周圍鐵青的臉色和「怪眼睛」,卻與這吃人的歷史形成了一種內在的聯繫,等待著吃他的身體,因此從「怪眼睛」裏,狂人自覺的讀出了:「自己想吃人,又怕被別人吃了,都用著疑心極深的眼光,面面相覷。」及「他們會吃我,也會吃你,一夥裡面,也會自吃。」[39];或〈阿Q正傳〉裏,阿Q看犯人被提赴刑場砍頭時如看戲般的興高采烈,和當阿Q自己被綁往刑場前遊街示眾時,那些看客的目光卻如餓狼:「又凶又怯,閃閃的像兩顆鬼火,似乎遠遠的來穿透了他的皮肉」,甚至「這些眼睛們似乎連成一氣,已經在那裡咬他的靈魂」了。

---

[38] 魯迅,〈墳‧燈下漫筆〉,《魯迅全集》(第一卷),北京:人民文學出版社,1981,頁217。

[39] 魯迅,〈吶喊‧狂人日記〉,《魯迅全集》(第一卷),北京:人民文學出版社,1981,頁430。

　　在此，「看」與「被看」，連接上「吃」與「被吃」，已成了文化與政治身體象徵符碼下一種舊社會病態的現象，它揭示了「庸人世界」中從肉體到精神的陷落，也凸顯了自覺者自我拯救的困難處境。如魯迅所說的，其小說中的許多看客們（庸眾／群體）所組構而成的「無物之陣」，是無主名無意識的吃人團，他們展示了隱藏在歷史中以仁義道德為凝視點的無形權力與暴力，並通過循環和重複所生成的傳統文化深層結構，讓國族改造面對了最大的障礙。因此，在魯迅追求進化與現代文明的價值認知下，他透視了銘刻在這國民身體內那愚昧、怯弱和墮落的性質，才是導致中國國體積弱和趨向落後的主因。故面對著這樣「活死屍」般的幽暗身體，只有以否定性的批判與抨擊方式，進入國民性的內部，將腐化的部分一一去除，才能讓國民身體，甚至國體走入現代世界中去。

　　總之，魯迅以「示眾」的方式，揭示了各種病態的國民身體，是有其書寫策略的考量，尤其是處於鄉土的傳統文化鐵屋內，變革的激情展現，不單只是面對著歷史的鬥爭，甚至是一種自我思想的決裂。從傳統走向現代進程的初期，這樣的鬥爭和決裂，言說了身體做為文化和政治意識上的改造，在現實上，是有其艱困之處的。至於，千年的奴性也宛如痼疾，在禮教政治的銘寫中，成了一具具病態殘缺或「活死屍」般的身體。而魯迅即在這樣的身體銘刻語境中，投射了他那充滿焦慮與憂患的眼神，並執意於從「人肉的筵宴」、「人肉醬缸」、「無物之陣」與「鐵屋子」的窒息氛圍裡，以國民性批判與除魅的啟蒙意志，企圖將中國身體從長久的綱常名教禁梏中解放出來。這樣的凝視，無疑具有國族想像與心理意志的投射，他通過了對歷史與現實的批

判，表達了對封建傳統的背離和對現代民族國家的渴望，也展現了一個作家在國族主體上的一種自覺追求。因此魯迅那「掃落這些食人者，掀掉這筵宴，毀壞這廚房」[40]的知識話語，不但成為消除自身歷史和封建傳統的終結，也成了重估一切價值，重新建立新精神思想的改革指標。而只有通過這種種改革行動和主體自覺意識的開啟與凝聚，才有可能去召喚「新青年」的身體，進而走入新國族的建構工程裏。

三、審視鄉土：中國鄉土身體的啟蒙敘述

　　魯迅的國民性批判書寫，是一種揭示、暴露與展覽的書寫方式，它呈現了一種中國身體的銘文與示意圖（chinese inscription and body-maps）——即傳統文化所銘寫的奴性。而在這奴性的批判背後，明顯地存在著一份「振興民族精神，改造國民靈魂」的思想啟蒙意識。這樣的「國民性」關懷，無疑成了五四時期相當重要的敘事主調[41]，尤其是對二〇年代鄉土小說的創作，更是影響極深[42]。與魯迅同一時期的一些作家，如許欽文、王魯彥、蹇

---

[40] 魯迅，〈墳・燈下漫筆〉，《魯迅全集》（第一卷），北京：人民文學出版社，1981，頁217。

[41] 黃子平、陳平原、錢理群在〈論「二十世紀中國文學」〉一文中曾指出，因應著中國現代啟蒙訴求而起的「改造民族的靈魂」，是二十世紀中國文學的總主題；文學與國族想像，成了這時期一些作家所戮力開拓與深化的志業。見王曉明主編《二十世紀中國文學史論》（卷一），上海：東方出版社，1977。頁8。

[42] 在此，必須先要釐清，鄉土小說並不等同於廣義上以農村為題材的小說，這誠如費孝通在《鄉土中國》（香港：三聯書局，1991）所揭示：「從基層上看，中國社會都是鄉土性的」（5），這指明了「鄉土」做為一種文化積澱的符號，並不單指農村。而鄉土小說，可以說是一種鄉土想像的文學類型，如嚴家炎所指出的：「鄉土文學在鄉下是寫不出來

先艾、臺靜農、彭家煌和許杰等，無不從鄉土現實的視域，對中國鄉土身體給予了相當大的關注。他們的一些作品延續了魯迅的啓蒙批判路線，以小說，審視了鄉土那龐大的身軀，並以現代知識者的目光，對祖輩們一代代因襲下來的文化價值體系、生活方式和鄉土習俗，產生懷疑，進而展開了嚴厲的批判和省思。

而眾所周知，中國是以農為本的古老國家，農民是中國國民的主體，他們一代代在土地上開墾、耕耘、收獲，並守著土地生活。這形成了一種尚土和安土重遷的觀念。這如費孝通在《鄉土中國》所指出的：「鄉村裡的人口似乎是附著在土地上，一代一代的下去，不太有變動」[43]；村民生於斯、死於斯，並以土地的法則決定自己的生活和命運。這樣的鄉土空間，是以村落為單位，然而村落與村落之間，卻因地域性的差異而形成彼此的隔離，也使得彼此之間保有各自獨立的社會圈子。除此，在這即固定又封閉的空間，鄉民的關係是通過宗法血緣組織起來的，宗法

的，它往往是作者來到城市後的產品」（《中國現代小說流派史》，北京：人民文學出版社，1989，頁211）。故魯迅曾稱它為「僑寓文學」（魯迅〈「中國新文學大系。小說二集」導言〉）。而魯迅的小說對二○年代鄉土小說的影響可謂極之明顯，楊義指出，王魯彥的〈童年的悲哀〉、廢名〈竹林的故事〉、蹇先艾〈老僕人的故事〉等以回憶童年時農民友人為題材的作品，皆可歸類為〈故鄉〉的類型；臺靜農的〈紅燈〉、王魯彥〈李媽〉、蹇先艾〈鄉間的悲劇〉敘述農村禮教吃人的故事，則可編入〈祝福〉的類型；而王叔任〈阿貴流浪記〉、彭家煌的〈陳四爹的牛〉、王魯彥的〈阿長賊骨頭〉、許欽文的〈鼻涕阿二〉、臺靜農的〈天二哥〉和〈吳老爹〉等，這些以詼諧筆調寫農民悲慘的存在狀況，體現作者對落後的農民存著「哀其不幸，怒其不爭」的情感，可與「阿Q正傳」連繫成一族類。（楊義《中國現代小說史（上）》，北京：人民出版社，1993）

[43] 費孝通，《鄉土中國》，香港：三聯書局，1991，頁7。

血緣使鄉民的關係變得牢不可破，家族的權威自然也成了這關係的中心。鄉民即在這固定卻充斥著土地、河流、農作物的空間裡生活，而這空間也成了他們身體的延伸。故在一些西方傳教士的眼中，中國的鄉村，彷如是中國人個體的放大[44]，它呈現著靜態保守的特質。另一方面，由於空間的封閉性，加之長久以來風俗習性和宗法制度的積弊，使得鄉土中國的改革極為艱難緩慢。因此，不論是由人（鄉民），還是由空間（鄉村）所形構的鄉土身體，其呈現的樣貌多是僵化、呆板與沉黯。這樣的鄉土身體，一旦面對現代西方文化的衝擊，則就不免落得愚昧、野蠻和落後的指稱。換言之，在西方他者的目光凝視下，它成了文明、進步、現代化相對而充滿著病態的老中國身體。是以，美國公理會傳教士明恩溥（Arthur H. Smith）就曾形容中國鄉土身體，是沒落帝國的縮影[45]。而向來提倡科學、民主的五四「新青年」，則認為即使三千年帝制王朝業已亡故，唯大部份的鄉土身體，依然還是被禁錮於黑暗、喑啞、野蠻、愚昧和陳規舊習的鄉土文化符號系統之中，無法解放[46]。尤其是中國一些村落，更充斥著殺嬰、水

---

[44] 明恩溥認為，中國鄉村如中國人身體的延伸，許多村落往往以姓氏或綽號定名，如王家村、張莊、黑眼劉村等。見明恩溥（Arthur H.Smith1845-1932）在《中國鄉村生活》，北京：中華書局，2006，頁16-18。

[45] 明恩溥（Arthur H.Smith1845-1932）在《中國鄉村生活》一書中，以西方的視域，考察中國鄉村的生活、習俗、節日、經濟、教育、婦女、兒童等，並強調唯有通過鄉村的認知，才能真正對帝國的末落和中國問題有更深入的瞭解。而在他眼中所見到的中國農村，是落後、充滿迷魅和因循守舊的，故在書末，他倡言推行基督教，以改革中國農村的愚昧和惡習。見氏著《中國鄉村生活》，北京：中華書局，2006。

[46] 《新青年》雜誌曾在1920年發表了許多篇指斥鄉土文化習性與風俗的文章，如孟真的〈山東一部份農民狀況大略記〉（刊於第七卷第2號），考察農民的生活起居和其文化道德思想；周建人的〈紹興的結婚風俗〉

葬、械鬥、冥婚、沖喜、超渡、典妻賣妻的行為和文化風俗[47]，使得鄉土永遠封閉在老舊中國身體的內部，而難以步向現代社會的理想之境。故「鄉土的文化陋習必須改革」與「幫助鄉村脫去黑暗」的宣言，遂成了當時「新青年」們的鄉土改革理念。而鄉土身體，特別是那世世代代生存於沉苛積弊的土地上之鄉野村夫／婦，更是這理念下必須重新被改造的標的。

而五四以來，總是有一雙由西方他者內化成自我觀照的目光，以進步和現代化的框架，去審視著自己的鄉土，以至於呈現在視覺網上的，是一個被封建禮教和野蠻習俗所摧殘而變得衰老、頹壞、死氣、無知，充滿疾病與肢體殘缺的中國鄉土身體。這一如魯迅筆底的阿Q、祥林嫂、閏土和七斤等，無疑已成了鄉土中國的典型性人物。他們被放置於現代啟蒙的視角下，使得身體被扭曲為醜陋、懦弱卑怯和愚昧苟且的標誌符號[48]，並成了一套話語，為魯迅在啟蒙敘事上展開國族拯救的工程。

（刊於第七卷第5號），討論紹興村落婚俗的愚黯，以及馬伯援的〈湖北河南間底風俗〉（刊於第八卷第1號），指陳民國之後，鄉間迷信依然成風，鄉俗惡劣荒誕，社會風氣敗壞不已，鄉民的劣根性難以去除等等問題。這些文章都發表在「社會調查」欄目上。

[47] 二、三〇年代的鄉土小說家對這些風俗習氣的題材有不少的描述，這類題材的作品，大致可類分並列表如下：

鄉俗類型	小說家和作品
冥婚	王魯彥〈菊英的出嫁〉
沖喜	葉紹均〈悲哀的重載〉、許傑〈出嫁的前夜〉、臺靜農〈燭燄〉
械鬥	許傑〈慘霧〉、王魯彥〈岔路〉
水葬	王魯彥〈水葬〉
典妻賣妻	臺靜農〈蚯蚓們〉、許傑〈賭徒吉順〉、〈大白紙〉、許欽文〈鼻涕阿二〉、柔石〈奴隸的母親〉、彭家煌〈貴州道上〉、羅淑〈生人妻〉

[48] 魯迅對鄉土人物的勾勒，不論是外在形貌或內在精神，都極盡「殘」、

　　另一方面，做爲身體和空間符號的「鄉土」，也常被五四知識份子視爲封建文化的保壘，或禮教習俗的鐵屋，是與黑暗、保守、閉塞、愚昧等修辭符號連接爲一體的場域，它是中國走向現代化進程所必先解決的問題。所以改造「國民性」，畫出沉默而病態的古老靈魂，或挖掘禮教「吃人」等等的呼號，都是指向鄉土身體救治的想像───一種企圖喚醒中國的啓蒙書寫。這正如費約翰（John Fitzgerald）所指出的：「新的中國需要新的人民，因此，舊中國的殘餘必須被切割、擠壓、推搡，直到它變得足夠傾斜，以適應被認可的出路」[49]。是以，深受西方文化思潮影響的五四知識份子，在西方現代觀念的燭照下，常以批判者和醫治者的姿態，把鄉土身體視爲「舊中國的殘餘」或「病者」，並努力地通過文學的啓蒙敘事方式、負擔起改造國民性的重任，甚至企圖爲未來國族尋找一條重建的工程。

　　而事實上，二〇年代的鄉土小說家，正是藉由這樣的現代啓蒙意識框架，將鄉土身體置放於啓蒙話語下來審視鄉土的。他們離鄉後的回顧姿態，以及透過記憶圖構方式和「自我經驗」（the experiencing I）的審視目光，暴露了宗法封建文化與風俗弊習如何對鄉民身體和心靈進行摧殘／抹煞，以及探索中國鄉土身

　　「醜」的展現，並以此投射鄉土身體的庸俗和麻木性。顏健富在論魯迅小說中國民性的建構時，就曾以「形醜德陋」，凸顯出魯迅在國民想像的企圖，即由此鋪敘國族未來希望的暗淡，以證見改造的重要。相關論述可見氏著《論魯迅《吶喊》、《徬徨》之國民性建構》，國立台灣文學研究所碩士論文，民國92年6月，頁91-109。

[49] 見費約翰（John Fitzgerald）著，李恭忠、李里峰等譯《喚醒中國──國民革命中的政治、文化與階級》，北京：三聯書店，2005，頁154。

體在落後、封閉、沉滯的文化空間，為何找不到出路的存在處
境[50]，這誠如丁帆所觀察到的：

> 五四鄉土小說家在哀嘆中國農業社區傳統文明的墮落時，
> 一方面是以人道主義的情感去撫摸農民的累累傷痕，一方
> 面卻用批判和嘲諷的目光，審視著這些國民的劣根性，以
> 去進行思想文化的革命。[51]

換句話說，鄉土小說家的鄉土敘事，除了對鄉民悲劇性的命運投
以同情外，他們其實都是有意識的企圖調動一套社會進化論為基
點的啟蒙思想，以對鄉土進行一場文化形態的批判；尤其是，當
鄉土想像被置入中國現代化與國族建構的進程中來審視時，知識
份子筆下的鄉土身體，不免也就常被置於現代化的對立面來思
考，以致構成了文明／蒙昧、進步／保守、富強／貧弱、開放／
閉塞、文明／迷信的二元關係，由此照見鄉土身體長久被奴役所
形成的落後、愚妄、匱乏與精神極度萎靡的不覺醒狀態，或對鄉
土上一切原生或新生之惡，予以顛覆性的批判。

---

[50] 魯迅在《中國新文學大系‧小說二集》的導言中，曾就蹇先艾所敘述的
貴州和斐文中所回憶的榆關，而對「鄉土小說」採取了這樣的定義：
「凡在北京用筆寫出他的胸臆來的人們，無論他自稱為主觀或客觀，其
實往往是鄉土文學，從北京這方面說，則是僑寓文學的作者。」（上
海：文藝出版社【影印本】，2003，頁9）乍看此一定義是以創作者為主
體，實際上，主要還是在於強調這些居外（都市）的鄉土小說家，是如
何通過回憶／想像去梳理或再現（或反映／揭露）鄉土，如何去看待鄉
土的風俗人情。（即如何在都市／文明／現代化的意識中，去探索種種
鄉土的出路問題來）

[51] 參見丁帆著《中國鄉土小說史》，北京：北京大學出版，2007，頁44。

　　王任叔（巴人1901-1972）在1928年出版的小說集《破屋》，正是呈現著這樣的書寫勢態。書題「破屋」，一如劉鶚在《老殘遊記》所夢見的「破船」，無疑是具有深層的象徵意義。它不但指出鄉土的衰蔽沒落，鄉民無路可走的存在處境；而且也暗喻宗法封建中國的老舊，如破屋般，極需重新修理整頓。在此，鄉土連接著鄉民的身體，成了啟蒙想像的場域，或國體改造工程的隱喻書寫。故在這「破屋」下的鄉民，也被刻劃成一群奴性、麻木、苟且、渾噩和沉默的靈魂。如小說〈順民〉裡的老狗，一心想做順民，所以心裡就只知道必須守著王法，卻忘了在自己矮屋中掙扎於饑餓和死亡邊緣的妻女。他只認定：「為人在世，最要緊的是守王法，人可以打老婆、孩子，作賤自己，但不能違反王法」（2001：56），然而諷刺的是，最後他卻被陳知事的「王法」給槍斃了；另一篇小說〈殉〉裡，則述說住在「破屋」裡的三田虯，因經營了二十年的竹山被雪災摧毀，進而為竹山殉道的愚昧故事。小說〈孤獨的人〉中，白眼老八則在偷情、偷人也偷樹的生活裡，展現了他的阿Q哲學：「偷，在這世界裡，哪個人不是偷兒。工廠的老板，偷工人的血汗。鄉間的地主，偷農人的血汗。我偷些人家的東西，又有甚麼罪過？」（2001：89）；至於王任叔的成名作〈疲憊者〉，講述了一個被苦役壓駝了腰背的短工僱農運秧，在外地處處被人欺負，回鄉為父奔喪，卻衣衫襤褸地只帶回一隻漆黑的木箱和一床破被而已。在鄉裡他「挨一天算一天」（王任叔：2001：89）地閒散渡日，苟且過活，後來寄居廟中，卻又無端被誣偷錢，以致必須面對牢獄之災。及出獄後，因找不到生活出路而淪為乞丐。故我們從這一系列被封鎖於「破屋」內渾渾噩噩的人物身上，可窺見鄉土歷史荒原的空

洞，如同墓穴，在裡面幾乎看不到一絲光的希望。而這些「光棍黨」[52]，在敘事裡被編碼，不僅使得他們的身體成了鄉土記憶中一個個被主宰和被奴化的符號，而且也如阿Q一樣，他們那愚昧麻木的鄉土身體，無疑已被設定，並成了小說家在啟蒙神話上，開啟拯救鄉土身體／靈魂之路的自覺書寫。

　　因此，在啟蒙意識的凝視之下，鄉土身體在二○年代鄉土寫實小說家的筆下，永遠是一個悲涼和苦難的象徵；他們的無知、守舊、怯懦等國民性格，形塑了鄉土身體不覺悟的存在狀態，靈魂的腐蝕萎縮。這些負面性格所形成的思想行為，是導致他們最後走向悲劇的主要原因。在二○年代的鄉土小說中，我們也到處可以看到這些人物行遊的蹤跡，如王魯彥〈阿長賊骨頭〉（1928）裡所描繪的阿長，意識昏聵的，僅就為了報復曾經發現他偷竊行為的村婦，而特意在路上等著去撞灑她手中的油瓶，並趁著爭論時，往那婦女的胸部揩油，且認為這樣的報復行為是光榮的，甚至感覺所有史家橋的人都被他報復完了；或如彭家煌〈陳四爹的牛〉那被人喊做豬三哈的農民周涵海，因妻子偷漢被鄉人取笑，處處受到欺壓歧視，而不敢反抗。替人放牛時又被逼不準吃飽，以致忍饑受餓地在死亡線上掙扎，最後因丟失了東家的牛怕被責難，而投水自盡；或如臺靜農的〈天二哥〉（1926），那看似性情豪爽的酒徒，實際上卻欺善怕惡（欺壓賣

---

[52] 王任叔在《破屋》小說集裡的許多人物，如〈疲憊者〉的運秧、〈孤獨的人〉白眼老八、〈殉〉中的三田虬、〈雄貓頭的死〉的雄貓頭等，都一生光棍，無父無母、無妻無兒，身無私產，家無寸財，是農村裡最底層和最受到壓迫的人物，命運往往也最悲慘。楊義把王叔任小說中的這些人物，歸為「光棍黨」稱之（《中國現代小說史，北京：人民出版社，1993，頁411》）。

花生的小柿子，可對曾告他遊街罵巷的蔣大老爺和打他小板子的縣大老爺卻不敢吭聲），虛渡時日，至死都愚昧無知；還有蹇先艾小說〈水葬〉（1926）裡的駱毛，因不守本份當賊，偷東西被捉而臨處水葬的死刑時，卻像阿Q一樣，對著搥打其背脊的鄉民罵說：「你們兒子打老子嗎？」，或無師自通地喊出「老子今年三十一！再過幾十年，又是一條好漢」，及至意志軟化，才想起死後老母無人贍養，進而才覺得死亡的可怕；除此，許欽文的〈鼻涕阿二〉（1927），也描繪出菊花對加及她身上的種種苦難，都是默默服從：不論在家裡受到歧視，或幹著奴婢般洗衣、燒飯和一切粗重的工作，還是出嫁夫死之後，被婆婆賣給錢師爺做妾，都表現著一種麻木性的默然承受，最後在苦難中無聲死去，連在錢師爺的牌位上立著刻有自己名字的牌位也不可得。因此，從阿長、豬三哈、天二哥、駱毛、菊花等這些源自於浙東、貴州、巴蜀、湘界等鄉土身體的展演，我們不但可以從他們身上讀出種種病態的國民心理，也可從中窺見這些鄉土身體內長久所隱藏的陰暗和畸形的世界。他們都是一群處在蒙昧狀態的無知者，在歷史長期積澱和落後所形成的封閉鄉土空間，集體演出了一齣齣「等待死亡」的戲碼。

　　以上所述的這些鄉土人物，其實可以上溯到魯迅筆下的阿Q、潤土和祥林嫂等角色類型裡去，他們同是在改造國民性思維的框架下，貫串成一個譜系，展現著渾噩、奴性、沉淪、麻木無知的修辭圖像，或在精神和肉體上，不斷墮入病態循環的文化歷史宿命論中，以至於這些人物，在做為人之主體的體現和價值上，是完全被否定掉。此外，這些鄉土人物在小說中的結局，

若不是瘋了，就是死去（判刑處決，或病亡）[53]；王潤華就曾對五四小說中人物的死亡進行過考察，並且指出，許多五四小說常以死亡做為故事的結束，是「代表作者對一切舊傳統之攻擊」，以及企圖由此去引起讀者「對舊文化傳統之反思」[54]。然而，我們可以藉此做更深入的探問：對一切舊傳統進行攻擊，以及企圖引發讀者對舊文化的反思之目的何在？也就是說，作者這樣的書寫，內含著一個怎麼樣的企圖？

---

[53] 關於二○年代具有代表性鄉土小說家作品中鄉土人物的死亡（各選一作），列之簡表於圖下：

作者與小說篇名	人物名稱與國民性格	死亡原因
魯迅〈阿Q正傳〉1921	阿Q：懦弱、自欺、愚昧	被誣陷造反而被槍斃。
魯彥〈菊英的出嫁〉1926	菊英：小女孩	八歲因患白喉而病逝。
許傑〈慘霧〉1924	香桂姐的丈夫：殘暴、愚昧	在玉湖和環村爭墾殖地的械鬥中慘死。
蹇先艾〈水葬〉1926	駱毛：自欺自大、惰性	因偷竊被捉而被處於水葬的死刑。
臺靜農〈天二哥〉1926	天二哥：奴性、愚昧無聊	因長期酗酒和得清尿病而猝死。
許欽文〈鼻涕阿二〉1927	菊花：苟安、麻木、殘酷	被錢師爺的新相好排擠，貧病而死。
彭家煌〈陳四爹的牛〉1927	豬三哈：自欺、卑怯懦弱	為陳三爹看顧的牛不見了，而沉水自盡。

相關「死亡」的論題，在許多鄉土小說中時可常見，小說家在其作品中，將這些「不幸」、「不爭」、「愚昧」、「懦弱」的小人物處於「死亡」書寫中，呈現著一種「除舊」的心理意識；這種「除舊」的心理意識，無疑是受到當時進化、進步與現代化的觀念影響。

[54] 王潤華在〈五四小說人物的「狂」和「死」與反傳統主題〉一文中認為：魯迅、盧隱、郁達夫，以及二○年代鄉土小說家如蹇先艾、臺靜農、許欽文等，他們在小說中所形構的人物死亡結局，是基因當時反傳統思潮所致；而死亡，也是一種對封建文化勢力和偽革命軍閥的無聲控訴。見氏著《魯迅小說新論》，台北，東大圖書公司，1992，頁46。

　　而死亡，實際上可以被視爲一種隱喻書寫，即小說家讓這些銘刻著愚昧、麻木、懶惰、奴性等文化符號的鄉土身體，處之於死，無疑隱含著一種文學原理，即身體被象徵化，由此以指涉對過去的決裂，或對封建傳統文化的終結。因此，這些被視爲不可能覺悟，前途暗淡和沒有未來的國民，被裝置在鄉土寫實的小說中，以死亡啟動文學的啟蒙話語，多少突顯了鄉土小說家在鄉土想像的書寫動機和目的──即改造國民（身體，包含靈魂精神），以期由此建構新興的國族。這樣的書寫自覺，一如杜贊奇（Prasenjit Duara）對啟蒙拯救所陳述的說詞：

> 民族國家不同於其他群體，它具有自我意識，因爲它需要在其進步之中產生出啟蒙歷史。但是，一但獲得自我意識，它也就站在歷史的終結之處。[55]

換言之，在社會達爾文主義的進化觀念中，啟蒙歷史所開啟的現代話語，必須與過去奴性和蒙昧的封建傳統文化決離，新舊二分，絕不妥協[56]，唯有如此，才能實現啟蒙的自覺，也由此才能創造出新的民體和國體來。關於這方面的認知，李大釗早在1919年2月的〈晨報〉就曾發表過這樣的呼籲：「我們中國是一個農

---

[55] 杜贊奇（Prasenjit Duara，"Rescuing History From The Nation：Questioning Narratives of Modern China"）《從民族國家拯救歷史：民族主義話語與中國現代史研究》，北京：社會科學文獻出版社，2003，頁43。

[56] 汪叔潛在〈新舊問題〉一文中，就斷然切割與舊傳統的關係，並指陳：「新舊二者，絕對不能相容。折衷之說，非但不知新，並且不知舊。非直新界之罪人，抑亦爲舊界之蠹賊。」見《新青年》第一卷一號，1915.9，頁49。

國，大多數的勞工階級就是那些農民。他們若是不解放，就是我們國民全體不解放；他們愚黯，就是我們國民全體的愚黯；他們生活全體的利病，就是我們政治全體的利病。」[57]，因此，當這些小說家在遠離鄉土的城中想像鄉土時，不免在鄉愁之外，對那長期封閉於野蠻、落後、愚昧和迷信等符號系統中的鄉土身體，深懷著一種改革和拯救的決心。

　　如前面所陳述的，二〇年代的鄉土小說家仍承襲著五四時期對歷史前景的想像，進化與進步被視為追求現代化進程的活動和知識生產，以做為改造中國社會和民眾的理論資源，故在這種理論指導的視域之下，他們回顧中的鄉土，不免被還原為蠻荒、黑暗、繆誤、愚昧和迷信的世界。那裡不再具有田園牧歌和烏托邦的想像，而是充滿著殘酷、死亡、荒謬和墮落的現實。如許傑在〈慘霧〉（1924）中所敘述的村落械鬥，玉湖莊和環溪村為了爭奪溪水衝刷出一片沙渚的墾殖權，不計生死的展開一場腥風血雨的殺戮，野蠻、殘暴、無知，卻組構成了吞噬一切身體的夢魘：

> 祠堂前的兩邊牆上，都豎著豬刀槍，約有一尺多長的雪亮的刀鋒，都張著牙齒冷笑……那鋒利的刀鋒下面，都繫著一簇鮮紅的，如傳說故事和戲臺上所看到的厲鬼的紅毛，晨風很急躁的吹動了它，我幻想著一個長滿了獠牙善於吃人的闊口，就在那下面。（1998：17）

---

[57] 見李大釗〈青年與農村〉《晨報》1919年2月20-23日，收入《守常文存》，北京：

「吃人」的闇口，厲鬼化為災難、血腥、殘忍的身體徵示，最後是指向了一個充滿著黑暗和荒原的圖景：

> 世界是被黑暗所佔領了；惡魔穿著黑暗之夜的魔衣，在一切的空氣中，用粗礪的恐怖之網籠罩人生，和尖利的死神之刀對峙人生。（1998：35）

鄉土被暴露於暴力的想像中，並被黑暗所佔據，彰顯了國民心理劣根性的特質；在此「吃人」的，不再是魯迅筆下所批判的禮教，而是宗法意識下的自私和好勝鬥狠的民風，它含具著人性內在的蒙昧情境。這樣的愚昧狀態，在王魯彥的小說〈岔路〉（1934）再次的重演。小說中，王魯彥藉由袁、吳兩村的習俗，認為關爺出巡可驅妖壓邪，消除鼠疫的虛妄迷思，以及爭奪巡遊路線的自私狂執，突出了銘刻於鄉土宗族身體上的無知愚昧，實是比瘟疫更加可怕的寓意。因此，當兩村人強悍的決定以械鬥來個「寧可死得一個也不留」（1990：68）時，仇恨可以說是已經毀滅了袁、吳兩村所有的希望；更諷刺的是，連他們執迷可以拯救村人的神明也自身難保：

> 關帝爺憤怒地在路旁蹲著，他的一隻眼睛已經受了石子的傷，他的一隻手臂和兩隻腿子被木槓打脫了。他本威嚴地坐在神轎的椅子裡，可是現在神轎和椅子全被拆得粉碎，變成了武器。強烈的太陽從上面曬到他的臉上，他的臉同火一樣的紅，憤怒地睜著左眼，流著發光的汗……（1990：68）

如此神體拆解的意象，不但將械鬥的暴虐和野蠻全都展示出來，而且也隱含了作者企圖拆解迷信風俗拯救鄉土的荒誕意識。唯追根究底，產生械鬥的原因，無非是鄉里宗法排外思想所致，它形成了鄉民心理的黑暗意識，瘋狂地吞噬著人性歷史的荒原。而明恩溥（Arthur H. Smith）在考察中國鄉村生活時，就曾指出，械鬥在中國村莊，終年不斷，它成了社會的亂源，也為國家帶來極大的問題[58]。因此，鄉土一旦淪為一個蠻荒的野域，勢必成了現代化進程的最大障礙。

　　同樣的，大量的祭祀、超渡、沖喜和冥婚的鄉村信仰習俗，勾勒出了一些鄉土荒誕的文化思維和行為模式，它如古老靈魂般繾伏於中國鄉土身體之內，並形成一種風俗迷魅，阻遏著人性的啟明和覺醒。而臺靜農的〈紅燈〉（1927）和〈燭燄〉（1926），在這方面具有非常深刻的描寫。〈紅燈〉述說一個喪子的貧困老寡婦，因夢見兒子慘死，所以四處借錢，想為兒子糊一個小紅燈，以便兒子的亡魂能夠在紅燈的牽引下超度，然而卻未能如願。最後從破牆上找到兒子留下的一張紅紙，而終於完成在鬼節超渡的儀式。〈燭燄〉則寫美麗的翠兒被當成殯葬品，嫁給病入膏肓的吳家少爺沖喜，結果入門四日後，就成了寡婦。這樣的鄉土銘寫，難掩原始心靈的幽黯，以及封建文化定向的密錄。命運與鬼魂，卻遙指向國族衰微與疲病的徵兆：沖喜的風俗是無法拯救一個沉疴積弱的病體，紅燈超度的，也是一個舊中國之魂。然而在這樣的敍事背後，是否存在著作者對國族新生的一分企盼呢？

---

[58] 明恩溥（Arthur H. Smith1845-1932）在《中國鄉村生活》，北京：中華書局，2006，頁223。

　　王魯彥的小說〈菊英的出嫁〉（1926），似乎回應了這樣的問題。通過浙東鄉間的冥婚，小說家一面描述這習俗所形成的鄉野奇觀，如死了十年的鬼魂會如世間之人一樣成長，會感到孤獨寂寞和婚配的需要；以及在擇定鬼婿後，浩大儀仗隊的送嫁，隆重婚禮儀式的舉行等，都被當成真實一般來置辦。那文化景觀，讀來令人覺得荒唐可笑。另一方面，王魯彥卻描繪菊英的母親，回憶菊英在八歲時罹患白喉症，但因為忌諱西醫，加上迷信神明賜藥，以致最後延醫而死的事故。原本天真可愛的菊英，在病逝前，其八歲病體顯得幾乎不像人樣：

> 她的喉嚨中聲音響得如豬的一般了。說話的聲音已經聽不清楚。嘴巴大大開著，鼻子跟著呼吸很快的一開一閉。咳嗽得非常利害。臉色又是青又是白，兩頰陷了進去。下顎變得又長又尖。兩眼呆呆的圓睜著，凹了進去，眼白青白的失了光，眼珠暗淡的不活潑了──像山羊的面孔！死相！（1990：29）

小說後面對病體細緻的描寫，對照著前面冥婚的熱鬧，使得敘述的意義有了延伸的指涉。小女孩的死亡，與鄉土封閉性文化及愚昧蠢行相互連結，證見了歷史在蕭森鬼氣之中的幽黯前景。因此，當魯迅在〈狂人日記〉中借狂人的口吶喊：「救救孩子」時，迴聲在歷史空間尚未消散，王魯彥卻在這個時候，以菊英的死亡，答覆了一切。

　　當村落幽黯的心靈仍然無法啟明時，鄉土中國如何變置為現代中國？在迷信和神魅之間，鄉民的集體心象，言說了村落鄉

土重重帷幕中一些文化的落後與原始。而宗法統治、習俗統治的殘忍與野性，更形塑了一具具病態的身體，在各地鄉土上四處遊行。誠如布萊恩・特納（Bryan Turner）所指出的，身體是文化的交結點，故有怎麼樣的文化，自然也會產生怎麼樣的身體[59]。換句話說，身體本身是被文化所塑造，相反的，身體也可以反映出某個地方的文化特質。而鄉土中國的封閉性，以及由鄉村習俗和宗法制度所鑄就的深層文化結構心靈，無疑塑成了鄉土人格的病態，扭曲了他們的靈魂，也構造了無數醜陋殘缺的鄉土身體。

最明顯的是典妻賣妻的習俗。這古老父權專制文化下所生產出來的陋習，幾乎在許多鄉村都普遍地存在著，而且還被認可。然而，這習俗卻使女性被貶抑為非人化的物品，成了工具，也成了男性可以典來贖去的私產，她們被當著商品般交換，或作為性工具一樣被反復使用。這類鄉村習俗是一種醜陋、野蠻、落後和衰微的古老現象，它與五四新知識份子所提倡的進化與文明，以及國族建構，尤其是「新女性」／「新國民」的身體塑成，可以說是完全相違。這樣的習俗，是中國老邁衰敗的象徵，是啓蒙話語中必須受到審判與革除的現象。而二〇年代鄉土小說家在這方面的敘事，不僅是為了暴露鄉村典妻賣妻成風的陋習，或將批判的指頭指向這陋習背後，父權專制的文化歷史，最重要的是，他們企圖通過這樣的書寫，以去引發國民們對舊文化的警醒和覺悟，進而實現重建現代國族品格的宏大使命。

在這樣的一種政治文化語境中，典妻賣妻的鄉土陋習，遂成了許傑、臺靜農和柔石等人試圖以小說介入「探討人生、批

---

[59] 見Bryan S. Turner, "The Body and Society", Sage Publications, Newbury Park 1996, p99。

判封建文化、建構現代國民的試驗場」[60]。在臺靜農的小說〈蚯蚓們〉（1926），貧農李小「賣妻」並非出於自願，而是碰到了「十來年沒有遇見的荒年」（2003：416），以致平時勤謹勞作的他，卻也抗拒不了被命運操縱的無奈。臺靜農一面描述農民聽天由命與奴隸的性格，一面卻揭露田主的壓迫和狠惡，如李小在走頭無路時，跑到他主人家裡去借貸，所得的回應卻是：「你這東西還不知道利害；要曉得我一個稟帖送了，你這條命就沒有啦！」（2003：416）而李小的反應卻是，先感到害怕，然後又感激他主人沒把他送官處理。在此，臺靜農深刻地勾勒出田主的霸道與農民的奴相來。農民（「地之子」／「蚯蚓們」）的不覺醒精神狀態，馴良、依附、卑怯和愚昧的奴隸生存方式，是造成他們處於生活慘境的根源。而「賣妻」這一道深深烙印於農民身上的舊歷史文化創傷，正是千年鞏固於鄉土內部結構的封建宗法文化，以另一種「吃人」的形式，吞噬掉無數永遠處於弱勢階層的「地之子」。

　　而同樣是「典妻賣妻」的題材，在許傑的小說〈賭徒吉順〉裡，卻被導向了國民劣根性的批判。如小說所描述以賭為生的吉順，一旦贏錢時，就在酒樓內與眾賭友飲酒慶祝，神情得意，及有中介者來向他提議典妻的事，他則表現著一種傲然的態度而加以拒絕，並認為「這是何等可恥而羞人的事！寧可讓她們餓死吧，我不能蒙這層羞辱」（1998：94）；可是在他賭輸後，欠債無以償還而請求中介者牽線賣妻時，卻又表現著另一種卑躬屈膝的神態；尤其是在走往賣主家的路途上，他的神情更宛如「被人

[60] 劉傳霞、石方鵬〈論五四以來「典妻」題材小說的衍變〉，河南師範大學學報（哲學社會科學版），第30卷第6期，2003，頁101。

毆打而低頭垂尾的家狗」；而在賣主家門前，等著中介者與賣主
商價期間，他卻發起了賣妻後飛黃騰達的美夢：

> 我有了巨大的資本，還有甚麼不可為呢？賭博、經商、投
> 資、企業，……何一非獲利的機會；那個時候，怕甚麼人
> 不如稱現在的俊卿、哲生們一樣的，稱我做甚麼順老爺
> 了嗎？」「呸！你們滾開，聽你順老爺的吩咐！甚麼？
> 你不認得我是順老爺嗎？——啊！城東趙老爺喊我打麻
> 雀。去，去！你說我順老爺沒有功夫，今天縣知縣還要我
> 喝酒，請我陪他的夫人打牌呢？甚麼趙老爺，我認也不認
> 得！你們現在可認得我了！……（1998：105）

這種種心理轉折的細膩述寫，將賭徒吉順猥鄙無知和麻木不仁的
國民劣性表露無餘。在此，典妻對吉順而言，如果有羞恥，也純
只是涉及男性尊嚴的面子問題，卻不含具任何人性道德的考量；
而妻子，在他而言，不過是一種可用以兌換金錢的物品，或隨時
可以轉賣的生殖奴隸。於此，小說敘述凸顯了宗法文化衍生的陋
習之惡，已然內化成了吉順的精神一部分，從某方面而言，它也
造成了其性格的畸變與人性的扭曲根源，進而暴露出了封閉性
國民劣根病態的悲哀。故在此我們可以窺見，許傑是藉由這類
「奴役他者」的「典妻賣妻」行為，而對夫權、父權的宗法文
化，以及麻木無知的國民性格，給予了最深刻的叩問、揭露和
批判。

　　除此之外，如果說臺靜農和許傑在「典妻賣妻」的敘述上，
只限於刻劃丈夫在賣妻過程中的心理狀態，而並無涉及賣妻後妻

子在精神與肉體上的感受描繪，則到了柔石（1902-1931）的小說〈為奴隸的母親〉（1930）[61]，婦女被典賣的身體，卻成了主要的敘述焦點。在此，春寶的母親，完全被充當成傳宗接代的生殖工具，以物品的方式，被沉溺於煙酒的丈夫黃胖用一百塊錢典給老秀才生子，這期間，婦人不但喪盡了身體的自主權，而且做為春寶母親的基本權利也被剝奪了。更不堪的是，當她在秀才家生了秋寶，不僅秀才妻不讓她的兒子稱她做親娘，而且她還需過著如奴如僕的勞動日子，及至三年契約期滿，她做為生殖工具的利用價值喪失了，婦人又得再次被殘忍地剝奪掉做為母親的權利，撕心裂肺的被逼離開秋寶。甚至回到原家，卻連親生兒子春寶都不認識自己的母親了。在這小說裡，柔石寫出了女性身體／精神在典妻煉獄中的雙重摧殘和喪失，也寫出了在封建宗法制社會封閉環境中的無序狀態，使鄉土中國的倫理迅速墮陷於崩潰之中。女性的身體在此被充當為宗法體制下的祭品，正印證著封建歷史黑暗和非人性的一面。而男性的身體呢？同樣呈現著一種弱質的病態，如婦人的丈夫「黃胖」：

---

[61] 一般上，在現代文學史（包含現代小說史）的編定上，柔石是被置於左翼作家的陣容裡，這主要跟他是「左聯五烈士」（柔石、殷夫、馮鏗、胡也頻、李偉森）的身份有關。實際上，從其小說作品，不論是長篇《舊時代之死》（1926），或短篇代表作的〈人鬼和他的妻子的故事〉（1928）、〈二月〉（1929）、〈為奴隸的母親〉（1930）等作，多是描述青年知識份子和勞苦大眾的生活狀況，以及對封建宗法文化的批判，在這方面，他深魯迅小說的影響頗深，反而對階級鬥爭比較少涉及。故林非就曾指出，柔石的作品：「更多的是接受了五四文學革命的傳統，更多吸取了啟蒙主義思想的營養」（《中國現代作家選集：柔石》序，香港：三聯書店，1991，頁2），所以在此，本文將其小說〈為奴隸的母親〉置於鄉土啟蒙敘述的脈絡裡來討論。

> 在窮底結果的病以後，全身便變成枯黃色，臉孔黃的和小
> 銅鼓一樣，連眼白也黃了。別人說他是黃膽病，孩子們也
> 就叫他「黃胖」了。（65）

丈夫的身體形象在描述中被抽象化為一種具有隱喻性的符號，
「枯黃色」、「小銅鼓」和「黃胖」，可指涉為大多數中國鄉土
身體的縮影，也可以徵示為中國的國體；尤其是中國的國民被稱
為「黃帝子孫」，「黃皮膚」和「黃臉孔」的意象，是族群認同
的膚色。然而，這樣的身體，卻患了「黃膽病」，成了體虛的
「黃胖」。在此，他不但喪失了生存能力，而且還淪落為孩子們
取笑的對象。除此，他的無能和窮困，卻「使他變做一個非常兇
狠而暴躁的男子」（65），他唯一能彰顯男性權力的對象，就只
有在自己的妻子和女兒身上。對妻子，他是典賣；對女兒，卻是
如屠戶般的捧殺：

> 那時她生下了一個女兒，她簡直如死去一般地臥在床上。
> 死還是整個的，她卻肢體分作四碎與五裂。剛落地的女
> 嬰，在地上的乾草堆上教：「呱呀！呱呀！」聲音很重
> 的，手腳揪縮。臍帶繞在她底身上，胎盤落在一邊，她想
> 掙扎起來給她洗好，可是她底頭昂起來，身子凝滯在床
> 上。這樣，她看見她底丈夫，這個兇狠的男子，飛紅著
> 臉，提了一桶沸水到女嬰旁邊。她簡直用了她一生底最後
> 的力向他喊：「慢！慢……」但這個病前極兇狠的男子，
> 沒有一分鐘商量的餘地，也不答半句話，就將「呱呀，呱
> 呀！」聲音很重地在叫著的女兒，剛出世的新生命，用他

> 底粗暴的兩手捧起來，如屠戶捧著將殺的小羊一般，撲
> 通，投下在沸水裏了！除出沸水的濺聲和皮肉吸收沸水的
> 嘶聲以外，女孩一聲也不喊。（67-68）

這是宗法制以男性為主的夫權和父權之權力展示，一種對女性身體的控制，以及顯現淫威的唯一手段。而柔石卻以此苦難的母體和受難的女嬰，陳述了這封建宗法下農鄉男權之暴虐，之殘酷與瘋狂；它是病態的，一如小說中那代表著沒落文化制度，又懼內、自私、虛偽和故作風雅，以及為子嗣典妻的老秀才，他們都是宗法身體的延伸，是創生力萎縮和退化而成為畸形國民的一種隱喻。是以，處在這樣的文化歷史情境之中，中國的未來是充滿著幽黯和茫然的。小說在結尾時描述春寶的母親回到舊家後的失落，那不僅只是一個女性的命運寫照，其實也是對兩千多年宗法制鄉土中國的前景描述：

> 沉靜而寒冷的死一般的長夜，似無限地拖延著，拖延著……（89）

長夜漫漫，冷寂如死，構畫出了一幅「無聲中國」的圖景。而奴隸的女性、無能的男性，正是在這鄉土圖景中被編碼，以讓敘述者做為一種啟蒙敘事，來喚醒更多被禁錮於這「沉靜而寒冷的死一般的長夜」內之國民，讓他們走出來，走向「新國民」和「現代化」的行列。

因此，一如舒衡哲（Vera Schwarcz）所指出的，如果沒有五四啟蒙運動倡導者對舊文化的批評，就絕不可能拯救國家和復

興民族[62]；同樣的道理，如果無法改革國民的奴性和愚昧思維，則中國不可能走向新民族新國家的現代化路程。而做為新式教育體系所產生的知識份子如王魯彥、臺靜農、許傑、彭家煌、許欽文等人，在鄉土敘事上，針對古老農鄉群體生活方式的述寫，無疑是具有一定選擇性的展示。基本上，他們還是依循著魯迅的創作路線，以農鄉病態的人性和人格，以及文化劣根等種種現象入筆，並企圖由此以「揭出病痛」和「引起療救的注意」，來達至啓蒙的終極目標。是以，在這樣的啓蒙視域下，他們的小說自然也異於沈從文和廢名等人以鄉土抒發田園牧歌式的人性和人情之美，而是以揭露的手法，挖掘鄉土蒙昧、保守、封閉、墮性、狹隘等傳統文化下所鑄就的國民劣根性，以及農鄉民風習俗的積弊和破敗，展示著一幅幽暗的圖景。然而，這書寫背後，實是潛藏著一種改造的意識，尤其是鄉土身體在敘事中被設置成無知、頹唐、迷信和愚昧化，正也意味著被納入為國族建構的身體，必須經由啓蒙、改造和解放，才能達到國族真正的自主與解放。杜贊奇就曾指出，做為文學創作者的知識份子，在這樣的建構工程中是扮演著非常重要的角色：

> 知識份子面臨最重要的工程之一，是重新塑造人民。人民的教育學不僅是民族國家教育系統的任務，也是知識份子的任務。他們是通過民歌民謠，或文學參與其中。民族是

---

[62] 舒衡哲（Vera Schwarcz）著、劉京建譯《中國啟蒙運動：知識份子與五四遺產》，台北：桂冠出版社，2000，頁359。

以人民的名義興起，而授權民族的人民卻必須經過重新塑造，才能成為自己的主人。[63]

而二〇年代這些接受新教育的鄉土小說家，其實正是以一種現代意識的啟蒙敘事，企圖通過小說去療救鄉土，進而為處於邊陲的鄉土身體尋求一個歷史的更新；或尋找新青年／「新青年」所召喚的，新鮮活潑、自主、進取、進步的身體，以期由此去組構一個新的國族，新的未來。因此，以啟蒙做為一種方法，或以國民性批判做為一種身體改造的策略，無疑是五四時期這些小說家們在追求現代化過程中，不得不然的一種書寫表現，也是當時鄉土敘事的一個重要主題。

第二節　銘刻的群眾：三〇年代國民性改造戲仿與書寫

如上一節所陳述的，五四的現代性啟蒙話語，為小說家提供了一個以小說拯救國民身體／靈魂的宏大敘述（Grand Narrative）。這樣的敘述，崇信著歷史的進化，以及新文化運動以來強力提倡的民主、科學、自由與平等的觀念。而在這觀念下，亦衍生了個人主義和個性解放的身體敘事，其終極目的，主要還是在於解構封建傳統文化，並以此促進國家的進步，或達至國族現代化的理

---

[63] 杜贊奇（Prasenjit Duara，"Rescuing History From The Nation: Questioning Narratives of Modern China"）《從民族國家拯救歷史：民族主義話語與中國現代史研究》，北京：社會科學文獻出版社，2003，頁19。

想[64]。是以，在五四時期許多小說家筆下的國民，不論是從身體到精神，難免會被扭曲、污穢、羸弱化、病態化和醜化，以便做為剖析和治療的對象。這樣一套模式化的啓蒙書寫，將身體納入國民改造的場域，或成了改變民族和國家體質的想像焦點，它實際上服膺了陳獨秀所強調的：「欲圖根本之救亡，所需乎國民性質行為之改善」[65]，和「以新國家、以新社會、以新家庭、以新民族」[66]的新文化革命話語，以此做為創作理念，並期待通過這樣的敘事觀念指引讀者，或變更他們的思維，甚至通過民族的共同想像，使個體與國族的需要相聯屬，進而建構一個能與世界接軌的現代國族來。

然而，1925年5月發生於上海的「五卅運動」（在此運動中十三名工人與學生在英租界被錫克巡撫突發槍殺），再加上1926年的「三一八事件」（北京段琪瑞政府軍隊向抗議接受帝國主義賣國投降條件而遊行示威的學生開槍，共有47名學生在這事件中死難），使得原有的新文化運動被納入到更廣泛的領域，以做為一種自我覺醒的國族意識，如舒衡哲（Vera Schwarcz）所指出的：

---

[64] 黃金麟曾指出：「新文化運動希望能以人的解放、個性的解放、和身體的解放作為起始，來達到國家的最終獨立解放」（2001：69），因此，五四時期一些作家所敘述的「個人意識的覺醒」，或強調個人從深層結構的傳統封建束縛中解脫出來，至終目的還是在於促進國族的進步，並扭轉中國自鴉片戰爭以來積弱的國勢。相關論述亦可見於周昌龍著〈五四時期知識份子對個人主義的詮釋〉，收入於《新思潮與傳統——五四思想史論集》（台北：時報文化出版社，1995），頁11-41。

[65] 見陳獨秀〈我之愛國主義〉《獨秀文存》卷四，上海：亞東圖書，1922，頁33。

[66] 陳獨秀〈一九一六年〉《獨秀文存》卷一，上海：亞東圖書，1922，頁18。

> 死亡學生的幽靈最終打碎了知識份子所持有的，思想能夠
> 指引（或至少能夠超越）政治的期望。然而政治暴力也促
> 使他們調整自己的啟蒙思想，以適應中國民族主義革命的
> 需要。（2000：167）

啟蒙意向在這時期有了更大的變動，它不再局限於新文化的傳播
或個性的張揚上，而是直接訴諸於政治的參與。面向群眾的啟蒙
話語，也成了一種意識形態的宣傳。最明顯的是，一些知識份子
已經意識到，思想啟蒙對國民身體改造的緩慢與局限性，尤其是
身體面對暴力的侵凌時，更是無所著力。因此，在「血的手、
血的眼、血的口」和「血土、血花」[67]的悲憤中，魯迅曾提出了
「血債要用血來償」[68]的暴力對峙；而胡愈之則強調暴力是防治

---

[67] 朱自清在「五卅運動」後，一改他溫和的個性，而寫下了悲憤的〈血
歌〉（刊於《小說月報》第16卷7期。1925年7月）：「血的手！血的手！
戴著指，指著他、我、你／血的眼！血的眼！團團大，射著他、你、我
／血的口！血的口！申申誓，唾著他、我、你」，而同期也刊登了葉聖
陶的一篇文章〈五月三十一日的急雨中〉：「這塊土是血的土，血是我
們的夥伴的血，這不夠是一課嚴重的功課麼？血灌溉著，血溫潤著，行
見血的花卉在這裡，血的果結在這裡。」相關資料轉引自舒衡哲（Vera
Schwarcz）著、劉京建譯《中國啟蒙運動：知識份子與五四遺產》，台
北：桂冠出版社，2000，頁163、174。

[68] 魯迅在〈忽然想到之十〉，針對「五卅慘案」英帝國巡捕開槍射殺上海
遊行的學生和工人，而憤慨的寫下了「我們早就該抽刀而起，以血償血
了」（1981：89），及至「三一八慘案」，發生段祺瑞令衛兵以刀棍砍殺
和槍殺請願的民眾（大部份是學生，重傷而死者47人，傷者150多人），
悲痛莫名的在〈無花的薔薇之二〉寫出：「墨寫的謊說，決掩不住血
寫的事實。血債必須用同物償還。欠拖得愈久，就要付更大的利息」
（1981：264）之句，（《魯迅全集》三卷，北京：人民文學出版社，
1981。）

暴力的最佳禦侮方式[69]。這種暴力行使，使得身體在反抗中必須面受最大的摧殘。不論是從反抗帝國主義的侵略，或反對軍閥的亂政，身體成了維護國權國體的最後防線，以及歷史創傷的記錄。而1927年的北伐和國共的分裂清黨，無疑加激了暴力做為合法化的政治鬥爭演出。歷史在此刻所敘述的，更是鐵和血之下，一片荒塚和白骨纍纍的故事。

這時期的文學創作，隨著整個社會的變革而變得越來越政治化。歷史、革命、意識形態，掩蓋了五四自由思想的聲音。郭沫若在1928年喊出了「個人主義的文藝老早過去了」[70]，「革命文學」的呼聲，歷經了蔣光慈、成仿吾、郭沫若等人的鼓吹[71]，成了三〇年代前後的主奏曲。除此，文學也成了以「接近農工大眾的用語，或以農工大眾為對象」的無產階級革命服務工具[72]。革命文學、無產階級文學、普羅文學，以同義和共同的方向走入農工群眾之中，以為國族建構開發了另類的身體改造方式。

然而，在三〇年代政治革命濃厚的氛圍中，我們不由好奇地想提問，自五四以降的國民改造想像／書寫，就此斷絕了嗎？若

---

[69] 參閱胡愈之〈我們的時代〉，《胡愈之文集》，北京：三聯書店，1996年，頁329。。

[70] 郭沫若（發表時以麥克昂為筆名）〈英雄樹〉，《創造月刊》，第一卷第8期，1928年3月。

[71] 蔣光慈在1924年發表〈現代中國社會與革命文學〉，在1928年又發表了〈關於革命文學〉（《太陽月刊》第二期1928.2）；郭沫若也在1926年發表〈革命與文學〉（《創造月刊》第1卷3期1926.5）；成仿吾則發表了〈從文學革命到革命文學〉（《創造月刊》第1卷9期1928.2）等。

[72] 見成仿吾〈從文學革命到革命文學〉，刊於《創造月刊》第1卷第9期，1928年2月。（收入於馬森主編《文學與革命》，台北：駱駝，1998，頁55-66）

有，則誰在想像／書寫？以及如何想像／書寫？而需要被改造的
對象又是誰？

一、國民的老靈魂：古老中國的身體

　　老舍在《二馬》（1931）的小說中，曾對中國國民的老靈魂
有著這樣一段消遣性的文字：

> 民族要是老了，人人生下來就是「出窩兒老」。出窩老是
> 生下來便眼花耳聾痰喘咳嗽的！一國要是有這麼四萬萬個
> 出窩老，這個國家便越來越老，直到老得爬也爬不動，便
> 一聲不吭的嗚呼哀哉了。[73]

以及：

> 　　「我們的文明比你們的，先生，老得多呀！」到歐洲
> 宣傳中國文化的先生們撇著嘴對洋鬼子說：「再說四萬萬
> 人民，大國！大國！看這『老』生們撇著嘴對洋鬼子說：
> 「再說四萬萬人民，大國！大國！看這『老』字和『大』
> 字用得多麼有勁頭兒！」
> 　　「要是『老的』便是『好的』」，為甚麼貴國老而不
> 見得好呢？」不得人心的老鬼子笑著回答：「要是四萬萬
> 人都是飯桶，再添四萬萬又有甚麼用呢？」[74]

---

[73] 老舍《二馬》，《老舍全集》（第一卷），北京：人民出版社，1999，
頁423。

[74] 老舍《二馬》，《老舍全集》（第一卷），頁424。

中國的老靈魂似乎是三〇年代一些作家筆下沉痛的創傷，歷史的殘餘物——傳統文化所衍生的舊身體，在現代性的衝激下，成了國民性話語中不得不批判的對象。中國國體的衰微，總是與這些「老的」和「出窩老」連結成為一體，形成敗壞、沉淪、死亡，甚至歷史的縮影——「骷髏」的意象。因此，在現代文學批判的主題下，它常常落入被諷刺和消遣的對象。在國族想像裡，更是必須面對不斷的改造和革命，以尋求身體和國體的更新。這些老靈魂／身體，揹負著過去的文化責任，自尊自傲，卻對未來茫然，不知何去何從。因為「老」，他們不但在時代的前進中成了「障礙物」，而且進入現代性的時間裡，也被扭曲為哈哈鏡面上的影像，以做為改造國民身體的省思敘事。

最明顯的例子是老舍在《二馬》中所描述的「老民族裡的一個老份子」馬則仁（老馬），他幾乎是集一切中國老靈魂的特質：瞎愛面子、盲目樂觀、懶散疏放、不思進取、虛浮愚昧、卑視婦女等行為思想。如他的人生觀就是做官發財、娶妻生子後又再討姨太太，並安享晚年：

> 為甚麼活著？為做官！怎麼能做官？先請客運動呀！為甚麼要娶老婆？年歲到了嘛！怎麼娶？先找媒人呀！娶了老婆幹嘛還討姨太太，一個不夠嘛！……這些東西夠老民族的人們享受一輩子的了。馬先生的志願也自然止於此。[75]

---

[75] 老舍《二馬》，《老舍全集》（第一卷），頁424。

因此，除了當官之外，他對任何業務都視為卑賤、俗氣和沒出息。對其已故兄長留給他繼承的古玩物店，更因輕商賤利而無心打理。他的黃腫臉相，成了英國小孩口中起哄的呼號Chink，然而他卻又很在乎面子和虛禮，只要有人給他面子，他便將古物送人或請人吃飯，若誇他請的飯好，他就非要請第二回不可。因為在他的價值認知裡是「中國人的事情全在『面子』底下蹲著呢，面子過得去，好啦，誰管事實呢！」[76]故凡事顧及臉面，就算是顧全了大局，即使吃虧也無所謂。於是他愛擺起架子，死守長幼尊卑的思想，堅持叫李子榮為「夥計」而不稱「先生」，對兒子馬威則開口閉口都不忘強調「別忘了我是你爸爸」，及至被馬威數落，卻自哀自怨「在鬼子國沒地方去告忤逆不孝」；可是面對外國人的挑釁時，他又膽怯地露出奴相，甚至會為了十五英磅的酬金去演一部侮辱中國人的戲裡角色。再者他個性放任疏懶，覺得只要活到了五十歲，就該生養休息，等著享老福了。因此他成了倫敦的第一個閒人，「下雨不出門，颱風不出門，下霧也不出門」；這樣的老靈魂，被安置於強調民族自尊、求實苦幹和奮鬥進取為價值觀的英國文化氛圍裡，其固步自封和愚昧無知的行為性格，將在異文化的對照中而被格外放大，以顯示出中國的老靈魂，是永遠跟不上世界競爭的腳步的。

老馬的「官本位」身體，是千年舊文化生成的思維結構，它與《老張的哲學》（1928）裡以「錢本位」為人生價值目標的國民性向，是有其內在的相通之處。有錢才能求官，當了官之後，才能生財，所以集教員、商人和軍人於一身的老張，才會積極的

---

[76] 老舍《二馬》，《老舍全集》（第一卷），頁509。

想打通政界，因為「做甚麼營業也沒有做官妙。做買賣只能得一點臭錢……作官就名利兼收了」[77]，而且還可娶姨太太，這是構成老靈魂惰落的淵藪。而老張以國學的幻相，販賣《三字經》、《百家性》，卻將黑手伸進李靜的世界，欲強納之以為姜，結果不但破壞了李靜和王德的戀情，也造成李靜家破人亡。

　　故官本位和錢本位，成了老國民政治化的身體，它與舊王朝的政治文化緊密結合，形成密集的網絡，魅惑著國民的心靈。從某方面而言，它是身體／國體的兩大病灶，長久地掏空國民的國家和民族意識，使身體歸屬於私利的官位和錢財，而忘乎國家與民族的未來前途。因此，在外國侵佔和凌辱的歷史記憶中，只有去除這兩大病灶，才能回歸到公領域裡，去尋求民族國家的認同。如在《牛天賜傳》（1934）的小說，只有代表「官本位」的養母和「錢本位」的養父過世了，牛天賜才算是擺脫了這兩大病灶的糾纏，認清了自己的位置，並立意到北平上學，最後「平地被條大蛇背了走」；在此，從西方移入的器物──火車，被神話化，暗喻著牛天賜脫離了封閉的小鎮和傳統文化的束縛，必須經由西方器物的拯救，才有可能脫離老靈魂的糾纏，而走入了現代進程之中。

　　老舍對國民老靈魂的書寫，仍承續著五四時期的啟蒙和國民性批判意志。唯他更張聲調，以嘲諷與戲謔，神入於寓意之中，不旗鼓於個人主義和自由解放的吶喊，而轉向市民的文化心理，消遣／解了中國老靈魂的故體。他的旗人身份，讓他更能深入地觀察到晚清以來的文化痼疾，國民的病根，加之於他的愛國主

──────────────
[77] 老舍《老張的哲學》，《老舍全集》（第一卷）〈老張的哲學〉，頁67。

義，使得他的敘事在笑淚聲影中，更能撞擊人心。楊義指出，老舍嘲諷的反面，常常隱匿著民族自覺自強的覺醒意識[78]。而這樣的呼喚，對中國老靈魂的衰老和頹靡，將會形成怎樣的心靈改革？

在一則曲折離奇的國族寓言之中，《貓城記》（1933）轉換了身體敘事，以貓喻人，為九‧一八後，中國東北的淪亡和國族日危敲下了一局響鐘。因此貓國體現了國族命運存亡的預測和焦慮，國民性格被勾勒出來，以證見這兩萬多年的老靈魂之腐敗墮落、無知愚昧、貪懶好色、目光短淺又性喜自相殘殺的國民文化性向，是促成其國族消亡的主因。尤其當貓國將名為「國魂」的錢幣用以兌換「迷葉」（隱喻鴉片），並依賴它所給予的精神麻醉渾渾噩噩生存度日時，無疑就已預設了貓國必然絕滅的結局。另一方面，由於精神老朽，所以這國度不存在著「青年」，唯老靈魂卻無處不在，彼此互相哄騙，造成國事一塌糊塗。況且貓人又怯於對外，而勇於內鬥，以致矮人敵軍兇猛攻入，卻無反抗之力而遭受活埋和殺戮的暴行，最後剩下兩個貓人仍在自相殘殺，結果被矮兵俘獲後裝進大木籠裡時，卻見：

> 他們還在籠裡繼續作戰，直到兩個人相互咬死；這樣，貓人們自己完成了他們的滅絕。[79]

---

[78] 見楊義《二十世紀中國小說與文化》，台北：業強出版社，1993，頁166。

[79] 老舍《貓城記》，《老舍全集》第二卷，北京：人民出版社，1999，頁298。

在此，老舍以血淚的寫實指向了中華民族的失落，以及國魂自毀，滅亡將臨的危況。一如文中老舍借小蠍的口呼號：「糊塗是我們的要命傷……經濟、政治、教育、軍事等等足以亡國，但是大家糊塗足以亡種。」[80]因此貓種的滅絕擴大了歷史的命題，將「亡國」升向「亡種」——文化身體的亡逸：永遠的絕滅。

　　故老舍此一張力全開的國族想像，集結著兩個夢胎：身體／國體的改造和國族的富強。而寓言隱喻之所指，盡在於「救精神」。不然老靈魂附體，「貓人也只好換種」了。是以，國族拯救，乃以改變精神層面爲依歸，以期由此敘事開啓覺悟，以國民性文化批判，去點醒沉睡的靈魂。然而老舍所提出的理想設計，仍是教育救國的老路，如《貓城記》裡小蠍的啓蒙話語：「爲甚麼要教育？救國。怎麼救國？知識與人格」[81]。這是老舍讀書救國論的延伸，以人格教育做爲救亡圖存之道，由此顯見其將教育視爲人類歷史進步原動力的理念，也與其做爲教育者的身份，以及人道改良主義者的思想相符合。

　　有趣的是，沈從文卻早在1928年發表了《阿麗思中國遊記》那詭麗奇異的「類童話」小說。它是以戲仿的方式去想像中國，甚至消遣／解中國老靈魂的故事[82]。這部小說不若老舍《貓城

---

[80] 老舍《貓城記》，《老舍全集》第二卷，頁283。

[81] 老舍《貓城記》，《老舍全集》第二卷，頁238。

[82] 沈從文的《阿麗思中國遊記》明顯的是戲仿自Louis Caroll的童話故事"Alice in Wonderland"（《阿麗思漫遊奇境記》），此書在1922年由趙元任翻譯出版。沈從文也曾說明他寫這篇小說的靈感是來自這部中譯本。而小說中的主要人物如阿麗思和兔子約翰·儺喜並無更改，只是情景卻全移至中國古老偏僻的湘西山村，讓奇風異俗以及中國的陋習劣性，如軍閥以內戰爲賭博、官僚政客的結黨營私、文人紳士的勾心鬥角、人肉市場的論斤計兩買賣兒童等等，隨著阿麗思和兔子的步履所及，而一一展示開來。

記》所展現的「以一個國族主義者拯救國族」的隱喻為目的，而
是將阿麗思變成了一個工具，去探討和反思中國身體／國體的特
徵。在此「虛構遊記」中所開出的現實情／場景，無疑更能真實
地呈現國族歷史內在種種的現象與問題，以及心靈的當下具現。
因此，通過外來者阿麗思的巡視，沈從文大量挖掘出一個弱勢國
族的文化和政治問題，以及種種醜惡的生存狀態。這是一種精神
救贖的書寫表現，也是一個文人省思自己民族歷史創傷和演進的
心理展示。

　　在這小說裡，中國的被觀看，就已預設了弱勢國族的命運：
它只能對強勢國族進行模仿、屈服和認同。這是當時處在上海法
租界的沈從文，最深刻的感受。是以，在反思國族的命運時，他
曾經沉痛提出：民族國家歷史的拯救，難道必須通過遺棄自己的
文化身體，而成為翻版的歐洲人，才能進入現代化的歷史場景
嗎？這樣的意識，經由阿麗思被催促盡快出發到中國旅遊，以免
新文化改革之後，就錯過了觀賞到舊中國文化的奇情異景可窺見
一斑：

> 我們知道在中國這個時候，國境南部都正在革命，凡是一
> 個革命的政府成立時節，總是先就要極力來鏟除一切習慣
> 的。一切的不好制度在一種新局面下都不能存在了，一些
> 很怪的風俗也因此要消滅了，還有一切人全是成了新時代
> 的人。[83]

---

[83] 沈從文《阿麗思中國遊記》，《沈從文文集》（第一卷：小說），廣
　　州：花城出版社，1991第二次印刷，頁208。

「新時代的人」——「新時代的產物」或「新國民」，不論是新女性或新男性，甚至小孩，似乎都成了歐洲人的翻版，他們「大概同歐洲人一個模樣，穿的衣服是毛呢製的，硬領子雪白，走路腰肩不夠，說話乾脆。」這如魯迅所謂的「胡服騎射」[84]，易服裝扮後，從外在身體的遮蔽到內在精神的涵育，都會受到該文化的全面革新，這也宛若十九世紀中日本明治維新的全盤西化，為了「強國、強種」而變更國民思維，讓身體模仿西方的故事，以便能夠編入現代時間的秩序之中。然而這樣的變革，卻將導致中國文化的獨特性，永遠消失；可是對東方主義的獵奇者而言，他們所遺憾的卻是：

> 再沒有戴小瓜帽子的紳士了，再沒有害癆病的美人，再沒有一切東方色彩了，那縱到中國去玩一兩年，也很少趣味。[85]

想像的文明世界，在進步和現代化的共同結構中，統一了西方和東方（上海租界）。所以當中國「新時代的人」與「歐洲人」分不出太大的差異性時，也就不會再引起那些將中國視為「一件年代久遠，霉跡斑駁如古董」之東方主義者的興趣了。因為這些殖民國的子民，到中國旅遊探險，所好奇稱頌的是：東方色彩的中國古典、落後、野蠻、愚昧和迷信的一面。換言之，通過殖

---

[84] 戰國時期，趙武靈王通過「胡服騎射」而成功地推動了國家政治改革，因此改變服裝，潛隱著以改變行為，甚至思想為目的。這是一種政治身體改革的方式。魯迅曾經提及「胡服騎射」

[85] 沈從文《阿麗思中國遊記》，《沈從文文集》（第一卷：小說），頁208。

民凝視，他們習於將中國時間固定僵化為「文化樣板」（cultural stereotype），並通過「殖民戀物」（colonial fetishism）將中國符號化成「東方色彩的古董」，可是一旦他們發現東方的「異國性」消失了，並徹底轉化為西方所熟悉的符號，新鮮感也隨之不見。所以兔子儺喜走在上海租界，發現路上是「歐洲人從歐洲運來紅木、水泥、鐵板、鋼柱建築成的」，使他感覺並未曾離開歐洲，因此他需要巡警指引一條到中國之路，想要到「那矮屋子、髒身上、赤膊赤腳、抽鴉片煙、推牌九過日子的中國地方去玩玩。」[86]這是殖民者長存的畸型心理表現，而他們所要尋找的「純粹中國」，實際上是一種東方主義思維凝視而成的景觀。除此之外，在他們文明價值理念與文化眼光之下，中國似乎也成了一個怪異性的戲劇舞台。因此通過被看，上海租界的醜惡現象，以及湘西愚昧野蠻的風俗，遂成了這些殖民獵奇者所要探訪和追逐的東方景致和物象。中國的身體和國體，也被他們當著獵物般賞玩。

在此，沈從文不但以敏銳的洞察力透視了殖民者的文化心態，而且也對西方凝視和東方主義心理進行了相當有力的批判。另一方面，他對中國文化老靈魂的頑固性，也具有深刻的理解。像上海租界那些「新時代的中國人」，雖然學著洋人穿洋服，但內在的舊思維卻仍然無法一刀剪斷。這如中國通哈卜君留給兔子儺喜先生的一本《中國旅行指南》所記載的：

---

[86] 沈從文《阿麗思中國遊記》，《沈從文文集》（第一卷：小說），頁252。

中國人，近年來，辮子同小腳，可惜不大能在大市鎮上見到了。但拖辮子的思想是隨便可以見到的。要見這種高深的文化不一定要去找有鬍子的人談，年青人也很好把這文化保留到思想上的。[87]

這裡可見出沈從文是借辜鴻銘「思想辮子」的嘲弄[88]，對那些只學得西方文化皮相者給予匕首般的諷刺。他瞭解中國文化的病徵和國民的病態，並非一時的改革就能完全改變，中國身體／國體內的老靈魂，更非革命就能革除掉。故通過儀彬二哥寫給阿麗思的信中，沈從文做了如此的嘲諷：「即或到中國據說已經革命成功的地方，你也很容易找到磕頭做揖種種好習慣例子」，以及：

雖然再革命十年，打十年的仗，換三打國務總理，換十五打軍人首領，換一百次頂時髦的政治主義，換一萬次頂好的口號，中國還是往日的那個中國。[89]

換句話說，要改造中國身體／國體，不在於讓身體不斷歷經革命暴力而摧折，也不在於表面的西化，因為「思想辮子」不剪掉，

---

[87] 沈從文《阿麗思中國遊記》，《沈從文文集》（第一卷：小說），頁234。

[88] 沈從文在放棄寫作多年後，在八〇年代，曾經在外國人面前談到自己的北大經驗，提到辜鴻銘那時代的新生嘲弄他那一條細小焦黃的辮子時，就曾辯護：「你們不用笑我這條小小尾巴，我留下這並不重要，剪下它極容易。至於你們精神上那根辮子，據我看，想去剪可很不容易！」由此窺見，小說中這段設置，應源自辜鴻銘對「思想辮子」的嘲弄。

[89] 沈從文《阿麗思中國遊記》，《沈從文文集》（第一卷：小說），廣州：花城出版社，1991第二次印刷，頁383。

中國的老靈魂就會如幽靈般纏繞不去；若無法真正認識自己，而一味崇洋，則中國的主體性無以塑成。故在這樣的創作意識下，中國國民病徵、文化現象和世態惡習全被列下展示，如：遊街砍頭、奴隸論斤轉賣、賭博式的革命和戰爭、政治官僚的哄蒙拐騙、對洋博士的盲目崇拜、升官發財和虛假守舊等等眾生醜相，紛呈雜現而蔚為奇觀。因此，隨著阿麗思的步伐漫遊巡視之目光，間接也開啟了中國讀者的反思之旅，以去認識中國的問題所在。

總而言之，沈從文在《阿麗思中國遊記》的小說（童話？幻設？），是以虛入實，以童話寫國族事態，以夢遊自抒情懷；而在敘事之間，則以嘲諷，以想像、以戲謔展開自覺的國民性批判。其話語構設，隱含了以國族主體思考做為書寫的欲望，並在精神現實的進路中，企圖去探究國族建構的可能。這正如王德威所指出的，「感時憂國」其實不必與「涕淚飄零」做為表述，有時候，不明所以的笑，或是插科打諢的笑，更能呈現出歷史的情懷[90]。故小說家在此所進行的戲謔中國，實際上，是一種建構中國的敘事表現，它也指向了國族歷史拯救可能的新方向。

而老舍和沈從文對中國老靈魂都有各自的表述，其敘事表現不管是寫實或虛構，科幻化或童話化，然而就目標而言，卻很明確地共同指向了中國身體／國體衰微的原因：老化。尤其是精神層面的老邁，更是導致民族國家的落後和面臨被淘汰的危境。因此，通過對「老」和「舊」的批判，目的是尋求「新」的進步和勇於創造的國民，於是被想像為「敏于自覺勇于奮鬥」和「抵抗

---

[90] 有關論述，參見王德威《小說中國——晚清到當代的中文小說》，台北：麥田出版社，1993，頁216。

實行之毅力」[91]的「青年」被召喚出來，企圖以新文化新思維來建構新的國族精神，這其實是五四以降中國現代文學在國族身體想像的焦點，也是三〇年代啟蒙主義者在國民性批判述作中的重要主題。

二、消遣／解「新青年」：中／西文化錯位的身體

誠如上一節所述，中國傳統文化和思想，在國民性改造的話語中，一直被認為是阻礙中國進入現代化進程的障礙物，是「殘廢頹敗的老人」[92]，使中國遲遲不得翻身和進步。因此，為使中國能夠進入由國家民族組成且充滿競爭性的世界新格局，身體的解放，國體的富強，必須通過啟發國民意識，重塑國民品格，以鑄造中國的新身體來完成。而歷經了晚清「新民」和五四「新青年」的身體重建，並大量借用了西方文化資本，以鏡像的方式納入到國族主體建構的論述上，加之以西式軍國民教育的開發與改造後，是否就可以產生具有現代性和理想人格的國民身體？三〇年代一些小說家對「新青年」身體的想像，又會是一種怎樣的圖像呢？

實際上，早在二〇年代初郁達夫的小說中，我們就看到了一個個徘徊於歷史交叉路口的知識份子（不論主人公名字叫他，還是Y、于質夫、伊人或文樸等），以零餘者的形象，孱弱和病態的精神／身體，自沉於欲望的深淵，並在靈肉之間掙扎，然後一

[91] 陳獨秀〈抵抗力〉，《新青年》第一卷3號，1915年11月15日。

[92] 見李大釗〈新的！舊的！〉，原載於《新青年》第四卷第5號，編入丁守和主編《中國近代啟蒙思潮》（中卷），北京：社會科學文獻出版社，1999，頁22。

個又一個在漂泊中全走向一條不歸之路。而啟蒙在這裡似乎燭照
不出一點光明,所有理想的失落和幻滅,都歸結於弱體與弱國,
由此也演繹出了「頹廢身體－中體之虛－國體之病」的喻指,如
〈沉淪〉(1921)所敘說的性壓抑到性失落,以身體政治連結國
族想像,最後一再以召喚「祖國」的方式,寄托了中國子民唯一
的寄望與期盼:「中國啊中國,爲甚麼你不強大起來!」[93],然
而那一聲聲自毀創傷的吶喊,卻充滿著空洞性。因此,二〇年代
「新青年」的國民生成,在國家的困境,歷史的幽暗之處,充滿
著曲折的歷驗,這一如郁達夫小說中那些接受新教育,並充分表
現著個性解放的知識份子,他們不只依舊未能擺脫近代中國國族
危機的焦慮心理(尤其是支那身體被蔑視的衰頹和創傷),而且
似乎也找不到一個可以讓自己精神／身體得到拯救的方法。

　　到了三〇年代,國民性改造敘事在無產階級的革命呼號中,
或抗日的戰火砲聲裡,仍未完全結束[94]。這未竟的現代國族文學

---

[93] 郁達夫在〈沉淪〉這篇小說中,以迴複的方式,不斷召喚著「父國」的
　　國魂。第一次召喚,是主人公被日本同學疏遠,同時又認爲日本女孩知
　　道他是支那人而忽視他,因此在日記中寫下:「我何苦要到日本來,
　　我何苦要求學問。既然到了日本,那自然不得不被他們日本輕侮的。
　　中國呀中國!你怎麼不富強起來呢。我不能再隱忍下去了。」(1998:
　　25)第二次,則在日本侍女(妓女)問他是何處人時,深感自稱支那人
　　而受輕視,以致在心裡喊出:「中國啊中國,你怎麼不強大起來!」,
　　第三次,卻是在走向海中自盡前,而長嘆:「祖國呀祖國!我的死是你
　　害的!你快富強起來,強起來吧!你還有許多兒女在那裡受苦呢!」
　　(1998:53)見《郁達夫作品經典》第一卷,北京:華僑出版社,1998。
　　然而這一聲聲對「祖國」的召喚,其實是充滿著無奈的空洞性——因爲
　　「我」／「國」,都已一起沉淪在無望的深淵了。

[94] 陳平原指出,1930年代,可以說是中國現代文學的分水嶺,它標誌著晚
　　清以降文學革命的終結,也是另一場革命(革命文學)的開始。然而在

想像，可以從老舍等作家的小說中窺見一斑。尤其是對那些接受新式教育的「新民」－「新青年」的審視，更突顯出了這些作家對身體凝視的關注。如老舍，就常對一些廁身於中西文化錯位間的新知識者，加以戲謔、訕笑和嘲諷，這種消遣／消解知識份子的書寫，其背後實是潛藏著一種「知識份子」自我改造和拯救的意識，故消遣／消解在此可以視為一種批判，或另一種建構，它在知識身體論述和心理機制中，仍不期然的以國族想像為依歸。像老舍在〈趙子曰〉（1928）小說裡，對中國的國民，尤其是五四時期中國學生做出這樣的消遣／解：

> 中國人是最喜愛和平的，可是中國人並不是不打架。愛和平的人們打架是找著比自己軟弱的打，這是中國人的特色。軍閥天天打老鄉民，學生們動不動便打教員。因為平民與教員好欺侮。學生們不打軍閥如軍閥不惹外國人一樣。[95]

> 學生們一方面愛國，一方面他們反對學校的軍事訓練。一方面講救民，一方面看著軍閥橫反，並不去組織敢

下這結論前，他仍不忘提醒，依然有少數特立獨行的作家，如老舍、巴金、沈從文等，還延續著五四新文化的路線，展現文學革命的成果。參閱陳平原發表於嘉義‧國立中正大學於2003年11月8-9日舉辦的「文學傳播與文化視域」國際研討會之論文〈現代中國文學的生產機制及傳播方式——以1890年代至1930年代的報章為中心〉，頁3。同樣的，從晚清和五四以降的「改造國民性」敘事表述，依舊初可在這些少數作家的作品中窺見。

[95] 老舍〈趙子曰〉，《老舍全集》第一卷。北京：人民文學出版社，1999年，頁286。

死隊去殺軍閥。這種不合邏輯的事，大概只有中國的青年能辦。[96]

在這裡，老舍從笑謔中反證了青年學生理想的空洞、天真和懦弱。「愛國」與「救民」的兩個口號，最後卻只淪落為學生在學潮中揮打教員的一種無知表現。這樣的消遣／解，無疑對五四之後的國民性變異，學生和學潮，以及「新青年」的身體姿態，含具著深刻的省思。因此，當「新青年」的精神萎縮成了一群只懂票戲、玩牌、酗酒，並刻板地追求西式裝扮和自由戀愛的「新人物」時，則原為啟蒙者的「新青年」，也就必然成了需要被啟蒙的對象。

是以，「打過同學，捆過校長」，不學無術卻藉著「自由解放」思潮混日子的「新青年」如趙子曰、武端和莫大年等人，在老舍的愛國和國族建構意識之下，必須重新改造，才能成為有用於民族國家的知識身體。因此，老舍通過啟蒙者李景純的開導，以「讀書報國」做為改變思想的第一要義，以期達到最後的目標──革命──國體的改造。故他說：

打算做革命事業是由各方面做起。學銀行的學好之後，便能從經濟方面改良社會。學商業的有了專門知識便能在商界運用革命思想。同樣，教書的，開工廠的，和作其他的一切職業的，人人有充分的知識，破出命死幹，然後才有真革命出現。各人走的路不同，而目的是一樣的，是改

---

[96] 老舍〈趙子曰〉，《老舍全集》第一卷，頁286。

善社會，是教導國民；國民覺悟了，便是革命成功的一
天。[97]

革命，表面上是思想的改變，實際上卻是身體的重塑。於是，所
有的知識武裝，都指向了身體和國體建構的場域，這也是老舍做
為尋求中國現代性的方法之一。然而，當舊有的內在思想無法消
解或改變時，則唯一的途徑，就是以外在身體摧毀做為最後的解
決方案。如李景純的獄中語：「救國有兩條道，一是救民，一是
殺軍閥。」[98]而「救」和「殺」，是身體的兩個面向，前者無疑
是回歸到思想的建設，啟蒙的引導，以培養民氣為主；後者卻讓
陽剛的身體，回復「俠」的精神，並通過暴力行使，求得救世的
宏願。因此，在消遣／解「新青年」（壞的部分）的同時，老舍
實際上進行的卻是另一種「新青年」（健壯的部分）的建構，以
期將弱質的身體改變成對國族有建設價值的身體，而由此去尋求
一個民族國家自我拯救（富強進步）的方略。

　　同樣的，在〈二馬〉（1931）的小說裡，老舍通過了馬威
（小馬）和李子榮的角色塑造，去探析「新青年」對國族改革的
思考方向。他們一方面與沒有國家觀念又暮氣沉沉，老氣橫秋的
『老民族』裡的一個『老』分子[99]──老馬，形成強烈的對照，
一方面卻以國族的自我批判和自我反省做為人生的理想導向。如
馬威，總不忘要負起對國家的責任：「他是個新青年，新青年

---

[97] 老舍〈趙子曰〉，《老舍全集》第一卷，頁296。
[98] 老舍〈趙子曰〉，《老舍全集》第一卷，頁367。
[99] 老舍《二馬》，《老舍全集》，第一卷，頁424。

最高的目是的爲國家社會做點事，這個責任比甚麼重要！」[100]
以及：

> 把紙旗子放下，去讀書，去做事；和把失戀的悲號止住，
> 看看自己的志願、責任、事業，是今日中國——破碎的中
> 國，破碎也還可愛的中國！[101]

老舍在此通過馬威的覺悟，意有所指地對五四後的學風和學潮予
以省視。一如田炯錦在回憶起五四時，就曾指出，許多五四後的
學運，已失去了其原有精神，一些領導學運的學生，更爲了個人
的政治資本或發展階梯爲出發，爭當學聯會代表與主席；甚至大
多數學潮，往往只爲了無關緊要的問題，醞釀罷課，參與的同學
亦多馬虎盲從，進行了一場又一場無意義的罷課遊行[102]。這種乖
離了運動精神的學運，不但沒有實際效益，而且也荒廢了學生的
時間和學業，老舍在《趙子曰》中就曾以解構詩學的方式，消遣
／解了這學運的胡鬧性，並提出了務實的身體建設：求學問，去
讀書。像伊姑娘勸馬威所說的那一番話：

> 只有唸書能救國；中國不但短大砲飛艇，也短各樣的人
> 材；除了你成了個人材，你不配說甚麼救國不救國！[103]

---

[100] 老舍《二馬》，《老舍全集》，第一卷，頁537。
[101] 老舍《二馬》，《老舍全集》，第一卷，頁536。
[102] 參見田炯錦〈「五四」的回憶與評議〉，收入於周策縱等著、周陽山編
　　《五四與中國》，台北：時報文化出版，1990，，頁645。
[103] 老舍《二馬》，《老舍全集》，第一卷，頁472。

因此，不是空談或高喊口號就能「救國」，只有讓身體成為現代知識的裝備，塑造成材，才能真正達到救國的目的[104]。故老舍的「讀書救國論」，背後隱然將身體納入國族建構的計畫中，以務實的精神，企圖展現身體的實用價值。

而李子榮在這方面是個典型的例子，他務實，不斷累積知識，勤奮學習、嚴謹守紀，並具有愛國和急切報國的理想；並且從美國取得商業學位後，他還跑到歐洲去，目的是想再學點東西。故他宛如老舍的理念符號，具有中西文化融合的身體，也重鑄了國民的「新精神」；他與老馬所代表的愚弱老大民族，有著完全不同的性格、思想和心理定向。因此在兩相比較下，便產生了新／舊、進步／落後、健康／病態的對立價值認知，從中凸顯出了老舍在國民性批判之餘，而對改造國民——即「新青年」身體的生成，存在著一分想像的期待；另一方面，從李子榮和馬威的身上，亦可窺見老舍企圖通過這些「新青年」的現代身體，去改變國族命運的書寫欲望。

一如上面所提及的，老舍總是在敘事中以參差對照的模式，去觀照中西文化嫁接而產生的「新青年」。因此，在他的小說裡，往往會有身持正面價值的「新青年」如李景純（《趙子

---

[104] 老舍「讀書救國論」的理念，實際上與胡適於1925年在五卅慘案後所寫的〈愛國運動與求學〉中所強調「救國需先求學」的看法極之相似，胡適寫道：「救國事業更非短時間所能解決：帝國主義不是赤手空拳打得倒的；『英日強盜』也不是幾前萬人的喊聲咒得死的。救國是一件頂大的事業；排隊遊街，高喊著『打倒英日強盜』，算不得救國事業；……救國的事業需要有各色各樣的人才；真正的救國預備在於把自己造成一個有用的人才。」《胡適文集》第四卷，北京：北京大學出版社，1998，頁629-630。

曰》）、馬威和李子榮（《二馬》），以及為了拯救國家而投入抗日戰線前端的祈瑞全（《四世同堂》1944）等；但在現實中，也同時存在著一些負面人格的錯位份子，他們即無法繼承傳統文化的精神，又對西方文化的精髓無法體會，而流於道德淪喪，價值混亂的畸型怪胎，這些年青身體所呈顯的精神潰瘍，外化為卑劣病態的行為和洋奴性質，成了老舍筆下被消遣、諷刺和批判的對象。如《老張的哲學》中那將女人當玩物、坑蒙錢財、偽造新聞的藍小山，老舍將之與老張做了對照並給予這樣的評定：

> 老張和小山所代表的時代不同，代表的文化不同！老張是
> 正統的十八世紀的中國文化，而小山所有的是二十世紀的
> 西方文明。[105]

易言之，老舍認為以物質為主的「二十世紀西方文明」，產生了類似藍小山這樣的異化性身體，必然也會產生出《趙子曰》中那慫恿趙子曰鬧學潮、吃喝嫖賭、玩弄女性、甚至企圖借用軍閥的屠刀殺害張教授的惡少——歐陽天風，外表現代、時髦，處事卻心狠手辣，寡廉鮮恥近乎於野獸；或《離婚》（1933）裡為謀取私利而不擇手段，又滿腹男盜女娼，企圖迫害張大哥一家的小趙等人；這一類型人物的劣質，在《犧牲》（1935）、《文博士》[106]（1936）、《東西》（1937）等一系列小說所描述的皮毛

---

[105] 老舍《老張的哲學》，《老舍全集》，第一卷，頁140。

[106] 《文博士》這長篇小說在1936年開始連載於《論語》雜誌時，原名為《選民》，後來在1940年於香港作者書社出版，則始然改為《文博士》，相關資料見於楊義《中國現代小說史》（中），北京：人民出版

西化卻數典忘宗，又靠獻媚與裙帶關係謀求高職的洋博士們身上，更為明顯。他們一意追求的，無非是金錢、女人、升官和享樂。故這些拙劣模仿西方文明，或在中西劣質文化雜交下所衍生的畸怪身體，被置於三〇年代的歷史情境中，呈現了一種精神變異而形成的新病態。換句話說，他們在膚淺的西化裡，將自己陷落在一種虛飾、曲解、割裂和零碎的文化認知之中，以至於其靈魂萎縮在中國傳統／封建文化的內殼，也使得國民改造變得更加複雜、曲折和艱難。而老舍以消遣／消解「新青年」的書寫方式，將這些西皮中骨和他們萎縮的靈魂，提向歷史審判的位置，並以文化的觀照，展現著另一類新國民改造的思考。

所以，從老舍的小說裏，我們可以窺見「新青年」這個社會角色的期待，以及其建構過程所必須面對的種種問題。特別是自五四之後，「新青年」已被視為中國青年的標準模型，是民主、科學和愛國的象徵符號；在中國的現代語境中，他們不只被想像為具有覺醒的個體，以從封建社會的壓抑裡，或傳統文化的藩籬內衝決出來；他們甚至也成了國族建構的承擔者，並在社會各種迫切的期待和凝視下被建構起來。

小結

從敘事的歷史語境來看，「國民」身體符號從晚清到五四的小說，無疑被賦予一種政治啟蒙和改革的目的，一個以追求現代化和國族想像的集體意識。小說家對「國民」身體的欲望書寫，

社，1993，頁203。

更隱含著一種改造和革新的指向，或以身體國家化的重構，展示了自晚清到五四以來，知識份子對中國現代性的渴求和國族富強的夢望。唯梁啟超等晚清知識份子，企圖以西方借來的現代性想像，將身體話語建構，設置於「民族國家」的改造基礎之上，以國民身體做為載道之器，將儒家身體進行改寫，並以中／西、舊／新、老／少等二元辯證訴求，尋求國族的拯救之道。然而必須在此指出，這些晚清知識份子們表面上是以醜怪化、衰老化或病理化喻議儒教文化所規訓出來的中國身體，可是，在「新民」的群體形塑意向中，他們仍然延續著舊學倫理，將身體視為國家權威建構的工具，沒有自我靈魂，只是一具忠誠的有為之體，故身體強健的塑成，在此僅是使其成為一個有用的國民，以去完成另一種國族改造的計畫。

及至五四初期，受因陳獨秀、胡適和魯迅等在《新青年》雜誌所鼓吹的青年思想意志，使得西方他者已被巧置於現代化的目光凝視下，通過自主獨立，德先生與賽先生的觀念，內化為「新青年」的自我審視目光，來重塑一個面向「世界」，融入「世界」之中的現代性主體。（此一現代化「世界」，乃由西方話語所塑構而成），是以，在科學、民主、個體自由解放等西方話語為依歸的價值期待和追求中，「新青年」顯然必須成為現代逆子，以弒父的情結否決傳統，摒棄舊學，並以激烈的批判，對中國國民性進行改革的工程。故五四時期一些小說家，在重新編寫中國新身體的同時，不論是意在啟蒙或改造國族，都會以現代性目光所形成的視域框架，呈現出中國鄉土社會那無所不在的落後、愚昧、奴性、貧瘠、死氣沉沉，甚至「吃人」與「被吃」等等非人性與非文明的處境，也唯有通過解構老中國身體的形象，

才能由此召喚出具有自覺意識，人格自主的新國民身體來。

除此，中國國民性也在小說家的敘事中被編碼，成為一組麻木衰頹、醜怪巧滑、懦弱卑怯、病老瘦弱的身體圖像，這些外在身體形象的書寫，主要是為了突顯出國民內在的劣質文化精神狀態，它是屬於古老鄉土中國的群眾圖像，是被儒教禮制文化所規訓而成的，如魯迅作品中一系列的「活死人」，或二〇年代到三〇年代中鄉土小說裡的畸人群，以及老舍筆下的老靈魂，他們演繹了那處在死氣沉沉和封閉空間裡的國民形體，或古老中國的歷史殘餘。即使在老舍《貓城記》和沈從文《阿麗思中國遊記》的寓言敘事中，筆尖所指，也是對著中國國民性的劣質進行深沉的挖掘與批判，以期由此對讀者進行啟蒙的教育。因而，從「新青年」到國民性的揭示和批判，彰顯了一些小說家重寫自我，或對建構新國民、新社會的渴望。

而國民性身體的改造，尤其是對「新青年」的凝視，正含具著一分進化和現代化的時間急迫感，故在所設定和選擇的敘事框架中，小說家們不但想竭力去進行一系列除魅的工作，更企圖在改造中國身體的國族計畫之前，展開了救精神的「招魂」運動，以期由此打破傳統鐵屋子的囚禁。這種對歷史前景的想像，無疑可以說是中國現代知識份子對中國現代性想像的一個重要指標。

總而言之，五四一代對「新青年」的凝視，是在進化和現代化的意識下展開的，一切有關民主、科學、自由、解放和個人主義的啟蒙話語，都含具一種歷史進化論的演繹，雖然這與晚清知識份子如梁啟超等所標舉的「群體」認知不同，但在線性時間與歷史進化的思維脈絡上，從國民身體改造到國民性的重塑，都是

以國家身體化，以救亡和強國富國做爲終極目標的。因此，對應著啟蒙和救亡的宏大敘述，中國現代小說，也是在近代國族身體建構的想像脈絡中展開，並以揭示和批判「舊中國身體」做爲啟蒙和改革的意向，來成就另一種國民神話／寓言的書寫；而這種身體的敘事修辭，最後都指向了國族內部的建構意志和聲音：一個現代中國身體想像和欲望的完成。

第四章　身體出走敘事：

身體解放和國族主體建構

　　在中國現代小說，特別是五四時期的作品中，「出走」，無疑成了一個非常重要的關鍵詞。它實際上與中國追求現代化的過程存在著極大的關連性。尤其是當古老中國面對西方文化的衝擊，以及面對這衝擊之下所產生的國族存亡逼迫和恐懼心理時，傳統的崩裂和歷史的創傷，使得稍有危機意識的人，對亡國滅種都會產生救亡的必要意識；因此天朝迷夢破滅後，加上1905年科舉制度的廢除，造成原本具有華夏中心思想與活在傳統文化深層結構的知識份子，不得不去面對由西方侵入後，所打開的另一個外在世界。這時，中國已不再是天地的中心，而成了世界的一隅；西方，也已不再是蠻荒之「西夷」，而是文明的象徵，或現代化的源頭了。同時，由於救亡圖存的欲望，使得當時的知識份子，不得不挪用做為鏡像他者的「西方」，來建構自我的主體性，並通過各種知識、想像和集體召喚，企圖去重建一個近代國族的體質──新民，以期古老的帝國能夠由此質換為一個新興的國家。

　　因此，隨著「西方」即「世界」知識價值觀的建立，中國更是被強迫的逼進了世界之中，並共處於一個「世界時間」的直

177

線形上[1]。在這直線性上時間觀的知識份子，都深信時間是無休止的向前追尋著未來，即：現在比過去進步，而未來卻會比現在更好。他們也是通過了這樣的時間觀去體驗自我與世界的存在關係，並由此來確定自己的身份。一如史書美所指出的：「通過直線性時間觀，五四知識份子想像自己能夠在擴大的世界共同體中，成為西方的同時代人，並與其他國家一樣，成為現代性的一員」[2]。因此西方的「現代」，往往就被轉化／解釋為中國的「現在」以及「未來」，以便借鏡／借貸西方的文化和象徵資本，追趕與抵達現代化的目標。這無疑構成了中國文化現代轉型裡一種持久的焦慮，制約著晚清以來知識份子對現代化進程中的自我的認同、想像和建構。

是以，現代性帶給中國人最劇烈的變化，是現代時空變革所形成中國人身體的體驗形式和體驗結構的變換。最明顯的是中國身體在革命與解放中所發生的位移，這造成傳統中國身體的存在方式產生了根本性的變化，最主要表現在兩點：一是以離家或離鄉的「出走」姿態，消解了宗法家庭制度的政治權力牢籠；二是以「走向世界」的意識，掀起了出國和留學外國的熱潮。這兩大的身體走向／位移，無疑表現著中國身體躍入現代性的焦慮與渴望。故在這樣的一個歷史框架下，「出走」或「走向」的身體

---

[1] 黃金麟指出，由於鐘點計時的「世界時間」（陽曆）輸入中國，導致了長久以來中國所沿用的舊曆法，被淘汰掉，這深刻影響了中國身體的存在和發展趨勢，它使到身體被現代化管理，養成和訓練，也使身體成了國家化和國族發展的介面。參閱黃金麟著《歷史、身體、國家——近代中國身體的形成1895-1937》，台北：聯經，2001，頁175-229。

[2] 史書美著、何恬譯，《現代的誘惑——書寫半殖民地中國的現代主義（1917-1937）》，南京：江蘇人民出版社，2007，頁60。

傾前變動姿勢，是一種「進步」[3]的身影，也是遺棄「過去」，指向了「未來」的一種意義展現。換句話說，這樣的身體行動姿態，促成了大規模反傳統的必然趨勢，進而造成傳統價值結構的解體；個體與社會關係的鬆動，也形成了個人身體的自由解放，以及主體意識的建構認知。這影響了五四以降從教育、愛情、婚姻自主等等的自我追求形式以及情感結構。就某方面而言，身體的移位，空間的轉換，無疑也消解了傳統身體的存在——即生於斯死於斯那靜止不變的生存狀態，進而成為具有現代色彩的新人。因此，中國傳統身體退位，中國現代身體走了出來，並在直線性「世界時間」進步的歷史天道上，企圖昂然走入世界，走向國族的競爭（物競），走向一個國家富強的神話大夢。

　　而五四時期身體的「出走」，無疑意味著一種理想意志的追求，新舊的遞換，或進步的象徵。尤其是五四時期的知識份子，都是處在兩種時間，兩種文化價值之際；或是屬於新與舊、現代與傳統、城市與鄉土的「中間物」，他們大部份的思想觀念是先進的，然而肉身卻受制於種種牽制與壓迫，無法跨越現實，甚至不能自主與喪失主體性向[4]。因此，這些掌握真理的先覺者，往

---

[3] 「進步」在中國詞源學上，古已有之。它是以「進」的單音字出現，做為「行」義，如《周禮・大司馬》：「進，行也」，亦有向前運動之意，如《詩經・常武》：「進，前也」，或導向善的變化，如《文選・東京賦》：「進，善也」。總而言之，「進步」意味著身體向前往某個特定的目標移動。然而，在十九世紀中葉通過進化論，由英語progress移譯而成的「進步」，與古代中國所謂的「進」還是有所不同，後者蘊含著強烈的直線性時間，以達至某個目標。是屬於一個現代概念。唯以上之「進步」一語，具有雙關之義，即身體「出走」，是趨向前方現代化為目標而行之意。

[4] 魯迅在〈寫在《墳》後面〉《魯迅全集》第一集（頁286），明確的用

往通過想像話語，以「出走」敘事，在小說中凸顯著「出走」的意義，並以此徵示背離傳統、求新求變、自由解放和追尋現代化的內在欲望。此之欲望投射，無疑可以說是二十世紀中國先進知識份子內在精神歷程的一種展現。然而在這裡所要提問的是，小說中身體出走的敘事，不論是離家、離鄉或離國，出走或歸來，是如何迂迴的將個體與國族連接起來，而這樣的身體位移、流動，或解放，是以怎樣的政治詩學和形式表現？在那現代性啓蒙語境中，敘事主體又如何以「出走」敘事，呈現著國族的歷史創傷，自我拯救，乃至自我身份建構的情感認知？

　　本章擬就這幾個問題面向展開論述，並對五四以降的小說有關於身體「出走」的話語，進行分析、闡釋和重新編碼，並在意義的指向上，解讀出這些背離家／鄉，朝向前方新世界的一個個身體，在現代性的追求上，如何呈現出敘事主體在想像中的最後鄉愁──主體的建立與國體的建構。

「中間物」來對自身的思想與傳統的連繫進行自我的解剖。而汪暉在研究魯迅所提及的「中間物」概念，給了這樣的涵義界定：他們一方面在中西文化衝突過程中獲得現代的價值標準，另一方面又處於這種現代意識相對立的傳統文化結構中。在自覺或不自覺裡，他們對傳統文化存在著某種留戀，可是這種「留戀」卻讓他們必須與社會和自我進行悲劇性的抗戰。（汪暉，《反抗絕望──魯迅及其文學世界》，石家莊：河北教育出版社，2001，頁107。）在這方面，最佳的代表人物如，魯迅、胡適等。魯迅與胡適即使都曾留學海外，思想觀念先進，而且又是引領一代思潮，提倡自由解放的啓蒙人物，但在婚姻大事上，均受制於傳統的孝禮，兩人均不敢抗拒母命，在媒妁之言下，完成終身大事。

第一節　離家：邁向出走之路

一、「新之子」與「家」的解構

　　一直以來，中國身體長久被制約於「家」的牢籠裡，那是由一套儒家宗法典籍所組構而成的制度，以三綱五常的權力體系牢牢操控著身體的自主意志，並由此穩固地支撐著三千年傳統封建專制的政治體系[5]。故「家國一體」，或「家天下」，成了一套階序的象徵秩序，將部族與血緣加以層層關係化，而組構成一個政治共同體。故「小家之主為父，大家之主為君」，由父到君，由家到國，二者密不可分，無疑形構成雙重的政治價值秩序，以達到宗法政治的長久穩定。所以明顯的，中國傳統社會就是由家族制度的政治化所建構。因此，李軍曾指出，一部中國歷史，幾近是一部家族統治的興衰史[6]。至於，朝代的更換，也只是表現在個別家族統治權的交替上，卻並不影響做為中國傳統社會基礎以血緣關係為紐帶的家族制度——象徵秩序的「家」之存在。

　　而在中國傳統文化基本結構裡，「家」，是靠禮來維持家族之間的人倫秩序，不論是定親疏，分主次，別尊卑，明是非等等，或在身份的辨定上：「君臣、上下、父子、兄弟，非禮

---

[5] 根據許慎的《說文解字》，「家」，意為「凥也。從宀」。清儒段玉裁注為：「此篆本意乃豕之凥也」，而「家」（篆文作宀），意為「交覆深屋也」。故「家」，徵示著供放小豬的深廣大屋。即祭祖的宗廟。所以「家」可以說是以共同血緣部族為政治中心。是封建宗法政治制度的發源地。

[6] 參李軍著《「家」的寓言——當代文藝的身份與性別》，北京，作家出版社，1996，頁17。

不定」[7]。是以,「禮」乃通過了血緣性的情感結構,將家、家族,以及更大群體的國家社會組織化,而形成了一座「文化／政治堡壘」(cultural／political bastion)。唯個體在這「堡壘」中卻是缺席的,或喪失了主體意識,只能在三綱五常和名教的繩索之下,被編入家族的文化符號裡,而失去了個體獨有的內涵。所以譚嗣同對於這樣銘刻著各種名分、尊卑、等級、上下的倫常身體給予了嚴厲的批判:

> 名者,由人創造,上以制其下,而不能不奉之;則數千年以來,三綱五倫之慘禍烈毒,由是酷焉矣。君以名桎臣,官以名軛民,父以名壓子,夫以名困妻,兄弟朋友各挾一名以相抗拒,而仁尚有少存焉者得乎?[8]

被名分規訓和建構的個人身體,隱匿於家族倫常之中,成為沒有獨立人格的存在。而女性則更甚,在以父權做為統治秩序的「堡壘」裡,必須面受種種禮教的摧殘,並被壓進了歷史的空白地帶,成了一個空洞的能指。易言之,女性在父系社會裡的地位是從屬的,即「幼從父兄,嫁從夫,夫死從子」[9],使得女性身體永遠被囚禁於「家」的堡壘深處,成為父系秩序裡母、妻、婦、媳的傳宗接代工具符號,或一個龐大而卑微的暗啞客體。

---

[7] 《禮記・曲禮上》,《周禮、儀禮、禮記》,岳魯書社出版,1989,279頁。

[8] 譚嗣同著《仁學》,台北:大中書局,195,頁128。

[9] 《禮記・郊特性》,《周禮、儀禮、禮記》,岳魯書社出版,1989,212頁。

與「人子」一樣，女性身體在禮制文化體系中，成為各種權力競逐的場域，並隱而不顯的被化約為「無名之物」，難以獨立自主。

　　然而隨著鴉片戰爭後，「西方」以軍事開始走進了中國，及至晚清，西方則成了中國身體的鏡像，以用來啟動國民身體強健企劃；而後辛亥革命，封建帝制被推翻，鼓動著更多的中國身體走向「世界」之中。這一連串歷史和思想觀念的變化，不但造成傳統政治中樞崩解潰散，也導致鄉土社會賴以生存的禮制綱常逐漸式微。身體的規訓體制發生了改變，使得傳統中國身體固有的存在方式亦隨之轉換，而這樣的轉換，主要是發生在深受新式教育的知識份子身上。尤其是五四時期的知識份子，他們不但接受西學的新式教育，而且還重塑了自我現代的文化心理結構，從而也與自我母體文化所賦予的文化心理結構決裂[10]。因此，這形成了五四新文化運動企圖藉由「科學」與「民主」兩大利器，去進行所謂文化「弒父」的行動。如顧錦華和孟悅所指出的：「新文化不只是發生在父子兩代或數代人之間的一場觀念衝突，而是新興的『子』的文化，對維繫了兩千年的『崇父』文化的徹底反叛，乃至徹底罷免。」[11]這樣的反叛和罷免，最明顯的是展現在五四諸子對舊家的解構上，如魯迅筆下需要打破的「鐵屋

---

[10] 參閱李宗剛著《新式教育與五四文學的發生》，濟南：齊魯出版社，2006，頁156-176。

[11] 孟悅、戴錦華著《浮出歷史地表——中國現代女性研究》，台北：時報文化出版，1993，頁53。

子」[12]、巴金口中所要逃亡的「禮教監獄」[13]、曹禺欲要掙脫的「一口枯井」[14]或洪靈菲所寫的「一座墳墓」[15]，因此，新青年面對這樣的存在處境，最突出的身體反抗姿態，就是離家出走。而「出走」，在五四的啟蒙語境裡，無疑徵示著身體／精神追求「自由」與「解放」的一種表述，亦是身體趨向於現代性的寓意（allegorical）展現[16]。

因此，在五四知識份子離家「出走」的神符意志之下，「出走」敘事也幾乎成了一些作家們存在體驗的意義投射，並在五四的文學文本裡蔚為大宗。在此，「家」做為專制王國，或沉睡的鐵屋，形成了一個洞穴符號；逆子的叛離，則成了指出光之所在

---

[12] 魯迅在《吶喊》的自序文中曾將傳統家／國（禮制社會）比喻成「鐵屋子」，希望通過吶喊去喚醒沉睡少數幾個清醒的人，並希望能夠通過這些先覺者，將這千年的鐵屋毀壞，以拯救其他仍然沉睡的大多數。參見魯迅，〈吶喊・自序〉，《魯迅全集》（第一卷），北京：人民文學出版社，1981，頁419。

[13] 巴金把舊家庭比擬為「禮教監獄」，人只能永遠當祭品，因此唯有離開，才能脫離這可怕的陰影。參閱巴金著《巴金論創作》，上海：文藝出版社1983，頁104。

[14] 曹禺以枯井隱喻著「家」，指出了「家」充滿著壓抑性和沉悶。見曹禺著〈談『北京人』〉，《北京人》，北京：人民出版社，1998，頁184。

[15] 在洪靈菲的長篇小說《流亡》中，知識份子沈之菲把自己的舊家看成一座墳墓，而把父親比喻做墳墓中的枯骨。

[16] 齊格蒙特・鮑曼（Zygmunt Bauman）指出，「解放」與「個體」的追尋，是自由意志在現代性裡的兩種表現，前者是從蒙昧的奴隸狀態中脫域出來；後者則是獨立自主的「自我認定」（self-idenfitication），亦意味著「自我身份」是由承受者（given）到「責任者」（task）的轉型，使行動者必須承擔所有任務後的責任與後果。見Zygmunt Bauman（齊格蒙特・鮑曼）著，歐陽景根譯《流動的現代性》，上海：三聯書店，頁23-139，2002。

的意向姿態，召喚那長久處在黑暗中的身體，讓他們覺醒，或引導他們邁出鐵屋，走向光之所在———一個中國現代化的未來。是以，李大釗曾斷言：「中國現在社會，萬惡之源，都在家族制度。」[17]而吳虞則在《家族制度為專制主義之根據論》批判家族專制政治與忠孝的毒害，泯滅個體自由和主體意識，讓「家」成了培養奴性的溫床：

> 歐洲脫離宗法社會已久，而吾國終顛頓于宗法社會之中而不能前進。推原其故，實家族制度為之梗也……儒家以孝悌二字為二千年來專制政治，家族制度連結之根幹，貫徹始終而不可動搖。使宗法社會牽制軍國社會，不克完全發達，其流毒誠不減于洪水猛獸矣。[18]。

五四知識份子對家族制度的猛烈攻擊，引發了那一代青年極大的迴響。尤其是以魯迅的小說〈狂人日記〉為開端，對封建宗法家族和禮教吃人給予激烈的批判與否定，文本中把「家」形容如一座暗無天日和充滿壓迫性的老屋：「全是黑沉沉的」、「橫梁和椽子都在頭上發抖」、「萬分沉重」[19]等，故做為「萬

---

[17] 參李大釗〈萬惡之源〉，《李大釗選集》，北京：人民出版社，1999，頁227。而傅斯年也曾在《新潮》雜誌創刊號（1919.1）以同樣的題目，批判家族制度是摧殘個性和扼殺個人願望的源頭：「破壞個性的就是萬惡之源，而這個萬惡之源就是家庭。」（頁126）

[18] 參吳虞，〈家族制度為專制主義之根據論〉，收入於張寶明編《回眸「新青年」》，鄭州：河南出版社，1998，頁306。

[19] 參魯迅〈狂人日記〉，《魯迅全集》（第一卷），北京：人民出版社，1981，頁431。

惡之源」的家必須摧毀，才有可能建構新的國民和國家。而這種反封建制度和反吃人的歷史，在五四時期，形成一種存在體驗、身體的覺醒、個人的反抗，並化為書寫意識，折射到小說的創作之中，遂成了新文化運動中「弒父」的批判話語，也使「離家出走」的自我解放現象，成了當時文學文本龐大的主題。

如盧隱發表於《小說月報》（第16卷第10號1925.10）的〈秦教授的失敗〉[20]，就描述了一個學成歸國的教授，因理念不合而與封建遺老的父親大吵一架後，失望的離家到北京去，以期去追求他那改造社會的夢想。小說情節極其簡單，但卻在五四啟蒙的語境中，敘述了一個向封建禮教叛離的繁複故事。在此，秦教授做為留學歸來的「新之子」，以發揚踔厲的姿影，企圖擺脫父權專制的掌控，追求自我身體的獨立和解放。敘事者通過子／父、新／舊的矛盾和衝突，明顯的展現了她創作背後的企圖，即：向父權的歷史討回個人的身體，進而解構掉以父本位為中心的家。「家」，在此已不再是精神的家園，而是成了文化監獄（cultural prison），或囚禁夢想的牢籠，所以只有「離家」出走，才能找到身體／夢想的解放。而秦教授離家後選擇到北京去，不但徵示著他背棄了黑暗，投向了光明、進步和自由的國度。而且北京屬於國族政治和文化中心，故離家，也意味著秦教授所選擇的道路，是走向國族，走向未來。這樣的「出走」和「走向」，無疑富有身體國族化的色彩和象徵意義。

同樣的，巴金寫於1931年至1932年之間的小說：《家》，則直接以覺慧的出走，構設了「家」的逐漸衰亡和毀滅。「家」在

---

[20] 錢虹編，《盧隱選集》，廈門：福建人民出版社，1985，頁278。

覺慧的眼中，是一座黑暗王國、沙漠，巨大的墳墓和囚禁著新青年理想和身體的「狹的籠」[21]。它的黑暗和森嚴，在巴金的筆下被形容成充滿死亡、荒原和敗壞的歷史縮影：

> 有著黑漆大門的公館靜寂地並排在寒風裡。兩個永遠沉默的石獅子蹲在門口。門開著，好像一隻怪獸的大口。裡面是一個黑洞，這裡面有甚麼東西，誰也望不見。[22]

「黑漆的大門」、「永遠沉默的石獅子」，以及如怪獸大口，望不到底的「黑洞」，隱喻著「家」是宗法禮教的歷史深淵，就像魯迅在〈狂人日記〉裡借狂人的瘋謔之語，批判中國四千年歷史，都是以「仁義道德」／「禮教」傳統吃人一樣，封建傳統的「家」，也是吃人歷史的象徵，處處鬼影幢幢，如一幅絕望的圖景。對於「家」這樣的敘述，其實是五四反傳統時代氛圍下的共識，尤其是通過現代性和進化的目光凝視下，「家」充滿著傾斜性，保守、腐敗和沒落，是壓抑人性與罪惡的淵藪。所以對信奉線形時間和歷史進步的新文化知識份子而言，由禮教和父權文化所編碼而形成的家族秩序，是阻止社會維新的障礙物，必須要全力推倒，才能闊步向前邁進。而這種企圖切斷自我與「家」的關係，有如切斷過去的歷史，像王斑所指出的，具有一種「與過去

---

[21] 在《家》的小說中，巴金所描述的高公館是「被黑暗統治的大公館」（1985：19），或通過覺慧指出：「家，不過是一個『狹的籠』」（68），或死寂的「墳墓」（116）、「沙漠」（285）和「死囚牢」（287），這些形容詞，徵示著「家」的封閉、衰敗和毀亡。

[22] 巴金著《家》，香港：天地圖書有限公司出版，1985，頁4。

一刀兩斷，開天闢地」[23]的勇猛精神。巴金深受封建大家庭制度和禮教的摧殘，體會身在其中的壓抑和痛苦[24]，因此在文本中，他將個人的生命體驗和反抗精神投射在覺慧的身上，以身體反抗絕望；以離家出走，實踐了對過去封建歷史的決裂。

因此，覺慧做為深受《新青年》、《新潮》、《少年中國》等雜誌思潮影響的叛逆／覺醒者，新文化業已在他的身體銘刻著對傳統倫理體系的反叛與否定，這與受到線裝書、《禮記》、《孝經》等規訓塑成的封建傳統身體是完全對立。故當他面對著象徵「家」的守護者——祖父時，他眼中祖父的身體形象卻是：「長臉上帶了一層暗黃色」、「頭頂光禿」、「少許花白頭髮」，以及「兩隻眼睛閉著，鼻孔裏微微發出一點聲息」（1985：60）。這樣的描述，把衰老和腐朽的封建傳統身體表露無遺。而這樣老弱近於衰竭的祖體，可將之轉換成喻意（the figural）上「古老中國身體」和「禮教殭屍」的形態，他呈

---

[23] 王斑在論述魯迅的批判歷史精神時提及，五四知識份子具有一種對歷史前景的想像，而這想像是建立在進化論的思想之下，以此用以表達歷史運動是朝著自由、公正、啟蒙和解放的方向走。所以他們對過去歷史是持著一刀兩斷，開天闢地（革命）那毅然決然的態度，去實現社會進步的目的。參王斑著《歷史與記憶——全球現代性的質疑》，香港：牛津出版社，2004，頁17-64。

[24] 巴金曾在回憶中言及他與「家」的關係：「那幾十年的生活，是一個多麼可怕的夢魘。我讀著線裝書，坐在禮教的監牢裡，眼看著許多人在裡面掙扎、受苦、沒有青春，永遠做不必要的犧牲品，最後終於得著滅亡的命運。還不說，我自己身受的痛苦……那幾十年裡，我已經用眼淚埋葬了不少的尸體，那些不必要的犧牲者，全是被陳腐的封建道德傳統觀念，和兩三個人的一時任性殺死的。我離開舊家庭，就像甩掉一個可怕的陰影，我沒有一點留戀。」參《巴金論創作》上海：上海文藝出版社，1983，頁104。

現著：封建傳統文化將近衰亡的現象。另一方面，在父權社會秩序中，「祖」是父之父，是男根的象形，是處於宗法社會中家族血緣和政治體制合一頂端的掌權者，他足於代表整個宗法社會的制度體系。因此，如果說「父」是男權的表層秩序，則「祖」就是這秩序中的深層結構，是「家」的權力身體終極象徵。是以，覺慧要反抗的，不是祖父（高老爺）的肉身，而是由那肉身背後所編碼的封建家長專制和禮教的符號系統。所以兩相照面，巴金寫出了新／舊兩個不同精神本質的對立世界：

> 他覺得躺在他面前的並不是他的祖父，「他」只是整整一代人的一個代表。他知道他們祖孫兩代永遠不能夠互相瞭解，但是他奇怪這個瘦長的身體裡面究竟藏著甚麼東西，會使他們在一處談話不像祖父和孫兒，而像兩個敵人。[25]

祖父做為禮教和封建傳統家庭制度的化身，在覺慧的眼裡，是宗法家族符號的巨大墳墓，充滿死亡、空洞、野蠻和宰制意識。故祖孫在此毫無對話的空間。二者亦如敵人，只有對峙和衝突，不然就成了沉默與叛離。而要橫跨過那傳統歷史的荒原，只有兩個可能：一是祖體的消亡，另其一是青年身體的出走。所以我們可以讀到覺慧的吶喊，不斷迴響於「家」的上空：「我要做舊禮教的叛徒」（1985：354）、「我要走我自己的路，甚至於踏著他們的屍首，我也要向前走去」（1985：337）。那是五四「弒父時代」[26]的高音。而《家》的故事是發生於1920至1921年間，正

---

[25] 巴金著《家》，香港：天地圖書有限公司出版，1985，頁63。

[26] 有關於「弒父時代」的稱謂，可參戴錦華、孟悅合著《浮出歷史的地表

是五四時期自由與解放呼聲最急切的時刻，是眾逆子們反叛家庭，反叛傳統和禮法最激烈的時候，於是循著「進步」號角的召喚，五四逆子們深信，唯有踏著傳統歷史的「屍首」，才有可能向前走向光（現代化）之所在。這也是信仰線形時間的必然走向。因此，小說結尾時高老爺的死去，喻示了父權體制在這時間下所必須面對到的必然崩解；而覺慧的出走，不但彰顯了個人身體的自由和自我解放狀態，另一方面，也使得做為象徵部族祖廟的「家」，被解構掉了。是以，青年身體從那黑漆漆大屋跨出的動作，可以被解讀為：一種向前「進步」的行動，一種面向未來，等待為新生的歷史，開創一個新局的願景。

故從這方面解讀，我們可以窺見，《家》的敘述結構呈現著祖與孫、舊與新、死與生、暗與明，愚昧與落後、固守與出走的主題表述。這二元的敘述結構，前者代表著過去與崩解毀壞的世界，而後者則是代表著未來，希望和覺醒的世界。此二者相互對詰，辯證出了中國身體在走向現代進程中，從私領域流動向公領域的一個意義轉換。身體也因為離家，而有了流動的自由，平等和自我的身份。這些流動的身體，若不是走向國外留學，就是趨向大都市轉移，如覺慧所說的：「到上海，到北京，到任何地方去。總之要離開我們的家」（1985：349）故城市做為文明的場域，或現代化的場所，是新思想傳播的中心，乃中國年輕身體

——中國現代女性文學研究》，書中將發生於1917-1927的「五四時代」喻為「弒父時代」。而辛亥革命是在政治意義上的「弒父」，即將家國合一的父權政治取消掉。而「五四」則是屬於精神文化上的「弒父」，將兩千年崇父的文化，包括語言、思想、觀念、文學等，加以批判和推翻。頁52-58。

離家的目的地。這些帶著理想的身體，最後都會進入公共領域，或遊行，或革命，以身體行動表達對國族危機的關心。最好的例子是巴金在他的第一篇小說〈滅亡〉[27]中，敘述深受五四文化啟蒙的知識份子杜大心，對封建宗法制度持抱著「予同汝皆亡」的決絕態度，並離家出走，在上海參加社會革命團，進行總同盟罷工，鼓吹「打倒魚肉人民軍閥孫傳芳」等等，並立誓犧牲自己的幸福以創造未來美滿的世界，最後還以個人身體啟動了暴力的暗殺，以身飼虎，肉身殉道，為自己的信仰而犧牲。在此，巴金將離家出走的個人解放敘述，提升向上而為國族解放的話語，證見了身體從歸屬於家，而後轉變為以個人、社會與國家作為主要歸屬的對象[28]，這樣的想像敘事，無疑確立了中國現代文學的政治書寫意識。

在另一方面，子輩的出走，卻與革命和抗戰做為結合，以迎向現代自我改造、拯救和解放的另一種民族國家建構神話。在此，「家」成了救亡時所必須遺棄在後的一座老屋，或成了革命上的某種必須去除的隱喻符號。如茅盾在〈冬殘〉的小說中，敘述多多頭勸他那已家產蕩然，卻仍然把「家」當著唯一信仰，並努力要維持著「家」之存在的大哥阿四說：「不要三心兩意了！

---

[27] 〈滅亡〉刊載於《小說月報》第20卷第1至第4號，開明書店1929年10月初版。

[28] 黃金麟在研究〈禮法鬥爭下的中國身體〉一文指出，新文化運動固然曾對「個人主義」和「無政府主義」有過高度的讚揚，但在國族危機下，救亡使得身體從家庭和家族解放出來後，卻被國家和社會所收編，以達到救國建國，以及國家富強的目的。參黃金麟著《歷史、身體、國家——近代中國身體的形成1895-1937》，台北：聯經出版，2000，頁169-170。

現在——田，地都賣得精光，又欠了一身債，這三間破屋也不是自己的，還死守在這裡幹嘛？」[29]這是無產階級革命話語的經驗產生，即「無家」，就是身體的一種解脫，可以在無後顧之憂下，付出生命參與革命的行動，以建立新國體。故多多頭在父親老通寶死後，「家」已毀亡，而終於走向了革命之路，以「國」代替「家」的位置，並以此「離家」出走的身體，轉換成暴力，遙指向另一個新國家的建構想像。

同樣做為「離家」的革命敘事，洪靈菲（1901-1933）在其具有自敘傳色彩的成名作《流亡》裡，展現了革命者對家的離棄——如王德威所指出的，現代知識份子與革命者念茲在茲的，是以驅逐傳統的鬼魅爲職志[30]，而舊家庭則鬼影幢幢，如一座墳墓，令人望而生畏。故小說的主人公沈之菲，懷著革命的理想，於政變中，處於生死而不驚，但在面對著他那不第秀才，後來棄儒從商，又篤信孔教的父親，卻比面對任何敵人還要戒慎恐懼。對父親而言，他是「異教徒」，是忤逆之子，故在他第一次亡命之後走向故鄉，想起父親與家庭，心中不由生出了一分戰慄感：

> 他覺得他的家庭一步步的近，他去墳墓一步步的不遠。他恐怕這墳墓，他愛這墳墓。他想起他父母的思想和時代隔絕，卻有點像墓中的枯骨。他怕這枯骨，他愛這枯骨，他是這枯骨裡孵生的一部份。[31]

[29] 〈殘冬〉，《茅盾全集》（小說八集）北京：人民出版社，1985，頁381。

[30] 參王德威《歷史與怪獸——歷史、暴力、敘事》，台北：麥田出版社，2004，頁232。

[31] 〈流亡〉，《洪靈菲選集》，北京：人民出版社，1982，頁87。

在此，「墳墓」般的家、「枯骨」般的父親，這兩大意象，敘說了他心理的焦慮、掙扎、矛盾和衝突。而這種情緒，主要是源自於沈之菲在革命思潮影響下，必須對封建傳統的「家」和封建思想的父親進行抗爭與絕裂，另一方面，他又無法自拔於「家」的孕育之恩，因此他只能像「燐火一樣的恐怖與彷徨」（1982：87），及至最後，其愛人黃曼曼以愛的召喚，讓他再度下定決心跨出「家」的大門，而重新走向革命與流亡之路。

　　洪靈菲是普羅文學的健將，又是革命志士，故在他所創作的「獻身文學」（engaged literature）[32]裡，常可見其身影不斷穿梭於小說之中，而形成了一種「自我形像」的心靈曲／史。政變、革命、愛情、離家、逃亡，都是他人生現實的寫照。故其身體在小說的寫實和虛構，歷史和敘事、鮮血和墨水之間，刻錄著生命的欲望、理想和追求。就某方面而言，他仍然深受五四個人主義和自由平等的思想啟蒙，所以他的反叛傳統、反叛禮法父親，或離家出走等等行為，都存在著五四那一代人的想法：即父親的形象是代表封建、禮教、道德；兒子則是代表叛逆、浪漫、毀滅。這種二元對立的觀念，不難可從其小說中尋得。除了《流亡》外，他的另一部小說《轉變》（1928），亦敘述著此一題材，即「家」是腐朽與壓迫，埋葬了所有的青春與愛情，造成主角李初燕對這舊制度極之痛恨，最後選擇離家出走，把自己融入革命的大潮，以去「創造新鮮的，光明的，有力的生活」（1982：

---

[32] 王德威指出，那些參與政治，獻身革命，而又從事具有煽動性的文學著作者，所創作出的作品可稱之為「獻身的文學」（engaged literature）。這些作品，不僅是一種政治行動，而且也必須負起「情感教育」的使命。參王德威〈革命加戀愛〉，同注27，頁22-23。

125）。所以，在此明顯得揭示，身體無法衝破千古封建「鐵屋」時，唯一的出路，就是「離家」，以出走的行動，走向革命運動更寬廣的世界，走向「國」之大境，這樣，由個體融入群體中，才能實現自我的存在價值。而革命強調陽剛的身體，以強悍暴力與浪漫情感展現救世的正義，其背後所構成的想像，是企圖通過身體的不斷摧毀去創造出一個新的民族國家。

所以，從五四個人意識覺醒以來，通過各種書面媒體（雜誌、報章、小說等）對主體性的召喚，散播以及宣傳，形成一種共同的啟蒙認知，身體也在此被想像爲塑造民族國家的要素之一，因爲身體的解放，即意味著民族國家的解放；而「家」的解構，身體的出走，連結著現代國家意識的塑成，無疑成了中國最重要的現代性事件之一。甚至到四〇年代，仍有路翎還在重提五四個性解放的歷史命題[33]，如在《財主的兒女們》（上卷：1945／下卷：1948），蔣家二兒子蔣少祖深受五四個性解放的思想，追求個人獨立自主的精神，而成了家中第一個與家庭決裂的逆子。父親視他爲「騙子」，然而他卻喜歡探究盧梭和康德的學說，或一意追求科學民主的文明之路，對他而言，舊社會秩序是遲早必須被新時代拋棄在後的。所以他「要叛逆得徹底」，或「要走自己的路」（1985：4），對他而言，與父親決裂是那個時代「新青年」所必須經歷的宏大使命[34]，也是救國救民或中國

---

[33] 參楊義著《中國現代小說史》（下），北京：人民出版社，1998，頁181。

[34] 小說在描述蔣少祖離家到上海讀書時，深受五四對抗舊傳統禮制和做爲逆子的想法：「這個行動使他和父親決裂。在這個時代，倔強的，被新的思想薰陶了的青年們是多麼希望和父親們決裂。」參路翎《財主的兒女們》（上卷）北京：人民出版社，1985，頁3-4。

走向現代化必須跨出的第一步。另一位蔣家三兒子蔣純祖，則獨舉個人主義，常常攻擊舊家庭倫理制，並在父親蔣捷三亡故，蘇州故園解體後，投入抗戰，將自己的生命與民族戰爭連結在一起，最後，卻從中國歷史的創傷、殺戮、血腥和災難中，讀出了自己孤獨悲涼的身影：

> 他舉起整個生命在呼喚著，猛獸般衝出家庭的廢墟，奔突於一片佈滿淚痕和血跡的苦難曠野上。[35]

那是所有中國身體在戰亂中所必須面對的共同命運。因此，在面臨國破家亡之際，個體只能在提拔自我的同時，而又把自我融入了大環境之中，成為整體，如：「人民群眾」、「時代」、「民族」、「國家」等等，以爭取國家的主權[36]。所以，在中國現代語境下，個人身體常常被收編到國族的話語裡，就如同蔣純祖一面堅持個人的理想，一面卻念念不忘國家的危亡一樣，而喊出：「中國，不幸的中國啊，讓我們前進！」（1985：447）可是在一系列的逃亡和漂泊後，歷經「集體」與「個人」的心靈掙脫、搏鬥，個體與集體相互消融，並企圖通過解放，以「在自己的內心裡找到一條雄壯的出路」，或以個人身體銘寫著國族的歷史，以及拯救與解放的神話，來尋找個人與國家的出路。然而所得到的答案卻是：

---

[35] 參楊義著《中國現代小說史》（下）第二卷，北京：人民出版社，1998，頁181。

[36] Denton, Kirk: The problematics of self in Modern Chinese Literature: Hu Feng and Lu Ling. Stanford, CA: Stanford University Press, 1988. p68.

> 我們中國，也許到了現在，更需要個性解放的吧，但是壓
> 死了，壓死了！生活著，不知不覺地就麻木起來……一直
> 到現在，在中國沒有人底覺醒，至少我是找不到……新的
> 力量在遙遠的地方存在著，我們感不到！我們是官僚、
> 名士、土匪——聖父、聖靈、聖子三位一體！茫茫的中
> 國啊，我對你，自然是永遠不厭倦，但是啊，我底生命短
> 促，在末尾，我將不能開懷大笑罷！[37]

這份個人的無耐、憤慨和無力感，是蔣純祖在四川窮鄉石橋廠的
改造計劃，面對群眾各種抗拒而落得失敗與肅清下所發出來的。
在遭到一連串生命的挫折後，他所感受到的是五四先覺者對抗庸
眾那份「獨戰眾數」的激昂與荒涼。故路翎在此的敘述，頗有向
五四歷史／精神召魂的意味。所謂「信仰人民」，或「到民間
去」，理應是將個人主義遮蓋掉，可是蔣純祖卻以澎湃的熱血和
浪漫的情感，觸動了一場以「個人」面對「群眾」改造的鬥爭，
最後卻落得再次逃亡的命運。然而，個體的解放在此並非完全自
絕於社會國家，而是時時冀望將個人的身體敘述到國族的場域
去，以去尋求一個宏大敘事——國族的大解放。因此，小說結
尾，蔣純祖在抗戰陰霾籠罩中，拖著敗壞了的病身再次回到石橋
廠，見了舊情人萬同華最後一面，其臨終的遺言仍是：「我想到
中國！這個……中國！」[38]這句話遺音裊裊，是自五四以來，所
有解放的身體紛紛從家庭出走後，所念茲在茲的話語，是中國身
體在歷史大敘事中，所不能離棄的唯一主題。

---

[37] 路翎著《財主的兒女們》，北京：人民文學出版社，1985，頁892。
[38] 同上注，頁870。

　　因此，從「家」走向社會，走向國，或身體的流動／移位，從兩個不同的空間進行轉換，不但對父權文化進行抗辯，同時也解構了傳統宗法家族制度，使身體得以解放，另一方面，身體也在此同時被編碼，並成了一則論證新文化運動、革命和追求現代性的國族寓言。所以，五四時期「離家出走」話語中所追求的個人主義，雖然是被寫成個人與群體對立的狀態，但實際上，如劉禾在研究《新青年》和《新潮》雜誌中「個人主義話語」的產生過程，所得出來的結論一樣：即個人主義不只是把個人從家庭剝離出來交給國家，而且它還導生了一個為實現解放和民族革命，所創造出「個人」的工程[39]。換句話說，在中國現代性的語境中，個人主體的產生，是被作為民族國家理念而加以推動的，它偏離了西方「個人主義」對個人權利意義的堅持與對群體／國族的抗拒，這是西方主義旅遊到中國，常被因地制宜，或為歷史、時代與國家所需，而被更換意義，重組成一個創造性的話語。故文學文本中「離家」的身體敘事，以身體的「出走」，貫徹了個人抗頡封建舊家庭的禮教制度、反抗奴性與追求自我解放的精神，同時也在此一表述中，指向了新社會、民族、國家和集體意識的構成；而這種書寫想像，具有將身體、社會和國家進行雙重連結，再以「解放」的身體修辭，寓意著國族主體建構的可能。

二、女性身體、出走、解放

　　同樣的，如五四之子一樣，女性身體也在五四自我解放的啟蒙話語裡，被編入一則國族寓言之中，而成了以男性話語為主

---

[39] 參劉禾《跨語際實踐——文學、民族文化與被譯介的現代性1900-1937》，北京：三聯書店，頁128，2002。

導的國族符碼之一。然而女性被編入國族符碼之中，並非始自五四，實際上，自晚清開始，女性就被賦予建構「新國民」的角色了。最明顯的如維新派對「廢纏足、興女學」的大力宣傳、啟蒙與推動，以倡導「新女性」，或塑造出「國民之母」的論述[40]，使得女性身體從封建「家庭」的私領域（private sphere），被推動到強種保國，民族存亡的公領域（public sphere）來。這樣的位置引渡和轉移，可以窺見女性身體在國族的話語下，純粹只是被充當爲一種工具，以置入近代民族國家的建構之中。然而，做爲一種國族想像，晚清知識份子對女性的凝視，還是比較集中於賢良的「國民之母」身上，如嚴復就曾以社會達爾文主義的視角，強調中國女性必須要像歐洲或日本婦女一樣的放足，才能自由行動，身體健康，也唯有如此，才可強種圖存，家盛國富：「蓋母健而後兒肥，培其先天而種乃進……此真非以裹腳爲美之智之所以也。」[41]康有爲則指出婦女纏足是「駭笑取辱」於萬國，也是造成種族衰弱而國家失去競爭力的原因，所以他主張禁止女性纏足，並認爲只有這樣，始能「舉國弱女，皆能全體，中國傳種，漸可致強」[42]因此，將女性舉至民族母親的位階，都

---

[40] 最早提出廢除纏足的議論，並開放女學的，是西方傳教士。如鮑家麟所指出的：「基督教在華的傳播，有著不可低估的歷史意義，因爲它一方面是清末廢纏足運動的先河之一，另一方面又對清末女學運動具有肇始之功。」（鮑家麟〈晚清及辛亥革命時期〉，收入於陳三井主編《近代中國婦女運動史》，台北：近代中國出版，2000，頁66-69。）然而，因爲考量傳教的客觀因素，使得他們遲遲不敢加以實踐。這要等到後來維新派如康有爲以及梁啟超等人起來，才把廢纏足的運動落實。

[41] 王栻編《嚴復集》（第一冊），北京：中華書局出版社，1986，頁28。

[42] 康有爲指出：「試觀歐、美之人，體直氣壯，爲起母裹足，故傳種易弱也。今舉國徵兵之世，爲萬國競，而留此弱種，尤可憂危矣……舉國弱

是源自於男性為主的國族話語所構成，而不是從天賦人權，或男女平等權利的思考出發。即使在「興女學」方面，婦女問題也是被放置到儒家閨訓／規訓和國家興亡的位置上來考量，如梁啟超明確的指出「興女學」的目的在於：「上可相夫，下可教子，近可宜家，遠可善種，婦道既昌，千室良善，豈不然哉！」[43]，於是，通過這些男性的想像和視域期待，女學之道遂落入了社會的實用性層面，或在物競天擇的進化論下被工具化，以達到強國保種的目標，以及促成當時民族國家富盛的要求。至於女性本身的存在意義和主體意識，則完全被掩蓋在「新國民」那高昂的口號呼聲裡了。

　　而五四的女性，在新文化運動的洗禮和解放思潮的衝擊下，已不再那麼被動的由男性來設計一套身體規訓／閨訓，以做為國族想像話語下的工具資源[44]；更不安於成為「國民之母」，將自己的身體囚禁於家庭的牢籠之中，專心孕育新國民。可是處在以男性為主導論述權的五四啟蒙話語中，五四的「新女性」雖然與五四的「新之子」共享著自由、民主、科學的知識氛圍與文化實踐，但在以男性為中心的思考問題上，女性仍然必須要經過男性知識份子的視域期待，各種的表述策略，或所鼓吹的自由和解放

女，皆能全體，中國傳種，漸可致強，外人野蠻之認，可以稍釋。」參康有為〈請禁婦女裹足折〉，收入湯志鈞編《康有為政論集》（上），北京：中華書局出版，1981，頁355-356。

[43] 參梁啟超〈變法通議‧議女學〉，《梁啟超全集》（第一卷），北京：北京出版社，1999，頁38。

[44] 在這方面，最明顯的是晚清金天翮（1873-1947）在所出版的《女界鐘》裡，企圖通過道德、品性、教育、權利和政治參預等，為女性身體設計一套理想的規訓，以達致「國家興亡，匹婦有責」的男性視野期待。在此，女性喪失了主體自覺，而只成為「男性空間」的一種意義延伸。

話語裡，去進行個人身體的自由解放。換句話說，女性的覺醒，
必須通過男性主體的呼喚，甚至允許，才有可能產生。如陳獨秀
在《青年雜誌》（第一卷第五冊，1916）就主張女性應該與男性
享有平等的權利，擁有自己獨立的人格，而不可自居為被征服者
的地位。在民國八年十二月出版的《新青年》則刊有一篇〈本誌
宣言〉，其中涉及女性的立場有：

> 我們相信尊重女子的人格和權利，已經是現在社會生活進
> 步的實際需要；並且希望他們個人自己對於社會責任有徹
> 底的覺悟。[45]

這樣的宣言，把女性的存在意義放到「社會責任」上來評
估，並期待將婦女解放充當對傳統制度和社會進行挑戰的一種方
式，以達到摧毀封建社會、禮教和大家庭制度，以此去促動現代
國家的產生。因此，環繞在這民族國家主體意識之下，只有將女
性納入到主體結構中來，並加以編碼，才能將國族主體認同建立
起來。如李大釗就是經由維勒斯（Braugham Villers，1863-1939）
所論述的「民主不是由男性，而是屬於全體人民所行使的民權民
主政治構成」，並提出中國要倡導真正的民主，就必須先要解放
婦女的身體：「不但婦女向男人要求解放，便是男子也要解放婦
女了」[46]。因此，通過男性「發現」婦女的意義，或女性個體被

---

[45] 〈本誌宣言〉，《新青年》雜誌第七卷第一號，民國八年十二月出版，
頁2。

[46] 參〈婦女解放與Democracy〉，《少年中國》雜誌第一卷第四期「婦女
號」，收於《李大釗文集》，北京，人民出版社，2009，頁89。

男性的想像放大，並敘述到由男性所建構的想像空間—國族場域，使得婦女解放的議題，成為一種創造和保全新的群體話語，而女性也在這話語之下，被收編到國族符碼中，成為男性建構國族主體下的潛在文本[47]。

　　除此之外，面對家族傳統，五四知識份子常向西方尋找中國應走的道路。尤其是深受西方思想教育的知識份子，他們試圖透過所掌握的西方文化、符號和言談資本，變更國民的思維，或用以解放婦女的論述策略，如舒衡哲（Vera Schwarcz）所指出的，致力於改變國民思維習慣以促進政治改革的中國知識份子，以絕大的熱情運用西方的觀點與批判精神，來喚醒同代人，並形成一種嶄新與自主的國民意識[48]。他們懷著一種內在焦慮，企圖將落後的中國，推動向與「進步」的西方同一步伐。特別在解放婦女的問題上，借鏡西方自由主義女性／女權的思想符號，啟動了一場中國女性身體解放的運動，以藉此打破千年來的家庭枷鎖，讓女性能夠擁有自由與獨立的身份。如胡適，就曾以〈美國的婦人〉一文，引美國婦女為例，鼓勵中國婦女樹立「超于良妻賢母」的人生觀和「自立」精神[49]，因為婦女的責任不在家庭，

---

[47] 實際上，由男性知識份子所倡導的「五四婦女解放」話語，是做為國族主體建構的「潛文本／前文本」，因為五四婦女解放是做為「人」（現代國民）的解放來看待，而「人」（現代國民）在五四啟蒙話語中，是做為建構民族國家理念而出現的。相關論述可見王宇著《性別表述與現代認同──索解20世紀半葉中國的敘事文本》，上海：三聯書店，2006，頁26-27。

[48] 參舒衡哲（Vera Schwarcz）著，劉京建譯《中國啟蒙運動──知識份子與五四遺產》，台北：桂冠文化出版社，2000，頁129-131。

[49] 〈美國的婦人〉乃胡適演講於北京女子師範學校的演講稿，後刊載於《新青年》第五卷第3號1918年9月15日，收入歐陽哲生編《胡適文集2》北京：

而是在社會與國家。此外，他又通過了「易卜生主義」，強調破壞即建設的維新思想，鼓吹女性們應該對舊家庭進行革命，實現自我（self-becoming），並充份發展自己的個性[50]。他同時與羅家倫一起合譯挪威劇作家易卜生（Henrik Ibsen1828-1906）的劇作《娜拉》（A Doll's House，又譯爲《傀儡家庭》）[51]，使得娜拉（Nora）之名不脛而走，娜拉的形像成爲典型，後來更成了「新女性」的代名詞。尤其劇中娜拉猛烈關上房門出走的姿態，一直成爲中國婦女的自我期許——「不做玩偶」，並努力爭取獨立人格與自由。胡適企圖借「娜拉」此一西方家庭婦女的出走形象，喚起女性的自覺，讓她們能夠從千年封建政權、族權、夫權的繩索束縛中解放出來，而走向外面更寬廣的世界。

《娜拉》的譯作，無疑在婦女運動上，具有前導的作用。胡適在後來又戲仿《娜拉》而創作了話劇劇本《終身大事》，描述23歲女主人公田亞梅與留學同學陳先生自由戀愛，可是卻因母親聽信算命先生的話而反對，她的父親更因襲宗祠禁忌田陳聯姻，阻斷他們交往，以致最後逼得女兒衝破家庭大門，毅然出走。然而，「娜拉」的個性解放與個人主義旅行到中國來，其之身體出走姿態，由一個叛逆的妻子改成爲一個叛逆的女兒，並在五四新

北京大學出版社，1998，頁490-502。

[50] 〈易卜生主義〉中提及：「易卜生把家庭社會的實在情況都寫出來了，教人看了動心，教人看了覺得我們的家庭社會原來是如此黑暗，叫人看了覺得家庭社會真正不得不維新革命：這就是易卜生主義。表面上看去，像是破壞的，其實完全是建設的……他主張個人須要充份發達自己的才性，須要充份發展自己的個性。」見胡適著〈易卜生主義〉，《新青年》第四卷第六號，民國七年六月，如上註，頁490-503。

[51] 胡適與羅家倫合譯的《娜拉》劇作，發表於《新青年》第四卷第6號所編的專號「易卜生號」，1918年6月，頁490-503。

文化和啟蒙話語系統之中，被簡約為批判家族制度與社會習俗／迷信的意旨，或被安置在子女／父母、個人／家庭、現代／傳統的二元對立關係中，以符合中國情境內那衝破宗法封建體制和禮教道德的命題[52]。至於《娜拉》劇中的性別政治被刪除掉了，以致「中國娜拉」所對抗的只有父權，而非夫權，這使得胡適式的啟蒙，在強調女性「救出自己」的同時，卻步向了如阿多諾（Theodor Adorno 1903-1969）所謂的啟蒙「同一性邏輯」（Logic of identity）去，而與其他的五四知識份子的啟蒙意識一樣，在女性解放話語中，將啟蒙的終極目標指向了：「社會的改良進步」[53]。即從「家」走向了「社會」，最後走向了「國家」。所以周英雄在論及中國現當代的自我意識時，就明確指出，五四文人筆下，雖然關注著個人主義和一己的利益，但走到最後，還是會走到民族國家的道路上去[54]。

　　而通過了胡適的引介，「娜拉」出走的身體姿態，成了五四以降中國女性的欲望想像，讓女性長久深受壓抑的身體／肉體，

----

[52] 易卜生劇作《傀儡家族》中所描述「娜拉」的出走，其之身體姿態，不只是要對抗父／夫權主義，而且是要針對性別關係之間的權力進行審視和批判。然而，胡適所作的話劇《終身大事》，卻忽略了兩性權力關係的對質，不去質疑男性權力的宰制，只針對家庭進行批判而凸顯的個人主義而已。而逆妻被轉換成逆女，也是為了符合五四啟蒙話語的符碼而設的。

[53] 啟蒙「同一性邏輯」是以科學理性將人從中世紀神學／教會禁錮中解放出來，然而卻使到啟蒙思維在理性中落入了同一思考和感覺方式，或一種行動和行為模式，以致於取消了所有事物差異性的存在。換句話說，同一性思維是以某種普遍概念和範疇，統領了所有差異性，也抹煞了所有事物的差別性。因此啟蒙被簡化為「改良」和「進步」的工具性。而五四知識份子也就是借用此一啟蒙理性，以進行社會變革的目標。

[54] 參周英雄著《文學與閱讀之間》，台北：允晨出版社，1994，頁72-73。

找到一個可以出走的模仿對象。在文學的創作上，則自胡適以「遊戲的喜劇」對「娜拉」加以戲仿後，話劇界也掀起了一陣陣「中國娜拉」出走的浪潮[55]。但此一「娜拉」的鏡像錯置，在五四「離家出走」的文化符碼與文學修辭中，不僅是表現為女性救出自己的一種解放話語而已，其關門碰響的聲音，與背對著家而行的身體姿影，更寓喻著面向未來和進步的一個意義行動。因此，在中國現代語境中，男性話語對女性解放的啟示、鼓動和促成，可謂為一種「想像新中國」的方式。換句話說，男性知識份子在輿論和文本中，將女性從千年家庭桎梏中救贖出來，放到民族的想像空間／公領域裡，成為與男性共享自由平等、現代意義下的國民；這樣的建構，使得被解放了的女性，也往往常以男性的標準，不知不覺中去完成，甚至滿足男性知識份子的視域期待[56]。

最明顯的莫過於盧隱（1898-1934）和馮沅君（1900-1974），她們以不孝忤逆的「父親之女兒」出現於文壇[57]，並以小說文本化了她們的生命經驗與情感世界。在面對著以父權為象徵的「家」與「家族」，「自由戀愛」成了她們尋找身體出路的唯一

---

[55] 當時戲劇界創作出女性出走的題材有：歐陽予倩（1888-1962）的《潑婦》（1922）、熊弗西（1900-1965）的《新人的生活》（1928）、郭沫若（1892-1978）的《卓文君》（1923）、白薇（1894-1987）的《打出幽靈塔》（1928）等，顯現當時劇作界對建構「中國娜拉」的一股熱潮。

[56] 周作人就曾針對此一現象提出質疑，他在〈北溝沿通訊〉中說：「現代的大謬誤是在一切以男子為標準，即婦女運動也逃不出這個圈子，故有女子以男性化為解放之現象」，見《周作人書信》，石家莊：河北教育出版社，2000，頁78。

[57] 參孟悅、戴錦華著《浮出歷史的地表——中國現代女性文學研究》，台北：時報文化出版社，1993，頁64。

方式。因此，在五四啟蒙話語中，愛情與解放，形成了一個共同結構，讓五四的「新女性」與「新之子」能夠肩共一個歷史解放的使命——瓦解封建的家／家族。「自由戀愛」在此成了一種辨識自我的符碼，如魯迅〈傷逝〉小說裡子君的吶喊：「我是我自己，他們誰也沒有干涉我的權利！」[58]，或是巴金在《家》通過琴的陳述：「我要做一個人，一個跟男人一樣的人……我要走新的路。」以及「無論如何我們必須堅決地奮鬥，給後來的姐妹們開闢一條新路，給她們創造幸福。」[59]是以，女性經由戀愛而離家出走，是將自己的身體從「父母之命，媒妁之言」的封建世界中爭取回來，以去建構「新家」。也因為經過自由戀愛的淬鍊，使得傳統禮教身體，也跟著轉換為具有現代意義的身體，以進入現代的生存方式。這是女性建構自己的同時，也完成了男性對她們的建構。故通過「自由戀愛」，女性身體被設置、編織和敘述於個人與社會／國家之間，並在五四啟蒙的話語中不斷延異，而成了現代自我表述的一種特別呈現方式。

　　一如馮沅君的小說〈隔絕〉，即是對人格獨立與愛情自由的崇高歌頌中，去建構一個自我的表述。小說家在此以書信體的敘事方式，娓娓敘述女主人公繼華一心追求神聖的愛情，不惜與父母對抗，最後母親把她幽禁起來，並逼迫她與劉財主的兒子結婚，她在不屈服之中，不斷私密寫信給心繫在外的戀人士軫，以自白和控訴的腔調，抨擊牢獄的家庭，宣揚自由的生活，並私約

---

[58] 參〈徬徨・傷逝〉，《魯迅全集》（第二卷），北京：人民出版社，1981，頁112。

[59] 巴金著《家》，香港：天地圖書出版社，1985，頁215。

潛逃。「自由」的符碼不斷迴複於文本之中,展現了女性以「戀愛」做為五四啟蒙敘述現代自我意識最響亮的聲音:

> 生命可以犧牲,意志自由不可以犧牲,不得自由我寧死。
> 人們要不知道爭戀愛自由,則所有一切都不必提了。這是
> 我的宣言。[60]

此一女性宣言,具有一種五四啟蒙的表演述行(a performative act),即以個人的生命史與自由結合,並編寫入宣言之中,而進行公開表述,這種表述／表演,究其實亦是一種建構的行為[61]。在此,纈華的宣示呈現了女性個體自我建構的意志,並通過「自由戀愛」形成一種自我的認同。然而實際上,這樣的認同並不穩固,在「自由戀愛」的意向中,仍必須通過「他者」(男性)來完成。而往往扮演此一「他者」角色的,是做為知識啟蒙的男性主體,他們是五四「新女性」的啟蒙者,也是拯救者:

> 有時我想到前途的艱難,我幾乎要倒在你的懷裡哭。你
> 說,「我們的愛情是這樣神聖純潔,妳還難受嗎?」
> 你說,「我們立志要實現易卜生、托爾斯泰所不能實現
> 的……」[62]

---

[60] 參《蘇雪林、廬隱、凌叔華、馮沅君》,台北:海風出版社,1992,頁279。

[61] 相關論述,可參Richard Schechner "The Future of Ritual: Writing on Culture and Performance", New York, Routledge。1993, P.123。

[62] 參《蘇雪林、廬隱、凌叔華、馮沅君》,台北:海風出版社,1992,頁279。

或是：

> 可是我覺得身在個四無人煙，荊棘塞路，豺狼咆哮的山谷
> 中一樣，只有你是可以依託的，你真愛我，能救我。[63]

在此可以窺見，不論是通過「知識的啟蒙」，或是「拯救」，男
性主體在女性作家的筆下，依然是「新女性」在自我認同建構中
的基石。易言之，通過「自由戀愛」，並不能改變現代自我仍是
以男性啟蒙主體為主的事實，「新女性」的自我認同與建構，依
然還是要建立在男性的認同上，才算是完成。另一方面，女性身
體面對著家庭的禁錮，必須經由男性的愛之施予，才勇於衝破家
的牢獄，也因此，才能得到拯救。所以，女性敘事主體常以文本
中的女性身體，力行契合五四時代的啟蒙主潮，並與男性知識啟
蒙者，共同尋求國家民族的理想——一個想像的政治烏托邦：

> 我們的歷史確是我們自己應該珍重的。我們的精神我們自
> 己應該佩服的。無論如何我們總未向過我們良心上所不信
> 任的勢力乞憐。我們開了為要求戀愛自由而死的血路。我
> 們應將此路的情形指示給青年們，希望他們成功。[64]

由「我」到「我們」的陳述／宣示，凸顯了「自由戀愛」在新文
化價值系統中的一個歷史意義。女性身體被啟蒙話語所銘刻，在
欲望所指中，指向與「五四逆子」所形成的「叛逆聯盟」，「我

---

[63] 同上注，頁286。
[64] 同上注，頁289。

們」也成了兩性的共同結構，以衝撞由禮教所編碼的鐵屋，由此
亦響應了男性知識啟蒙者的烏托邦召喚。然而，當離家私逃失
敗，由愛而走向死亡，幾乎是女性走入歷史的一種反抗方式。故
《隔絕之後》，繼華出走失敗而服毒自殺，不只是為了守護神聖
的「愛情」，從另一層意義而言，她所守護的亦是一個啟蒙者的
理想。所以女性身體在此被敘事主體借代，成為與男性啟蒙者並
構的聲音。是以，孟悅指出，馮沅君小說中的女性，以「自由戀
愛」做為向封建禮教示威吶喊時，實際上她們已誤入了一個以男
性性別為標誌的「父與子」二元對立系統，只有通過此一對立，
她們反叛的愛情才會產生時代價值和社會意義[65]。換句話說，女
性身體仍被男性編碼，以進入與父輩鬥爭的場域，唯有這樣，啟
蒙敘事才得以完成。

　　同樣的，盧隱的小說常以死亡與整個宗法禮制的家庭進行
抗爭；而死亡，也可以說是身體某種離家的形式。因此，從「離
家－抵抗」到「死亡－抵抗」的過程，可以窺見女性在文本中的
一個文化創傷與情感轉折。女性身體被銘寫、被壓抑、被禁錮，
如那被鎮在千年雷峰塔下的女體，等待被（男性啟蒙者）發現、
拯救和建構。一旦無能拯救，就只有死亡一途，讓身體趨向毀
滅－離去。這種以死追求解放，是一種殉道儀式，是身體進行
反抗的悲壯行為，亦是一種極端的反叛情緒。如在〈一個著作
家〉，沁芬因為無法得到真愛而鬱鬱吐血而離世，其所愛之人也
因聽到死訊發瘋而亡。小說以「腥紅的血」與「慘白的骷髏」做
為女體與男體的象徵符碼，由此呈現出啟蒙和被啟蒙者在追求解

---

[65] 參見孟悅、戴錦華合著《浮出歷史地表──中國現代女性文學研究》，
　　台北：時報文化出版社，1993，頁114。

放失敗後，而成為「自由戀愛」的獻祭。這類身體象徵符碼常重複出現於廬隱的文本之中，它形成了一種廬隱式的抵抗詩學。廬隱即用這種抵抗，去面對牢獄般的家（男性空間）和所有虛妄的社會人生。

究其實，廬隱比馮沅君更為自覺，在以男性為主的五四啟蒙話語中，她對由男性空間所形成的女性解放與自由戀愛，以及女性在其間的存在處境，具有更大的警醒。是以，廬隱筆下的女性，從宗法禮教的追捕下逃了出來，卻又流離於愛情與新家庭之間，而深感徬徨無助、孤獨、漂泊，及至虛無。像〈蘭田的懺悔錄〉裡的蘭田，其身世／身體被繕寫成一則女性「疼痛的記憶史」：從逃婚離家，到醉心婦女解放運動，然而卻在愛情中被知識青年所迷惑、欺騙和戲弄，以致最後落得「出了火坑，又沉溺入水坑了」[66]的結局。所以，曾經被五四啟蒙神話喚醒的蘭田，終於洞穿了男性啟蒙者／「新青年」在知識引導上的虛妄與自私。也洞穿了在新思想與新道德背後，常隱藏這些男性的卑劣行為，以及他們藉著自由的口號，去捕捉和欺騙女性純真愛情的意圖。故在面對自己信仰的啟蒙之神倒塌後，蘭田剩下的，只是無限懊惱和懺悔的聲音：

> 呵！我哭，我盡情的哭，我妄想我懺悔的眼淚，或能洗淨我對於舊禮教的恥辱，甚至新理學的玷污……到現在我不覺要後悔了，智識誤我，理性苦我——不然嫁了——隨便的嫁了，安知不比這飄零的身世更勝一籌？呵！弄到現在

---

[66] 傅光明編，《中國現代文學名著叢書：廬隱卷》，西安：太白文藝出版社，1997，頁203。

> 志比天高，但是被人的蹂躪，全身玷污，甚麼時候可以洗
> 清呢？[67]

在此，所有的疼痛綴成記憶，編入爲女性歷史的存在，以血淚刻成身體的銘文，指向女性喪失主體的苦難、哀傷與迷惘。因此，盧隱敘事文本中那些爲愛情而出走的女體，總是在探求→反抗→逃避→屈服的生命路程中，面對著自我出路的極大困境。像〈海濱故人〉中五名女子（露沙、玲玉、蓮裳、雲青、宗瑩）在海濱的歡鬧，後來卻面對結婚、失戀、歸隱等等的無常聚散，敘述了女性個體在以父權爲中心的社會裡，身不由己之漂泊和支離感。是以，當兩性權力無法平衡時，女性處在以男性爲主導的五四啟蒙話語空間中，仍必須面對著自我主體追求與時代進程而所產生出來的矛盾和失落。所以女性身體的出走，或通過自由戀愛尋求個體解放，都面對了離家後卻無家可歸的尷尬處境。一如〈或人的悲哀〉裡，亞俠因爲對神聖愛情信仰的失落，遂以遊戲人間的態度面對她自己的世界，至終卻被人間所遊戲。她後來沉湖，尸首失蹤，正也指出了女體在歷史身份上的一片空白結局。

縱觀盧隱小說中的女性，常以支離病骨、或泣血病體、或身體的毀亡、在尋求個體解放中，形成了一種自我的幻滅和棄絕。這樣的身體書寫，就如普實克（Jaroslav Průsěk 1906-1980）所指出的，自五四運動至抗日戰爭爆發前，中國現代文學，常以主觀主義、個人主義和悲觀主義與生活悲劇感受結合在一起，加上反抗的要求與自我毀滅傾向，成了那一時期的主流創作[68]。這是

[67] 同上注。
[68] 參雅羅斯拉夫·普實克（Jaroslav Prusek）著，李燕喬等譯《普實克中國現

中國現代文學一個浪漫革命的書寫特質。而盧隱在此一書寫中，以「自由戀愛」做為女性的一種自我表述，只是「自我」必須置於「他者」的兩性關係層面，才能成立。唯盧隱在其敘事文本中，以「愛情」做為試鍊，卻常常在兩性關係上，放逐了男性，使男性在其敘事文本中成了虛設的客體。這造成五四啟蒙話語中原有的「新女性」與「新之子」的「聯盟結構」崩解，以致於女性在解放後，卻被放逐於啟蒙歷史之外，成了被壓抑和孤立的個體。另一方面，女性卻轉向了以女性為同盟而尋求彼此的庇護世界──女兒們的烏托邦。如麗石對沅青的同性之戀（〈麗石的日記〉），或伊與阿翁的同性情誼（〈前程〉），這契入了盧隱在女性書寫中的意願：「我如果能與全世界女性握手，使婦女們開出新紀元」[69]這樣的編碼，使得女性的主體建構有了自己獨特的聲音。

　　但在此也必須指出，盧隱的書寫，乍看來都是敘述女性的情、苦、愁、悶，但實際上，她的敘述聲音，並未遁離國族建構的的主題範疇。其筆下那些處在理智與情感、戀愛與婚姻之間掙扎的女體，在尋求自我解放中，遙應了胡適所呼籲的要「超于賢妻良母」的獨立人格展現[70]，如她所倡導婦女：「打破家庭的藩

代文學論文集》，長沙：湖南文藝出版社，1987，頁3-4。

[69] 傅光明編，《中國現代文學名著叢書：盧隱卷》，西安：太白文藝出版社，1997，頁208。

[70] 盧隱對婦女解放問題極之關注，在1920年到三〇年代中，她發表了不少相關的文章，如〈「女子成美會」希望于婦女〉（1920）、〈中國婦女運動問題〉（1924）、〈婦女生活的改善〉、〈婦女的平民教育〉（1927）、〈今後婦女的出路〉（1933）、〈男人與女人〉（1933）等。在這些文章中，她就曾抨擊「賢妻良母是婦女唯一的天職」並強調婦女需要經濟自主，要有獨立的人格，要參與社會，並要求男女平等，而不

籬到社會中去，逃出傀儡家庭，去過人類應過的生活，不僅僅作個女人，還要作人。」[71]，是以「解放」與「做人」，抹去了主流性別分界的身體，才能進入「社會」，進入由男性空間所形成民族國家建構的秩序。另一方面，她筆下那些出走的女性們之存在處境，壓抑、憂傷、悲苦，也投射出了那時中國政治的現實狀況，弱勢、支離、彷徨和慌亂，在軍閥割據的時代，國如無國，使民不聊生，亦不知所從[72]。故她寫了〈秋風秋雨愁煞人〉，借革命國母秋瑾的表妹，在國事蜩螗，世局紛亂之際，向曾經為建立理想共和國殉軀的英魂叩問：「兵鋒連年，國是日非⋯⋯哪裡是理想的共和國家？」[73]至於秋瑾本身，就是反叛傳統家庭，離家出走後，投身革命的烈女／士，而盧隱起秋瑾於地下，以召魂的方式做為敘事象徵，幽隱地顯示出其念茲在茲的，依然是國族國魂的問題。

而1925年，魯迅在所創作的小說〈傷逝〉裡，曾針對女性從「反抗」到「出走」的個人解放話語上，提出了一個反省[74]，即

是成為男性欲望的花瓶或器具。參閱馬堃、高麗著〈深邃的洞察、理性的判斷——盧隱與五四婦女解放運動〉，《長城》2009，第八期。頁59-63。

[71] 參盧隱〈今後婦女的出路〉，《盧隱散文選》，北京：中國廣播出版社，1992，頁453。

[72] 在五四啟蒙話語中，人的自由解放是與國家的自由解放連結而成的。尤其中國現代小說，乃源自民族國家危難裡產生（如中國現代文學史均公認魯迅的〈狂人日記〉，是中國現代文學的第一篇小說），因此在五四主流敘事中，那些被書寫成壓抑的人，可以說是與「被壓迫的國家」同構的。

[73] 傅光明編，《中國現代文學名著叢書：盧隱卷》，西安：太白文藝出版社，1997，頁235。

[74] 大致上而言，魯迅的〈傷逝〉，可以說是立足於胡適的〈終身大事〉出

女性（子君）因自由戀愛而離家出走，若沒有經濟能力，而寄生於男性身上，是否就能擁有真正的自由解放？他在兩年前於北京女子高等師範學校演講的講題〈娜拉走後怎樣〉，就已提供了答案：「不是墮落，就是回來。」[75]不然，女性對於這樣的自由解放，意義何在？所以子君從「大家庭」／「舊家」轉移到「小家庭」／「新家」，依然是做不了自己，依然還是找不到出路，最後回來，乃至死亡。所以「娜拉離家」，走到中國，卻變成了一個錯置的鏡像（中國娜拉），成了一則悲劇。然而，從另一方面來看，在五四啟蒙的話語中，女性若只是從「大家庭」走進「小家庭」，或是離開「舊家」轉入「新家」，都只是從反叛的女兒，變成新玩偶的妻子，換句話說，女性身體還是離不開由男性所編織而成的牢籠之中。所以子君的自我解放，是一種對自我身體並未存在著任何「發現」或「重新發現」的意識認知；因此她

走故事後的一個追問。胡適在〈終身大事〉的話劇中，塑造了「中國娜拉」田亞梅，受到個人主義和自由解放的召喚，反抗家庭，為自由戀愛而離家出走。然而田亞梅的出走，卻是由父親的「舊家」，走入了與未婚夫共組的「新家」。然而魯迅卻從女性「出走」後，以經濟生存的問題提問，即：娜拉出走後，會怎麼樣？只有兩條路：「不是墮落，就是回來」。而其創作的小說〈傷逝〉，一方面揭示了沒有經濟基礎而離家出走的女性，如子君者，即使是進入「新家」，終究將為寄生之物，無以獨立。是以不能稱為真正的自由解放。另一方面，卻揭開了男性啟蒙者不負責任的假面，如涓生獨白式的懺悔錄，以自由解放之名，享用自由戀愛之實，將女性誘引出舊家的鐵檻，最後，在「讀遍了她的身體與靈魂後」，卻把子君遺棄。魯迅辯證了兩性的權力關係，以及男性啟蒙者的自私與虛妄。這樣的反省，無疑是極其深刻的。（至於另一說法，〈傷逝〉是做為魯迅與周作人兄弟恩斷情絕的懺悔錄，則另當別論了。）

[75] 參見魯迅〈娜拉走後怎樣〉，《魯迅全集》（第一卷），北京：人民出版社，1981，頁159。

的死，可以說是隱喻著女性身體無意識自我解放後，發現前方無路可走的一場歷史悲劇。

　　然而到了二〇年代末，在新文化語境中做爲啟蒙話語的「新女性」，漸漸從被設定於推翻舊社會禮教的計畫中走了出來，她們不再走向「新家」，而是走向民族國家更寬廣的天地。這是啟蒙的另一種變奏。女性在解放中所追求的浪漫個人主義被放逐出去了，取而代之的是從個人走向群體，走向對社會國家的關懷。一如茅盾在1928年所寫的〈創造〉這篇小說中，描述一個「新女性」（嫻嫻）如何接受新文化的啟蒙，以及在男性啟蒙者（君實）的視域期待中而逐漸有了自己思想的成長，最後終於掙脫那啟蒙的視域框架，而認同革命，並投奔向自我解放的歷史。從啟蒙轉向了革命，這是五四新文化運動後，最矚目的一個時代命題。因此，如果說魯迅的〈傷逝〉，是以子君之死與涓生那具有辯解性的懺悔錄做爲對五四啟蒙者的批判與反思，則茅盾卻是以嫻嫻的離家出走，表現出了一份對五四男性啟蒙者落伍的嘲諷與揚棄。也就是說，「中國娜拉」的再次出走，在此有了另外的一種身影姿態。是以，陳建華就曾在其研究中提到，茅盾重寫「婦女的解放」，其實可謂爲另一次歷史的重構。而此一重構，是基於啟蒙和解放處在同一邏輯上進行，故其終點，必然是要走向民族國家的大場域／敘述中去[76]。這是茅盾有意爲之的。這如他在

---

[76] 參陳建華著《革命與形式——茅盾早期小說的現代性展開1927-1930》，上海：復旦大學出版社，2007，頁161。其實茅盾在追憶他寫〈創造〉時，就暗示了這篇小說是有意爲之，乍看來「它是在寫婦女解放」，實際上「它談到的是中國社會解放」（見〈兩本書的序〉，《茅盾研究資料》，北京：中國社會科學出版社，1981，頁93-94），換句話說，小說中女主角嫻嫻的離家，敘事者雖無明言其之出走後的方向，但從嫻嫻的

另一篇小說《虹》裡，借深受五四運動婦女解放及自由戀愛、婚姻自主啟發的梅，在離家出走後遇到共產黨革命英雄梁剛夫，而轉變了她對五四啟蒙精神的號召：

> 從梅女士這方面，卻沒有回聲。她望著梁剛夫冷靜的面孔，在那裡沉吟。看見自己被駁倒，很有點不甘心，但是她搜索到腦子的每一根纖維，終於想不出適當的回答。李無忌灌給她的一篇富國強兵的大經綸竟沒有包括著駁覆梁剛夫的材料。她自己思想的府庫呢？對於這些問題向來就沒有準備。現在浮上意識的，只有一些斷爛的名詞：光明的生活、愉快的人生、舊禮教、打倒偶像、反抗、走出家庭到社會去！然而這些名詞，在目前的場合顯得毫無用處。[77]

曾經召喚「新青年」的五四啟蒙精神，卻成了一個時代落伍的產物：「斷爛的名詞」。並被揚棄。在此，梅可以做為一個集體女性的符指，徵示著當時女性解放的一個轉折——擁抱著社會主義革命。故從茅盾的敘事文本，其筆下離家出走後的女性，再次的被編入一個政治神話之中，以解放的身體，做為革命的武器，以期追隨革命之子，湧入社會革命的大潮流，並期待共同建構一個新興的民族國家。這樣的女性，有的成了《幻滅》中的靜女士，

留言「先走一步了」，並希望君實能「趕上來」，就可見出其最後是奔向革命路途的端倪了。

[77] 《茅盾全集》（第二卷），北京：人民出版社，1984，頁38。

有的則成爲《動搖》裡的孫舞陽，她們在離家出走後，演繹了一則由自我解放到社會解放的革命烏托邦之旅。

　　故杜贊奇（Prasenjit Duara）在言及民族國家建構的想像時，就曾指出許多民族主義者，往往會策略性的將性別與性別角色納入到政治體之中，以群體式來進行鬥爭。尤其五四時期的文化逆子即是在這樣的策略下，將女性身體納入到現代民族國家的場域，成爲國民。在這過程之中，女性必須要中性化，成爲與男性一樣的特質[78]。易言之，在民族國家的敘事裡，女性只有將自己的「陰性」特質（femininity）革除，呈現出如男性一般的陽剛雄渾（masculine）氣質，才能進入以男性空間爲主的國族場域。這樣的女性敘事，在身體轉移，從「家」到「社會」，其之性別改造，最爲明顯。如茅盾在其敘事文本中所設計的女性，她們在解放自己之前，總是需先解放自己的性別，或將自己的性別消解掉，與男性化爲兄弟般的同志關係，才有可能被敘述到革命的世界，或進入國族建構的隊伍[79]。

　　此外，茅盾也在其敘事文本中，將五四男性啟蒙者揚棄在大革命的場域之外，但在此同時，他也塑造了男性革命啟蒙者，在女性自我解放的過程裡，指引她們向革命的歷史大道上前進。所

---

[78] 參閱杜贊奇（Prasenjit Duara）著、王憲明譯《從民族國家拯救歷史：民族主義話語與中國現代史研究》，北京：社會科學文獻出版社，2003，頁10。

[79] 王德威在研究茅盾的小說中，就以《虹》爲例，指出梅爲了實踐她做爲革命份子的歷史使命，因此面對其意識形態導師，以及崇愛的男人梁剛夫，只能選擇放棄。是以，爲了黨，或革命任務，她放逐了自己的性別自覺，視梁爲其同志，這樣性別解放的完成，是以革命解放爲前提的。參王德威著《茅盾、老舍、沈從文──寫實主義與現代中國小說》，台北：麥田出版社，2009，頁128-129。

以王德威就曾提出這樣的問題：茅盾既然試圖由政治革命來宣導婦女的解放，則他是否也重新設定男性的立場，用以回應女性改變後的角色？[80]而從茅盾早期一些小說，如《創造》、《虹》和《幻滅》等窺視，其筆下離家出走的女性如嫻嫻、梅、靜和慧等人，具有一種被男性革命者所召喚，而產生出革命的自覺意識。這樣的一種革命啟蒙敘事，仍然不脫以男性的視域去建構女性身體的欲望，這使得女性的身體陷入男性中心價值體系及意識形態的構架，而成了銘寫政治、啟蒙、革命的工具，卻沒有自己的聲音。茅盾即是企圖通過這樣的書寫，進行社會主義的政治革命啟蒙，以去召喚更多女性讀者加入共產主義革命的潮流[81]。

　　丁玲可以說是這股潮流中最為矚目的重要女性之一。做為深受五四新文化運動影響的女性書寫者，她早期的小說處處留著五四時代的烙印[82]。女性身體也被銘寫成反叛的象徵，走出家門，剪掉了與宗法禮教的臍帶，以個／性的解放，遊戲人間的態度，尋找自我生命的出路。像夢珂（〈夢珂〉），或莎菲（〈莎

---

[80] 如上注，頁122。

[81] 簡瑛瑛在論及茅盾／革命／時代女性時，就指出茅盾對婦女解放的言論，其實是與晚清知識份子以及魯迅等人一樣，以救國運動為目標的。故婦女解放運動的目的是在於政治革命與社會新制度的建立。其小說中的「時代女性／新女性」，都具有這樣的特質，通過自我解放，去進行社會主義革命的理想，以達成社會與國家的解放。參簡瑛瑛〈中西現代文學中的新女性形象〉，收入張小虹主編《性／別研究讀本》，台北：麥田出版社，1998，頁152-159。

[82] 茅盾認為丁玲早期的小說如〈雪珂〉、〈莎菲女士的日記〉、〈暑假中〉等，敘述受到五四新文化運動影響，並背負著時代苦悶與創傷的青年女性判逆心理。參茅盾著〈女作家丁玲〉，刊於《文藝月報》第二號，1933年7月。收入於《茅盾論創作》，上海：文藝出版社，1980年，頁216。

菲女士的日記〉），在五四個／性解放的思潮裡，漂泊於情／欲的世界，並以一種孤獨的清醒，去辨識兩性之間的政治權力關係，以及女性主體的塑成。她們用自己的身體不斷衝撞父系的理知體系（父法／陽物能指），或企圖擺脫男性話語的糾纏，讓五四的「新女性」從青春、幻想的少女，長成比較成熟與獨立自主的女人。然而，像盧隱筆下的女性一樣，莎菲和夢珂在個性主義和自由解放的遊蕩中充滿徬徨、虛無、頹廢與失落。這種病態心理，徵示著藉以「自由戀愛」解放自我後，卻必須面向未來無路可走／無意義的存在狀態。

這就如李澤厚所指出的，五四的新一代，不但必須面對傳統政體的解體、古舊秩序的破壞，以及中國走向何處的彷徨心理，而且在傳統價值和舊有觀念的崩解後，使那一代人在人生道路與生活目標上，充滿著許多的不確定感。一批批青年知識者從四面八方匯聚到大都市來「飄泊」、「零餘」，卻在個體的覺醒，觀念的解放中，感受著種種愛的慾求、性的苦悶、人生的煩惱，混雜成一團，以致不知何去何從[83]。夢珂與莎菲，以及盧隱敘事文本中的女兒們，都是屬於這一類。

唯經歷過了上海五卅慘案和北伐戰爭後，丁玲卻從五四時代精神中的個人主義追求轉向了左翼；讓個體的抵抗融入到群體的鬥爭裡，並開始走向社會改造與政治革命的道路。這樣的一個轉向，也意味著其所關注的革命層面，必將涉及新的主體認同，以及涉及女性在革命的存在價值意義之生成。因此在1931年，丁玲所寫的〈莎菲女士日記〉續篇，已不再纏繞於個／性的主題，

---

[83] 參李澤厚著《中國現代思想史論》，台北：風雲出版社，1989，頁272-273。

或企圖從兩性戀愛中尋找自我存在的價值認知。莎菲揮別了所有
夢幻的過去，告別一切愛情的感傷和失落，在革命青年的啟蒙
下，追隨著政治革命的腳步，以去建構未來社會主義的烏托邦理
想[84]。丁玲在1930年後所書寫的女性，如〈一九三〇年春上海〉
（第一部），重新編寫了娜拉離家出走的主題：因為革命運動者
若泉的出現，使得美琳不願再成為子彬的籠中鳥，而離家投向革
命的行列。女性身體在此被男性革命者所啟蒙、召喚、引領，並
被提昇到集體意識的現代國族建構進程。這樣的敘事轉折，無疑
意味著女性身體只有進入國族的大敘述（Grand Narrative）之中，
才讓女性獲得存在的價值。即使以愛情＋革命為主的《韋護》，
天真浪漫和溫柔放達的麗嘉，也是被韋護從苦悶和傷感的存在情
境中拯救出來，並通過革命話語感召，最後讓她自覺要「好好做
點事業出來」，而此一「事業」，自也幽隱地指向了革命的方
向。在此，我們可以窺見，丁玲已捐棄了莎菲式的女體欲望，而
是經由這些叛離家園的女性，或通過她們解放後的身體，去介入
革命的話語，從而讓男性革命者編碼、命名、審視和界定，以去
符合一個歷史建構的命運。及至她後來所寫的〈我在霞村的日
子〉（1940），以女性代替男性（黨的象徵）的觀看，凝視貞貞
為國家民族獻身，讓無盡被摧殘的肉體，從日軍中換得情報，使
到她的不貞不潔，在自我犧牲之下，而得到了精神上的救贖和淨

---

[84] 〈莎菲日記第二部〉是屬於丁玲寫於1931年冬的未完稿，它只在1933年10
　　月的《文學》一卷四期發表了兩天，就沒有再續寫了。然而從這兩天所
　　刊載的餘稿來看，丁玲將莎菲改頭換面，以告別過去，重新審判自己，
　　並認同以社會革命來解放婦女的思想，去進行另一種改革。個體被放逐
　　到了群體之中，而展開了丁玲對女體的另一種敘事策略。參楊義著《中
　　國現代小說史》（中），北京：人民出版社，1998，頁264。

化。在此，通過「看」與「追蹤」，目光所及，「黨」的意識形
態，也隨著敘事主體的敘述聲調，不斷滲透入貞貞的身體：如貞
貞一身梅毒，卻面無病容，健康紅潤，這凸顯了貞貞愛國愛黨，
因此在「黨」的靈光籠罩之下，能克服身體的一切惡疾與潰爛。
及至小說結尾，貞貞離家出走，面向延安；因為可以「到延安治
病」，以及「可以重新做人」（1990：155）。於是，黨的精神
中心──「延安」，在此被轉喻成為教堂一樣的性質，具有神
聖性，也具有淨化的機制，這顯現了女性離家出走後，只有趨
往政治革命的聖地，才有光明的前途，或至終的歸屬。因此，
離家－革命－神聖，把女體編入了黨國之中，成了建構新興國
族的工具，這似乎成了丁玲（或小說中的「我」）書寫的最後
使命。

　　總而言之，女性的離家出走，具有政治身體敘事的意涵，
從五四時期被用以打破傳統禮教所編織而成的「幽靈塔」[85]──
古老家族制度；到後來卻被男性革命啟蒙者召喚到革命的隊伍
中，去完成革命建國的宏大敘事，凸顯出女性身體在國族建構過
程中，藉著解放之名，而被銘寫成一則國族建構歷史的神話。這
樣的一個身體轉折，徵示了一個新的理想社會或社會理想的實踐

---

[85] 白薇（1894-1987）曾經風靡一時的劇本〈打出幽靈塔〉（1928），將
　　「幽靈塔」隱喻為父權／宗法禮教體制下的「家」。其情節大概是：胡
　　榮生蹂躪了蕭森，生下了女兒月林，後來在陰差陽錯下，月林成了他的
　　養女。胡榮生的兒子巧鳴卻在不知狀況下與月林相愛，可是胡榮生的第
　　七個妾少梅卻深愛著巧鳴。胡榮生因忌恨巧鳴而把自己的兒子殺死，並
　　嫁禍月林從前的愛人凌俠，另一方面，又佔有了月林。最後月林在憤恨
　　之下，經由自己母親蕭森和少梅的協助下，殺死了胡榮生，自己也在掩
　　護著母親逃走而受傷死去，在臨死之時，高唱著「我打出了幽靈塔」。
　　本文在此僅借用「幽靈塔」一詞，以喻古老家族制度。

性嚮往與追求。然而，如前面所言及的，「新女性」不過是男性啟蒙／革命者所建構的國族空間裡的符碼，她們的被設置與編述，都是依照不同時期，對國族需求而被建立的。因此在敘事文本中，女性身體在追求自我認同與解放，仍離不開男性的凝視，不論是從思想啟蒙開始，或到政治革命結束，女性在女性的書寫裡，或在國族的想像中，必須去除「他性」／陰性特質，以因應著中國現代進路與國族建構的議程，進而完成一個歷史所賦予的使命。這是女性書寫者，如馮沅君、盧隱或丁玲等人，也所難以避免，也避免不了的社會與歷史責任了。

第二節　辭鄉者的故事：時間、空間、啟蒙敘事

一、遠離故鄉和故鄉書寫

　　在五四的啟蒙話語中，如果說「離家」是身體企圖逃脫於某一個固定的傳統宗法制空間，以尋求個人身心的自由和自我解放；則「辭鄉」，乃意味著身體從「生于斯，長于斯」，又死氣沉沉、破敗和時間停滯的空間，遷移到一個具有光、希望和進步的地方。這樣的行動，無疑是一種越界，即跨出原有生長的空間，投向他方。身體也在此流動遷徙或遊走的過程中，因接受新的觀念和知識，以致經驗／感覺結構產生變化，而消解掉傳統身體的存在，且以現代身體更換新的價值秩序，由此進入新的社會，並展開新的生存方式。這樣的轉變，其實是近代民族國家建構的重要構成之一。

221

　　而故鄉，或原鄉，相對於異鄉或他鄉而言，是生命起源的地方（出生地、血統），族群的聚地（祖籍、共同語言），也是主體得以立足和觀照自我的原點。在中國現代文學作品的譜系裡，尤其是在進化和啟蒙意識的介入之下，「故鄉」這個概念，則象徵著封閉、保守、凋敝、愚昧、迷信等等意指；在現代性時間上，它是屬於傳統與落後，是一個只能「再現」（represent）於回憶之境的地方。再者，自五四以降，五四的知識份子常以二元對立的邏輯，放在黑格爾所謂世界歷史中心的位置上來進行文化想像[86]，將鄉土／城市、傳統／現代、過去／現在、落後／進步、封建／法治、文明／愚昧、貧苦／富強等，進行衡量比較，或將過去和現在割開來敘述，進而把過時性革除，以期去建構新的意義空間——現代化的中國。因此，在現代時間的信仰和現代化的要求，「故鄉」之「故」——如古老中國的縮影，傳統，或屬於過去了的世界，常會被置於此一邏輯思維上，用以展開一個時代啟蒙的論述。

　　因此，如果考察五四那一代的作家，表現最為明顯的是他們流寓的故事。在辛亥革命後新舊更遞的時代，以及處在現代化的大風暴裡，這些作家們紛紛辭鄉出走，到城市／都會接受現代教育、寓居謀生，教書或展開新的生活。如魯迅流徙於北京、上海、廣州之間，王魯彥於1920年春離家到京加入蔡元培和李大釗等人創辦的工讀互助團；許欽文在1922年赴北京鬻文為生；彭

---

[86] 史書美提及，在達爾文主義線性時間的發展上，是黑格爾意義（精神辯證運動）上「世界歷史」的時間，也是以西方時間做為全球意識的時間。參史書美著、何恬譯《現代的誘惑——書寫半殖民地中國的現代主義1917-1937》，南京：江蘇人民出版社，2007，頁58。

家煌則於1924年至滬，應聘為中華書局的編輯；王統照1918年辭鄉入北大求學，更多者如茅盾、郭沫若、郁達夫、巴金、靳以、許杰、艾蕪、蹇先艾、臺靜農和張天翼等，均因出外唸書，而不得不離開原鄉[87]，這使得青年身體的移位，不斷趨往他們所嚮往的「新思想」發源地，且努力掙脫舊我，以成為具有現代意識的知識份子。這一如王先明的研究指出，晚清以來教育體制的變革，引發了鄉村精英結構性的社會流動，而形成鄉村到城市的單程遷移。這些知識份子被新知識、思想和文化所規訓／格式化，以致他們無法與鄉村習俗協調，並不再把家鄉視為人生的至終歸宿[88]。易言之，新式教育的改造，一方面驅使身體邁向現代國族的場域，一方面卻讓現代化的身體背離故鄉，而使故鄉的地理空間被轉化成「故」鄉——過去式的鄉地，只能再現為記憶裡的「情感結構」（structures of feeling）。此外，空間距離的拉開，以及與城市文化進行比較，在現代化的視域下，遂產生了「文明」與「愚昧」、「啟蒙」與「被啟蒙」等二元對立的敘述。是

---

[87] 魯迅就曾在〈吶喊·自序〉中提到他離鄉求學的狀況：「我要到N進K學堂去了，彷彿是想走異路，逃異地，去尋求別樣的人們。」這種「走異路，逃異地」的「離鄉經驗」，確是當時許多作家都經歷過的過程。參《魯迅全集》（第一卷），北京：人民出版社，1981，頁413。

[88] 參王先明著《中國近代社會文化史論》，北京：人民出版社，2000，頁238。實際上，1905年科舉廢止後，近代「新學」教育制度全面展開，在民國初年成了大規模的政策。「新學」教育偏向城市，並成了鄉村精英離鄉最強大的推動力。根據統計，1902年時，中國境內新式學堂有222間，學生6804人；到1915年，新式學堂增至129739所，學生人數竄升4294257人；1922-1923年，各級學校有178981間，而學生人數則飆至6819486人。由此可見，「新學」的影響力和擴展率，使更多鄉村的精英流向了城市。

以，在作家經驗自我的書寫中，「離鄉」的敘事，似乎也成了二十世紀初中國現代啟蒙文學裡，最經典的情節開端了。

而二十世紀初的中國，總不時會上演著「離鄉者的故事」，這些故事，所涉及的是一個面向未來，現代性時間／空間的命題。就如詹明信（Fredric Jameson）在《單一現代性》中所提及的，現代性在時間上是一個斷代（periodize），除此之外，它也不是一個概念，而是一個敘事範疇[89]。換言之，現代性在當下對歷史的指認或敘述裡，是斷裂與斷代的辯證關係──「現代」與「傳統」。這樣的延續與變異，不但將時間感揉入空間的情感體驗中，而且在空間的意義上，彰顯著歷史不斷往前移動的向度，是線性而不可逆的。因此，在歷史進步／進化意識的框架裡，中國現代性表述，毅然的將中國身體從傳統文化的系統中抽離出來，也抽離出鄉土的空間，使到他們成了故鄉的「他者」（other），並在現代與傳統、進步與落後、現在與過去的縫隙間，轉換進化的想像成為社會活動、敘事與知識的生產，以去啟蒙和改變中國的民眾和社會，並形成一分民族國家自我拯救的助力。

就如魯迅常引用「鐵屋子」的隱喻去徵示鄉土中國封閉、麻木、無知的困局一樣，他指出需要先覺者的喚醒，才能毀掉「鐵屋」，找到現代性的啟蒙之光。是以，在那充滿著啟蒙符號的寓言裡，它無疑含具著「經驗空間」（space of experience）和「預期視界」（horizon of expectation）[90]──即「喚醒」與「打破鐵

---

[89] Jameson, Fredric: "A Singular Modernity; Essay on the ontology of the Present". London: Verso, 2002, P18

[90] 德國歷史學家柯索列（Reinhart Koselleck）通過線性時間去論述歷史意識

屋」的行動表現，並將目光投注到未來的預期上，以實現改革的
理想。在〈我們現在怎樣做父親〉一文中，魯迅則以一個父親寓
言，呈現了對先覺者與未來的預期和想望：

> 自己背著因襲的重擔，肩住了黑暗的閘門，放他們到寬闊
> 光明的地方去；此後幸福的度日，合理的做人。[91]

「黑暗」與「光明」所涉及的，不僅於傳統／現代的時間關係，
而且也需放在鄉土中國／西方的文化空間關係上來進行解讀[92]。
在此，「父親」做為一個時代的「中間物」，則介於黑暗與光
明，傳統與現代之間的自覺者，在背離黑暗面向光明的身體姿態
中，展現了對歷史前景的無限想像。魯迅那一代的知識份子，所
扮演的，無疑就是叫醒「鐵屋」中人的啟蒙者，或「肩住黑暗的
閘門，放他們到寬闊地方去」的「父親」角色；他們以進步想

的發生，而認為歷史時間（History time）是經由人的行動被辨認出來並
產生出意義的，它與自然時間（Natural time）的循環性不同，主要是，人
通過「經驗空間」的行動或感覺，以及依據「預期視界」的追求，則可
以由此累積出歷史意識，提供進行實際改革的希望。參Reinhart Koselleck,
"The Practice of Conceptual History: Timing History, Spacing Concepts", translated
by Todd Samuel Presner et al. Stanford: Stanford University Press, 2002, p111。

[91] 《魯迅全集》（第一卷），北京：人民文學出版社，1981，頁130。

[92] 魯迅有關「黑暗」／「光明」的描寫，時常可在他的文章中出現，如
「我不過一個影，要別你而沉默在黑暗裡了。然而黑暗又會吞沒我，然
而光明又會使我消失」（〈影的告別〉，《魯迅全集》卷2，1981：頁
165），或「我的反抗，是為了希望光明的到來罷？我想，一定是如此
的。但我的反抗，卻不過是與黑暗搗亂。」在此我們可以窺見做為「中
間物」，在光明和黑暗之間的心理矛盾和掙扎了。參《魯迅全集》（第
11卷），北京：人民出版社，1981，頁79。

像，對抗傳統，並企圖召喚更多人，一起邁向中國現代化的目標。因此，做爲一個「離鄉者」，他們以現代目光的審視，遂讀出了故鄉的蠻荒、迷信、蒙昧、和處處「吃人」的死亡訊息。這「故鄉」，就如魯迅筆下所描繪的，沒有歷史，沒有日月，也沒有預設的改良和進步。是故，通過了「救救孩子」的吶喊，或啟發下一代「離鄉」和「出走」，讓身體背離那片黑暗和夢魘的壓迫，才能展示出對封建傳統歷史的一種堅決否定。

二、從離鄉到歸鄉：異己的故事

對於五四時期小說中的「離鄉」書寫，五四作家們常以「歸鄉」進行結構上的連結，就如錢理群和王得后對魯迅小說《吶喊》與《彷徨》的研究所指出一樣，魯迅對「故鄉」的敘事構圖，總是環繞在「離去－歸來－離去」的模式中。其中以〈故鄉〉這篇小說最爲明顯[93]。因此「離鄉」的敘事，也可稱之爲「歸鄉」的小說[94]。然而，不論是「離鄉」或「歸鄉」，身體的移動，揭示著三種不同的時間、空間和記憶的混合敘述，故在文本中，它是屬於一種「感覺的創造」（creative of feeling）；唯與古代者離鄉不同在於，古人離鄉，卻依舊在同一文化秩序中遊移；而二十世紀初的「離鄉」，即意味著離鄉者必須面對一個與故鄉完全迥異的文化空間──「現代世

---

[93] 參見錢理群、王得后著〈近年來魯迅小說研究新趨向〉，《中國現代文學研究叢刊》第三卷第十八期，1991，頁23。

[94] 這樣的說法，見於周英雄著〈身份之認同──從魯迅兩個小說推論〉，收入陳清僑編《身份認同與公共文化》，香港：牛津出版社，1997，頁317。

界」，因此離鄉者一旦離鄉後再返回故鄉，就已然成了陌異的他者，「故鄉」既屬於現在，也屬於過去；既是現實的空間，也是想像的世界，有時甚至被置換成具有異鄉情調（exoticism）的景象。是故，離鄉者的歸鄉，因為文化的差異和心理空間的距離，導致原鄉者成了外來客，「歸鄉」，也就成了他者闖入「異質空間」的故事。

　　實際上，在現代性體驗裡，最大的焦慮感是源自於時間的斷裂，那是主體失落的鄉愁。尤其是「時間性」（temporality）與「空間性」（spatiality）呈現出不連續性時，將使歸鄉的身體與故鄉產生一種隔閡感，甚至失語的狀態。一切對過往的召喚，也都只是與記憶斷裂的人事與圖景。如魯迅的〈故鄉〉，「我」從北京返回家鄉，記憶的目光隨著船進入闊別二十年的家園，所見的卻是陰晦天氣下的蕭索荒村：

> 啊！這不是我二十年來時時記得的故鄉？我所記得的故鄉全不如此。我的故鄉好得多了。但要我記起它的美麗，說出它的佳處來，卻又沒有影像，沒有言辭了。[95]

記憶斷裂所造成的失語狀態，無疑隱含著一種斑雅明式的感知與經驗轉化。根據麥科爾（Mc Cole）對斑雅明理論的詮釋，這樣的感知與經驗轉變造成記憶分裂，是與現代經驗不連續性密不可分的[96]。故身體的移位，以及目光的流動，都在空間與時間的遞

---

[95] 《魯迅全集》（第一卷），北京：人民文學出版社，1981，頁467。

[96] 參John McCole: "Walter Benjamin and the Antinomies of Tradition." Ithaca: Cornell UP. 1993, p254。

換中轉化，而把故鄉看成了異鄉，自己卻成了一個外來的異鄉客。這樣的心理，在〈酒樓上〉也同樣發生：我「覺得北方不是我的舊鄉，但南來又只算一個客子，無論那邊的乾雪怎樣紛飛，這裡的柔雲又怎樣的依戀，于我都沒有關係了。」[97]類此無鄉感，是一種存在的支離與失落。因此離鄉者的歸鄉，在一個時序錯位中，只是去完成一個記憶和想像的旅程。然而做為一個啟蒙敘事，歸鄉卻必須承擔起喚醒與拯救的意識，而這樣的意識，往往總是經由時間化的空間展開。

是以，在〈故鄉〉裡，兩個家園空間被分裂開來：一是過去記憶裡的故鄉；另其一則是現在歸來真實的家鄉。前者表現著美好安寧如烏托邦的圖景：「深藍的天空，金黃的圓月，一望無際碧綠的西瓜」，以及閏土手捏一柄鋼叉刺猹的少年英勇形象。後者則呈現著鄉土的饑荒、苛稅、兵匪做亂，以及閏土苦難、沉默、蒼老、奴性和「全然不動，彷彿石頭」的人偶模樣。兩個世界相互對照，一方面以新的知識結構戳破記憶中的烏托邦，另一方面卻以啟蒙意識，凸顯出現實中鄉土的凋敝和衰頹。因此，借著返鄉者所隱含的現代文明視角，在其審視下，巡視的目光也一層層逼進了故鄉黑暗、落後、荒蕪與「吃人」的荒原景象之中，並由此揭開古老中國在現代進程裡趨向敗壞、沉淪與死亡的現象。是以，「村之荒」與「國之頹」，形成了啟蒙意識中一個轉喻的結構啟示，以召喚文化改造與重組的力量。而這樣的敘事背後，是近代中國被外強侵略和殖民的歷史創傷體驗。這種創傷不斷主導著敘事主體趨往啟蒙與改革的意向上去。所以在歷史進步

---

[97] 《魯迅全集》（第二卷），北京：人民文學出版社，1981，頁25。

觀之下，所有的想像，都寄望予未來：即寄託在孩子（水生、宏兒）的身上。這是魯迅「救救孩子」與「放他們到寬闊光明的地方」之思維延續──一種建立現代國族與文化更新的欲望追求。所以，揮別故鄉，不是一則歷史的結束，而是意味著一個精神史的起點：「其實地上本沒有路，走的人多了，也便成了路。」這路標指向，是中國的唯一出路，也是走進世界中心之路──現代化。

因此，從〈故鄉〉開始，「荒村」的意象幾乎成了二十世紀中國作家書寫故鄉的經典形象。它與蘆焚的〈衰城〉（《果園城記》）[98]，巴金的〈廢園〉（《憩園》），組成了「城之衰」、「園之廢」與「鄉之荒」的荒原意象。這樣的衰頹和荒廢空間，不論是魯迅筆下的魯鎮，巴金的小說中的憩園，還是蘆焚的果園城，都是封閉幽暗空間的「鐵屋子」。它與現代性的光明未來，形構了一個相互衝突的場域。而在中國現代化進程裡，歷史是通過急遽的前進，引發巨大的斷裂而形成：傳統與現代、落後與進步、黑暗與光明的對立面。在此，代表傳統／落後／黑暗的宗法制封建社會，無疑被視為一種敗壞和衰頹，一如斑雅明對歷史的隱喻──「骷髏」，──一個風化枯朽、毀壞衰敗的寓言[99]。因此，當啟蒙者以西方文明的目光凝視著封閉性的

---

[98] 蘆焚（1946年改名師陀）的《果園城記》（1946年上海出版公司）共收入18篇小說，作者在序言中提及，他想把小城寫成中國一切小城的代表，亦即鄉土中國的縮影。而小說中的果園城，呈現著暗淡衰敗的風景線，故何平曾指出蘆焚筆下的果園城宛如「衰城」（見何平著，《語文講堂》2007.9，頁89）。

[99] 斑雅明指出：「在象徵上，歷史中的所有陰差陽錯，所有的哀傷和失敗，都可以在人的臉相上，或在一個骷髏上表達出來」。骷髏在此，是

中國鄉土時，他所看到的，必然是古老歷史彌留之際的面容：如閏土、祥林嫂、孔乙己、陳士成、阿Q、華老栓和一群庸眾醜怪的身體與麻木的臉。在現代性的大風暴之下，他們也必然會被編入「骷髏」的死亡符號之中，以去成就啟蒙中未來光明的希望。

巴金的《憩園》，敘述的也是一個歸鄉者的「異己」故事。小說中的「我」（黎先生），離家十六年後，返回故鄉，卻發現自己宛如外鄉客，故鄉卻成了一個陌異的空間：「雖是生長的地方……在街上看不到一張熟悉的面孔」，以及「我好像一個異鄉人」。這種隔膜感，是現代性體驗的普遍現象之一：離散的無根。這如魯迅在〈祝福〉裡描述「我」回到魯鎮，卻無家可歸那樣；黎先生回到故鄉，也只能住在旅館，這使他成了一個「家鄉裡的外鄉人」。然而，面對著憩園中愚昧與腐朽墮落的人事，如楊老三敗光家產，又執迷不悟宛若廢人，突顯出了舊有世界秩序的傾斜與沉淪。而楊老三最終的遁逃與默默病死，則象徵了一個「父親」的離去——父權封建傳統的消亡。至於憩園的日逐衰敗，更讓敘述者「我」感覺如身置廢墟之中，時間停滯，景物毀壞，這一切，就像「我」決定再離鄉時，回頭一瞥所看到憩園的最後之景：

寓言的一個視點，它凝視著歷史的不斷的頹敗。參見班雅明著，陳永國譯《德國悲劇的起源》，北京：文化藝術出版社，2001，頁136。本文在此借用「骷髏」的意象，徵示五四以來中國現代啟蒙小說裡鄉土中國的衰頹的景象與麻木無知、「絕不顯哀樂」（魯迅語）的鄉土庸眾的面孔／身體。

> 我有一時期常常去那個地方，在四五天以前，就開始拆毀
> 了。說要修甚麼紀念館。現在它還在拆毀中，所以我的車
> 子經過的時候，只看到成堆的瓦礫。[100]

文明的進步，不斷把所有過去舊傳統和歷史銷毀掉，在現代時間的一直往前拓展中，舊有價值體系也紛紛被堆聚成瓦礫碎石，成了一片廢墟，留在身後。故在此，文本中的「我」，經由歸鄉的旅程，見證了故鄉中，舊的社會結構與舊價值秩序的頹圮、敗壞和消亡。而「我」再次的離鄉，則意味著，把舊有的一切都埋葬在歷史的廢墟中，並趨向未來，繼續為新的價值體系而尋找理想的家園。所以憩園的廢，徵引出歷史啟蒙的意識，即從「家」—「園」—「國」的隱喻結構裡，敘述了中國傳統斷裂之後，一條遺棄與改造的必經之途；或從精神的返鄉旅程，去思索民族國家自我價值重建的意義。

　　同樣的，在四〇年代中，蘆焚以十八則短篇小說所組成的故鄉書寫——《果園城記》，也展現了一個對舊鄉深沉的凝視。在此，返鄉者以一種民間考古的精神，企圖去挖掘鄉城背後一個個過去、現在與未來的故事。所以當知識份子歸鄉，他從都會所帶回來的目光，隱含著西方知識結構和文明認知的審視，敏銳的碰觸了鄉土內部幽暗的世界，以致形成空間轉移，時序交錯。而歸鄉者的目光與位置，則成了一個文化的參照體系，以現代化與文明化為基礎，著力思索鄉土改造的可能。就如蘆焚在《果園城記》的序言中所指出：「我有意把小城，寫成中國一切小城的代

---

[100] 《巴金全集》（第五卷），北京：人民文學出版社，1989，頁429。

表」，換句話說，「故鄉」已被符號化，是「中國」的一個縮影，一個等待被西方文明所啟蒙和拯救的世界。是故，在這樣的意念下，遊子的歸鄉，不是以抒情的鄉愁做爲敘事的底蘊，而是以現代性的批判，展現了革故鼎新的歷史意識，或一份啟蒙理想的追求。

在《果園城記》，蘆焚通過了「我」（馬叔敖）回到果園城的返鄉之旅，去揭開故鄉的荒野、停滯和落後所造成種種荒謬的陋習與悲劇。文本中，果園城裡的中國傳統時間如一潭死水，故鄉裡的人也靈魂麻木和「永遠活在昨天裡」，像〈說書人〉所描述的，所有時光悄悄在說書人的驚堂木中消逝，卻無人留意；或如〈桃紅〉一文，對中國傳統時間的隱喻：「那放在妝台上的老座鐘，──原是像一個老人樣咯咯咯咯響的──已忘記把它的發條開上，也不知它幾時停住了。」[101]時間的停滯，帶出的是一個死寂和荒涼的故鄉場景，也顯示著這座百業蕭條又破敗不堪的鄉土之地，正逐漸一步步的走向了凋落和衰亡。至於，處在這停滯時空裡的鄉民，愚昧、無知，墮落和毫無改變的在那無聲的鄉土中國存活，形成一種無意義和無價值的存在。尤其是鄉土文化的深層結構，在現代性的目光下，形成了一場場暴力和災難，揭示著中國古老文化所衍生的陋俗之惡，以及長久的弊害。

如〈百順街〉所描寫的喪葬習俗大事舖張，設祭和禁火三日，和尚誦經重複八遍，唱禮的儒生也把喉嚨喊啞了，筵宴連開三天三夜，吃喝不盡。或如〈三個小人物〉中對馬夫人做壽時的講究排場，四個城門設堂開戲，宰一百五十口豬，果園城五十里

---

[101] 任海燈編、師陀著《師陀代表作》，北京：華夏出版社，1998，頁313。

內的雞鴨全被搜殺光，城內五十里的人不論男女老少，只要跟馬夫人磕三個響頭，就可白玩三天，大吃大喝不盡。即使是鄉中無賴桃園結義，也大擺宴席，酒水如流，歡聲震天。（〈村中喜劇〉）這些喜慶的誇耀和荒謬的熱鬧，卻指向了導致果園城經濟凋敝蕭條和民眾悲苦的主因。而隱含西方文明的目光，在此巡遊，並穿透了中國鄉土陋習的幽暗之心，揭示著一種病兆的文化現象，使「活在昨天」的故鄉，在宗法陋習中似乎找不到未來的希望。所以李健吾曾指出蘆焚筆下的果園城是：

> 一灘灘的大水坑，裡面烏爛一團的不是泥，不是水，而是血、肉、無數苦男苦女的汗淚。[102]

這是鄉土中國歷史長久所積澱下來的黑洞，或蘆焚所給予的另一種隱喻──「棺材」[103]，是屬於一個死相和看不到光的社會。他在另一篇小說〈毒咒〉的開頭，就把鄉土描繪成了一座充滿著敗壞氣息的廢墟：

> 頹塌了的圍牆，由浮著綠沫的池邊鉤轉來，崎嶇的沿著泥路，畫出一條疆界。殘碎磚瓦突出的地上，木屑發黑，散出腐爛氣息。……太陽像燃燒著的箭豬，顫抖著，將煙火

---

[102] 參見李健吾著《李健吾批評文集》，珠海：珠海出版社，1998，頁143。

[103] 蘆焚在民國25年7月曾從北平路經上海返鄉，暫時借住朋友的家，他朋友將他安置於其家破樓上，焚蘆曾戲稱像是「住在棺材的小屋裡」。參師陀著《果園城記》〈序言〉，上海：上海出版社，1946，頁2。「棺材」這意象，實際上也可喻指「果園城」，尤其是果園城在時間上的死寂與人事上的漸趨衰毀，都指向了「棺材」寓意上的寂滅。

的光撲過來，隨即彷彿很無味，寂寞的，厭厭然爬了過去。晚霞靜悄悄停在天空。霞的光景最先落在這裡，照著瓦礫的碎片反光，將這座廢墟炫耀得如同瑰麗的廣原一樣。浮綠沫的池塘驟然臃腫了，反射出凝結了脂肪似的光彩。[104]

豫東鄉野的景觀，被凝結成了廢墟般的意象，揉雜著種種鄉土古老惡俗，在空氣中散播著怪誕和鬼魅的奏鳴曲，如四奶尖銳的咒語，刺破死寂的夜空，不斷在鄉土上盤旋：「這塊土地有毒，斷子絕孫，滅門絕戶，有毒！」（〈毒咒〉）；同樣的咒術也出現在關七嫂家中鐵鍋被偷後，她以麥秸扎成單人，釘在十字路口土地廟牆上，並端開水向白麻紙糊的草人澆去，又向草人的頭上連敲三下，以惡毒的咒語呈現一種誇張的懲罰，凸顯著鄉土習俗的野蠻暴力（〈寒食節〉）。除此之外，鄉土的符號也承載著濃重迷信神靈的信仰，如小說〈霧的晨〉裡，九七因為打楊樹葉充饑而呃死，毛奶奶卻迷信的認定是青楊大仙怪罪以致遭殃。在此，鄉土肉身如劇場，演繹著一齣齣原始蠻荒的故事，或詛天咒地，或召神呼鬼，或信妖信迷魅，在鄉土頹敗的風景線上，展示了一幅荒原中死亡面具／骷髏的衰頹氣象。蘆焚以文本中馬叔敖的目光編織／敘述鄉土中國崩潰中的一曲輓歌，呈現了愚昧蠻荒歷史與現代文明所隔絕的一道彎曲而深邃的鴻溝。因此，在一連串鄉土文化符號、意象連綴和象徵結構裡，古老歷史所形成的巨大摧殘，毀滅與禍害，都被納入了文明／愚昧、現代／傳統、未來／

---

[104] 師陀著《果園城記》，上海：上海出版社，1946，頁86。

過去的文化參照系中，以歷史寓言的方式，重塑了中國鄉土微弱的光芒。

　　所以，鄉土做為一個巨大的歷史凝固物，總是連接著過去，以被書寫成當下，並展望著未來。故返鄉之旅，往往就成了一種啟蒙儀式，讓深受都會文明銘刻的身體，在跋涉間編述了現代視域下所形成的故事。鄉人仍然固守著他們的墮性，或耽溺於滯悶和單調的時間中，消磨著荒涼的歲月。他們無所事事地安樂於生，也安樂於死。如〈孟安卿的堂兄弟〉裡那將吃酒和看戲當著人生最大成就的安樂公；或以懶散生活為成規的葛天民（〈葛天民〉）；或有的成為隱士，有的成為憤世家等（〈賀文龍的文稿〉），苟且偷生於鄉土之一隅，編織和組構成了瘖啞無聲的中國。這些在現代意義下的「廢人」，是相對於都會忙碌者而言的，他們以古老中國的生存方式，頹廢過活，並在鄉里的生活秩序裡，與停滯的時間共構成為一潭死水，而無視於鄉土之外時代與世界的轉變。

　　如前所言，歸鄉者的最後選擇，總是離去。因此，在離鄉－歸鄉－離鄉的敘事模式中，現代知識者通過身體的移動，在返鄉旅程中完成了一個啟蒙敘事的揭示意義。所以，在中國現代性的語境脈絡下，「歸鄉」和「離鄉」的敘事背面，往往隱藏著都市文明／鄉土蒙昧、現代／傳統、變革／守舊、文明／愚昧、科學／迷信的二元對立意識。因此在這意識之中，與家國同構的「鄉土」，也在「現代」目光的觀看裡，被視為一個閉鎖、黑暗、衰頹與毀滅的場域，一個歷史的墮性之源。在線性的時間上，這些被視為與進化和進步相違的陳規陋俗，以及充滿黑暗巨大吞噬力的「故鄉」，在五四啟蒙者眼中，是一座精神廢墟和生命的荒

園,是等待被改革和重建的地方(place);是以,「歸鄉」的目
的,只是為了完成再一次的「離鄉」儀式。畢竟,只有身體的遠
離,即揮別過去,走向未來,才能凸顯出了一個進步和現代性的
位置。另一方面,「歸鄉」,可以視為傳統身體跨向現代身體的
一種過渡,而再次的「離鄉」,則無疑意味著現代身體轉換的一
個意義完成。

總之,從離鄉後的歸鄉,及至再次的離鄉,呈現了啟蒙話
語中的一則身體寓言,它所敘述的不只是鄉土人事變遷、陋習、
風俗民情、或鬼神的故事,而是一則中國現代性進程中,文明與
進步演化的敘事──民族國家拯救的歷史寓言。就如帕沙‧查特吉
(Partha Chatterjee)在研究東方的社群現象時指出:

> 在現代化的風潮引領下,許多非西方社會的近代史,都被
> 寫成了進步主義式(progressivist)的演化敘事,從小的、
> 在地而原始的社群隸屬關係演化成國族般大型而世俗的團
> 結,這是國族建構的現代性計劃之一。[105]

因此,做為五四啟蒙工具之一的小說,總是企圖通過敘事
去拆除傳統社群生活中落後與幽暗的文化機制,並借用西方的科
學和現代文化觀,去觀照鄉土,以致形成了兩種視域的衝突:都
市文明與鄉土愚昧。前者表徵著歷史的進步與救贖;後者則是世
代生息與心靈歸屬之地。然而在面對著啟蒙與拯救的降臨,「故
鄉」在返鄉者的目光下,卻沉淪為一座精神廢墟,等待被拯救,

---

[105] 參陳光興主編《發現政治社會──現代性、國家暴力與後殖民民主》,
台北:巨流出版社,2000,頁41。

或離棄。從某方面而言，也可轉喻成鄉土中國需要西方文化的介入，才能革舊佈新，以便走向現代化的進程。此外，就如帕沙‧查特吉（Partha Chatterjee）所言，非西方的現代民族國家之建構，實際上，大部分都是從鄉土的廢墟中建立起來的[106]。故自五四以降，歸鄉者返鄉的故事，其背後所蘊含的，是現代性的一種身體姿態展示，或新舊交替時代，一個民族追求進化與進步，以及自我完善的心理路程。故從主觀性而言，返鄉與離鄉的身體移動，其最後的目標走向，是驅往一個新的、美好的未來世界—新興中國的建立。

第三節　走向世界的大敘述：現代主體性的塑成

一、 出國和留學：現代性體驗的發生

1842年鴉片戰爭結束後，西方「船堅砲利」的「長技」不但將中國封鎖的大門敲開，而且也造成中國必須面對價值潰散與重建的時代。這也是費正清（J. K. Fairbank）所謂的「西潮衝擊—中國反應」的開始[107]。在這歷史背景之下，中國身體遭遇了極大的

---

[106] 如上注，頁44。

[107] 一直以來，西方學界都以費正清為代表的「西潮衝擊—中國反應」做為研究近代中國演變的典範論述。然而最近幾年，這樣的論述觀點，卻被費氏的弟子所推翻，而採取了「在中國發現歷史」，亦即中國歷史的演變，是從內部發生的（參Paul Cohen著《在中國發現歷史》，北京：中華書局，1989）。在此，本文不去論其歷史觀點的優劣，只是引費氏之說，做為中國近代史演繹的一個現象而已。「西潮衝擊—中國反應」之

文化震撼（cultural shock），尤其是在向西方學習，或面向世界的當下，中西文化的衝擊在中國身體銘刻著恥辱、創傷、暴力、災難的記憶和危機感的同時，卻也掀起了一股對現代器物和知識渴求的欲望[108]。這時期，除了洋務派如曾國藩、李鴻章、張之洞等人強調「技」術的重要外，曾出國或留學海外的王韜（1828-1897）和容閎（1828-1912），則以深邃長遠的目光，致力留學教育，以培養西化的人材[109]，這無疑開啟了未來中國走向世界的出洋留學之先路。

而1895年甲午戰爭的戰敗，不但象徵著以李鴻章為首的洋務「技改派」之徹底失敗，也終結了「變器不變道」和技術中心論的迷思[110]。同時，在自卑與屈辱的體驗中，更促使一些有學之

說，可參費正清著、張沛譯《中國：傳統與變遷》，北京：世界知識出版社，2002。

[108] 從魏源提出「師夷長技以制夷」之後，李鴻章在這方面的認知最具有代表性：「中國欲自強，莫如先學習外國利器；欲學習外國利器，莫如覓製器之器。」（見李鴻章《李文忠公全書。明僚函稿》），依據這些知識份子的說法，清帝國之戰敗，皆因器物技術不如人，所以向西方學習主要還是集中在器物營造和技術知識方面，而非文化思想的「道」。這也開啟了「洋務自強運動」，提倡新式教育，以及選派學生留洋種種政策。

[109] 容閎在為江蘇巡撫丁日昌起草條陳時，曾提出選派出穎秀的學生出洋留學，這個建議，促成了1872年到1875年，選派了四批共140名幼童留美之舉。1875年，沈葆楨又委托了益格攜帶5名船政學堂高才生前往英法遊歷。1876年，李鴻章則派遣7名學生到德國武學院學習。此後，1877-1886年期間，船政學堂再派出了三批留學生共76人赴歐學習。這些留學生主要是以學習軍政、船政、步算和製造學為主。總而言之，這時期派遣出國留學無疑形成了近代中國留學生的先河。參高時良著《洋務運動時期的教育》，上海：教育出版社，1993，頁21-54。

[110] 洋務派如李鴻章等主張從西方的器物層面去進行中國的改造，另一方面則堅持華夏文化的道統，如薛福成所說的：「取西方之器數，以衛我堯

士，調動了目光，企圖以一種更新的視角去審視中國與世界之間的關係，以及自我處於世界中的存在價值體驗。特別是那時「世界時間」的引入，如以鐘點機械計時與公曆紀年代替陰曆和歷代的曆法，不但形成了現代時間的意識狀態，而產生時空裂變；中國身體的存在和發展，也受因此一裂變而被改造成為深富現代性建構的國民[111]。從另一方面而言，「世界時間」的銘刻，亦即意味著中國已被納入到以西方為中心的現代世界語境中，並與全球各國處在先進／落後、富強／貧弱、文明／蒙昧的對比位置上，以致中國人對身處此一格局的生存方式、角色和形象，有了全新的體驗，隨之亦產生一場深刻的文化轉型。

此時，向西方學習的心態更形自發性，出國遊歷者漸增，留學熱潮不退。尤其1905年的科舉廢除和「新學」興辦，促成更多讀書人出國留學，以此做為登龍術，以便回來後求取更好的

舜禹湯文武周孔之道」（《籌洋芻議。變法》），並導引出張之洞等人所倡議的「中學為體，西學為用」的「中體西用」論，洋務派的「自強運動」就是這思想的產物。然而，甲午戰爭，清帝國敗給了一向被瞧不起的日夷，無疑宣佈了以器技之神為重的改革和「中體西用」論的結束，由此，也先後開啟了一個以「政體」改良與革命為中心的維新派（以康有為、梁啟超所倡「君主立憲制」為主）和革命派（以孫文「流血革命與民主政治」為主）的時代。

[111] 1912年，辛亥革命臨時政府署名發佈通電，明令中華民國改成陽曆。自此，通行於中國數千年的陰曆，一種「以太陰之朔望與太陽之節氣相調和，而又以六十甲子周期作不變之尺度」的曆法系統被廢止，西方式的鐘點時間被引入，改變了中國人的日常作息，也由此成為理解認識自我與世界之間的關係，這無疑成了現代國民性的建構方式之一。相關討論可參黃金麟著《身體、歷史、國家──近代中國的身體形成1895-1937》，台北：巨流，2000，p175-229。

功名[112]。然而更大部份的知識份子,是基於國家危亡的強烈急迫感,試圖以西方爲「鏡像」,觀照和重建自我,以圖自強;他們遠赴歐美或日本,親身體驗西方現代文明和文化氛圍,成爲「遊學海外,窺破世界進化之公例,著書立說,以喚醒同胞」[113]的啟蒙者,或成爲當時引領時代風騷和倡導西化的主體。易言之,從晚清至民國初期,整個中國知識界是處在歷史進步/歷史循環、啟蒙/救亡、世界/國族、時間/空間的二元敘述中,組織起中國「走向世界」的大敘事。所以,不論是出國遊歷或留學,身體在不同空間的移動裡,卻隱藏著一分歷史創傷和國族身份的焦慮表現。那是中國人急於尋找和企望在世界的版圖上重構國族的位置,因此「走向世界」,所投射的是一個現代性體驗的發生,也是一個關於想像西方的故事和國族建構的政治性寓言。

如陳獨秀於1901年11月到日本早稻田大學留學時正值二十三歲,他曾坦言,其出國是因爲受到了甲午戰爭與八國聯軍入侵的刺激,而開始思索國族未來方向的問題:

---

[112] 其實在1902年12月由清朝政府所批的《派赴出洋遊學辦法章程》中,其中就有對考得外國學位的留學生,「應由使臣隨時咨明外務部立案,以便將來從優獎勵」的條陳。換句話說,留學已被納入到國家體制中,成爲和科舉一樣獲得「功名」的重要途徑了。參舒新城著《中國近代教育史資料》,北京:人民教育出版社,1961年版,頁178。

[113] 黃琳〈中國宜除去守舊根性說〉,《留美學生季報》1915年秋季第3號。轉引自趙立彬著《民族立場與現代追求——20世紀20-40年代的全盤西化思潮》,北京:三聯書店,2005,頁26。

> 我生長二十多歲，才知道有個國家，才知道國家乃是全國
> 人的大家，才知道人人有應當盡力於這大家的大義。……
> 我越思越想，悲從中來。我們中國何以不如外國，要被外
> 國欺負，此中必有緣故，我便去到各國，查看一番。[114]

創傷的歷史體驗，啟動著陳獨秀發現了自己做為國民的責任，以
及激發起他心中一份改革行動。日本成了他尋求救治中國藥方的
現代化國家，故其在此所接受的知識和所面對的文化衝擊，無疑
成了他往後回到中國編制進步、啟蒙與革命敘述的動力。同樣
的，胡適在1910年赴美留學，亦是深受梁啟超「新民說」的激勵
與鼓舞，如對於梁啟超所提及「要把這老大的病夫民族改造成一
個新鮮活潑的民族」之說法，推崇備至：「我們在那個時代讀
到這樣的文字，沒有一個人不受他的震撼感動的」[115]由此可以窺
見，胡適到美國留學，是出自於感受國族危亡的一份心理焦慮，
因此潛意識中，其到美國是為了尋求解決危機之法。這是五四知
識份子歷史使命感所促成的。

　　即使是魯迅，由於家庭經濟窘迫使他在別無選擇之下，進
入由洋務派所開辦不收學費的江南水師與南京礦物學堂，然而基
於科學啟蒙深刻的影響，以致他後來留學日本時，卻毅然選擇了
醫學為其專業，究其原因，是在於──「醫人」：「救治像我父
親似的被誤的病人的疾苦」。唯其選擇並不止於為救治像父親一
樣，被中醫／中藥所誤的病者，一如其所透露的，由於「從譯出

---

[114] 參唐寶林、林茂生編《陳獨秀年譜》，上海：人民出版社，1988，頁18。
[115] 參周明之著，雷頤譯《胡適與中國現代知識份子的選擇》，桂林：廣西
師範大學出版社，2005，頁48。

的歷史上，知道了日本維新是大半發端於西方醫學的事實」，以至於他學醫，真正目的還是爲了實現個人政治的理想——「醫國」：「促進國人對維新的信仰」[116]。雖然「幻燈片事件」，導致了他後來的「棄醫從文」，然而他仍然一直循著科學的精神和醫學的思維，以筆尖爲解剖刀，剖開古國文化堅厚如鐵的肌膚，揭出千年的沉痾痼疾，以引起「療救的注意」。因此，從「醫人」到「救精神／靈魂」，魯迅念茲在茲的依舊是啓蒙「救國」的宏願，那是他留學日本時的初衷，即：走向現代世界，並與列強競賽接軌[117]。

所以出國和留學域外，是晚清以來現代化運動的具體表徵之一，如王德威所指出的，有識之士都希望能夠藉著先進國家的知識技術和政教制度，以爲自己和國族尋找定位[118]。而留學，必然要面對中西文化的衝突與交融，個人身體在日常生活中所感受的，也必然構成中國現代性體驗的重要結構因素，甚至成爲中國人想像和建構新的自我認同的基礎。故身體的位移，或走向世界所形成的「空間移動」，也隱含著時間的變換，即由古典時間

---

[116] 此段中的引文均引自魯迅《吶喊·自序》（《魯迅全集》第一卷），北京：人民出版社，1981，頁416。

[117] 魯迅對於走向世界和與列強競賽接軌的想法，在〈熱風·隨想錄三十六〉一文中可以窺見一斑：「但是想在現今世界上，協同生長，掙一地位，即須有相當的進步的智識、道德、品格、思想，才能夠站得住腳：這事極需勞力費心。而國粹多的國民，尤其勞力費心，因爲他的『粹』太多，便太特別。太特別，便難與種種人協同生長，掙得地位。」換句話說，中國人在世界上的地位，成了中國現代性壓倒一切的關鍵問題。參《魯迅全集》（第一卷），北京：人民文學出版社，1981，頁307。

[118] 參王德威著《小說中國——晚清到當代的中文小說》，台北：麥田出版社，1993，頁230。

轉換到現代性時間裡，加上現代知識與現代思想的養成，導致中國身體從傳統轉換到現代的認知，這似乎是中國走向現代化過程所必須面對和體驗的存在方式，必然的，它也促成了一種新的生命形式的誕生。正如古巴人類學者費爾南多·奧爾蒂茲（Fernando Ortiz）曾就「跨文化」（transculturation）一詞定義式的分析，指出了一個文化的移入，將造成原有的文化受到衝擊，以致在演化過程中，無可避免的，將使到其知識結構和價值觀念改變，甚至文化解體（deculturation）[119]。而出國，或留學域外，其實是一種「跨文化」的翻譯行為，即以身體，銘寫著兩種文化的對話與調整，而產生出新的意識與體驗。這樣的意識和體驗，自然將導致他們的生存處境與身體存在方式跟傳統形成某種的疏離，進而構成現代性的自我想像與建構欲望。故綜觀晚清以降的留學生，如陳獨秀、胡適、魯迅、李大釗、周作人、錢玄同、郭沫若、郁達夫、張資平、陳衡哲、冰心等人，無不在留學其間，完成了他們的現代性文化體驗、想像和建構的過程。

　　大致上，由於留學者所選擇的國家不同，是以他者文化所形成的自我影響與改造，以及本身傳統文化積澱的深淺，導致他們的個體體驗亦各異，這無疑造成他們對現代性的認知和理解也有著不一樣的想法。此一差異性，最明顯可見於留日和留學歐美這兩大留學生群體身上[120]，這可從魯迅、郁達夫、郭沫若、張資

[119] 參約翰·克拉尼奧斯卡斯著，季民忠譯《翻譯與跨文化操作》，江蘇教育出版社，2002，頁102。

[120] 就五四時期主要出國留學的作家文人，大略可分成留日與留學歐美的，粗略統計如下表：

平、冰心、張聞天和老舍等作家的小說中窺見一斑。他們雖然以小說想像中國，或通過西方／現代文化的參照，尋找自我在世界的身份與位置，甚至企圖以小說進行啓蒙、或進行民族和歷史記憶的書寫，但由於所處的文化場域、政治思想與社會歷史環境不同，自然的，在現代性的接受、體驗和轉化，以及身份認同的敘事方式也會不一樣。然而，在面對世界，走入世界時，身處於西方文化語境中所產生出來的自我認同──「民族自我」認同的焦慮，並無二致。故從出這些國遊歷者或留學生與現代性體驗發生的過程中，我們往往可窺見其背後所隱藏「傳統的現代化」和「第三世界的民族主義」之議程與命題，即：「自我／異己」和「傳統／現代」的抗拒與建構。

實際上，留學生文學中所書寫的中國身體，在現代性想像中，大部份都趨向於國族的建構敘事。這如美國文學理論家詹明信（Fredric Jameson）所認爲的，當第三世界的文化受到第一世界文化帝國主義的衝擊，而進行文化上的生死搏鬥時，第三世界的作家，對自身傳統文化的構成，社會結構，以及歷史意識的反省，將成爲重新建構自我身份的一種主體陳述。故這些作家所

留日的學生	陳獨秀、魯迅、周作人、郭沫若、郁達夫、成仿吾、田漢、張資平、鄭伯奇、夏衍、歐陽予倩、豐子愷、穆木天、馮乃超、胡風、周揚等。
留美的學生	胡適、陳衡哲、羅家倫、冰心、汪敬熙、梁實秋、聞一多、林語堂、朱湘、洪深、熊佛西、徐志摩、許地山（徐許二氏也曾留英）等。
留歐的學生	老舍、朱自清、丁西林、徐志摩、錢鍾書、陳源、凌叔華等（英） 巴金、李劼人、戴望舒、李金髮、艾青、王獨清、李健吾等（法） 宗白華、馮至等、傅斯年等（德） 蔣光慈、韋素園、曹靖華等（蘇）

相關資料參李宗剛著《新式教育與五四文學的發生》，濟南：齊魯出版社，2006年，頁32-43。

書寫的作品，一般而言，都具有某種政治意識的指向，或是具有「寓言性和特殊性」；換句話說，這些作品都存在著「民族寓言」的成份，特別是以小說為主：

> 第三世界的文本，甚至那些看起來好像是關於個人和力比多趨力的文本，總是以民族寓言的形式來投射一種政治：關於個人民運的故事，包含著第三世界的大眾文化和社會受到衝擊的寓言。[121]

詹明信也提及，這些作品固然講述的是個人的經驗故事，但這些故事裡，卻包含著整個集體，或民族國家的艱難和創傷敘述[122]。在此，暫且不以詹明信的馬克思主義思想背景，以及「西方中心論」做為評斷其理論的優劣，而就其講述第三世界文本的獨特性，並指出這些文本所含具的政治寓言性質這方面來看，無疑還是慧眼獨具的。至於，對於留學生文學所敘述的中國身體處於域外的經歷，或在中西文化交會和碰撞點上的現代性想像，而構織一個走向世界的中國身體故事，或從個人的現代性體驗中，表述了國族創傷的集體經驗，無疑可借用詹明信的文本寓言性理論，做為二十世紀初期中國留學生小說，建構自我身份與現代民族國家想像的一個註腳。換句話說，一些講述出國遊歷或留學生在異域的個人經驗，具有寓言性的傾向，在那些小說中，常常投射了中國身體在一個時代中，從傳統轉換為現代性的艱難故事。不論

---

[121] 詹明信（Fredric Jameson）著，張京媛譯《馬克思主義—後冷戰時代的思索》，香港：牛津出版社，1994，頁93。
[122] 同上注，頁112。

是歷史的創傷記憶，或文化身份的認同，在小說裡，最終都曲折地指向了一個集體的政治認知：國民和國家的建構。

二、出國／去國者的民族國家寓言

出國，不論旅遊或留學，都是一種遭遇，表徵著身體必須抽離熟悉的故土，到陌生的異域去面對一個全新的世界。因此，當二十世紀初中國留學生走向世界時，他們所必須面對的，不只是地理空間的轉移，甚至是時間維度的改換，即從古典時間跨入現代時間的境遇，這將形成一種時空認知和存在體驗的裂變，尤其是文化差異所造成的巨大反差，幾乎成了旅遊者和留學生的心理糾結，但同時卻也提供了一個參照體系，以去映現自我身份的深刻體認和反思。同樣的，在這認知背後，卻隱藏著一個近代中國歷史創傷的記憶——鴉片戰爭、甲午戰爭、庚子事變、二十一條、巴黎和會等一連串被迫簽約和割地賠款的屈辱。這不但凸顯了中國在國際政治上的弱勢地位，也積澱成了弱國子民某種心靈的創痛和情感的挫折。這種創傷和挫折，以一種隱喻，模擬著身體的狀態，展示為矮小、瘦弱、臉色蒼白和體弱多病的形象，並被排斥、被卑視和被忽略——如當時中國在世界中的地位。故中國被視為病國，其子民則被視為病夫，因此從「病體」到「病國」，自然將致使個人在面對「他者」威猛強大的形象時，產生自卑、自憐又自大的心理狀態；而個人的遭遇和經驗，也會在這種情況下，不自主地被轉化為一種國族情結，即：夢想著中國強大起來。

一如在郁達夫、鄭伯奇、郭沫若和張資平等旅日留學生的小說裡，不論他們描寫的題材或人物有何區別，還是個人的風格

是激昂或感傷，或隱或顯的，留學生頹廢瘦小的身態和祖國軟弱無能的形象相互指涉，形成了一個寓言性的言說。最典範的例子是郁達夫的《沉淪》，文本中敘述一個中國留學生在日本留學時，面對現代／「性」苦悶的存在處境，而患上「疑病症式」（hypochondria）[123]的精神症狀。小說中的主人公「他」，被描繪成體貌形象弱小、「青灰色的眼窩，死魚一樣的眼睛」[124]，又性格內向，喜愛幻想，總是把自己想像成英國浪漫詩人華茲華斯（W. Wordsworth），或俄國小說家果戈里（N. V. Gogol），不然則夢想自己成了尼采（F. W. Nietzshe）筆下不被人理解的天才青年查拉圖斯特拉（Zarathura），由此仿傚西方文學／文化而想像自己也成為巨大的身影。另一方面，身處於西化而強大的日本，使他的想像得到替代，即從擁抱西方文學家轉移到追求日本女性，這種衝動的欲望，徵示了做為弱國子民對文化異己的他戀與認同。然而弱國者的自卑，卻造成他強大的精神壓抑，最後只能以「手淫、偷看女人、窺聽男女私語、往返歌樓妓院」做為發洩。這種種行為，其實具有「閹割」自我的隱意，指向了挫折、無能和理想自我的喪失。在歷史創傷的記憶中，加上無法與日本女性建立正常關係，導致他常懷疑自己是被歧視和輕蔑，而將欲望退到自尊和自我身份的守護上：

---

[123] 李歐梵在論及郁達夫早期的小說如〈沉淪〉、〈茫茫夜〉、〈銀灰色的死〉時，以「疑病症」的症狀去研究小說中的主人公，指出這些人物在感情無法得到滿足，以及性愛欲望受到挫折時，會表現一種「疑病症式」的幻想，由此以表現小說中情感的強度。參李歐梵著《現代性的追求——李歐梵評論精選集》，台北：麥田出版社，1996，頁264-265。

[124] 見楊占升編《郁達夫作品經典集》，北京：中國華僑出版社，1998，頁35。

> 她們已經知道了，已經知道我是支那人了，否則她們何以
> 不來看我一眼呢！復仇復仇，我總要復她們的仇……我何
> 苦要到日本來，我何苦要求學問。既然到了日本，那自然
> 不得不被他們日本人輕侮的。中國呀中國！你怎麼不富強
> 起來。我不能再隱忍過去了。[125]（郁達夫：1998a：25）

「中國呀中國！你怎麼不富強起來」的吶喊，在小說中迴響再
三，尤其是面對著被蔑視爲「支那人」的屈辱時，一種自憐、自
怨和自戀意識將自我的身體連結向國體，個人的遭遇和國家的命
運在此也被連繫起來，形成了一種壓抑性的反抗表現。特別是主
人公在妓院面對著日本妓女時，懷疑日本妓女問他身份時是在輕
侮他，而使到自卑的他更深感惶惑不安和不知所措：

> 愈想同她說話，他愈覺得講不出話來。大約那待女看
> 得不耐煩起來了，便輕輕地問它說：「妳府上是甚麼地
> 方？」一聽了這一句話，他那清瘦蒼白的面上，又起了一
> 層紅色：含含糊糊回答了一聲，他訥訥的總說不出話來。
> 可憐他又站在斷頭台上了。

> 原來日本人輕視中國人，同我們輕視豬狗一樣。日本
> 人都叫中國人作「支那人」，這「支那人」三字，在日
> 本，比我們罵人的「賊賊」還要難聽，如今在一個如花的
> 少女前頭，他不得不自認說「我是支那人了」。

---

[125] 楊占升編，《郁達夫作品經典》（第一卷），北京：中國華僑出版社，
1998，頁25。

中國啊中國，你怎麼不強大起來！[126]

「支那人」的名詞負載著國族的恥辱，是連結著甲午戰爭後中國成為戰敗國的歷史創傷記憶，這也是中國現代留日作家現代性體驗的「支那」之痛。畢竟，在大中國的潛隱意識之中，日本曾經附屬於中國的政治體下，這是郁達夫等留日學生所無法接受的事實。所以，面對著「支那人」的稱號，感受的不只是個人，而是整個國族的侮蔑，並形成了傷痛的壓抑情結。雖然小說中，日本待女在語言和行為上並沒有對主人公有任何的侮辱，只是由於自輕自賤，以及「支那人」的身份恥辱，制約著自我身份的自覺體驗與認同，使「他者」的目光已被內化為「內在異己」，不時以「自我凝視」揭開歷史創傷，以致〈沉淪〉中的主人公，最後因承受不了這銘刻於身體上的身份標誌而走向了蹈海此一自我毀滅的途徑。

在此，現代／性苦悶、性壓抑和性無能——所表現的中體之虛，無疑象徵著祖國的衰頹與失敗——國體之病，並在轉喻中，呈現了近代中國國族危機的認識機制。這使得小說中「身體政治」（body politic）的寓意書寫，也顯得更形深刻。所以郁達夫寫〈沉淪〉，不只是抒發個人的頹廢沉淪，而是焦慮於整個國族的沉淪。故小說結尾的呼聲：「祖國呀祖國！我的死是你害我的！」「你快富起來，強起來吧！」「你還有許多兒女在那裡受苦呢！」[127]，國家在此已不再是被視為個人的對立面，反而是個

---

[126] 同上注，頁49。
[127] 見楊占升編《郁達夫作品經典集》（第一卷），北京：中國華僑出版

249

人必須藉由國家的強弱來定位。而個人的被歧視與恥辱，同時也會轉換成了民族的被歧視和恥辱，所以在誤認爲被他者欺慢後，主人公只能無奈的，以召喚「祖／父國」的方式，企圖去完成一個國族建構的最後寄望、幻想與渴求。

此外，郁達夫其他私小說如〈銀灰色的死〉、〈南遷〉以及〈茫茫夜〉等留學生形象，也是以頹廢瘦弱和病態的身體，表現著弱國子民在現代中國處在社會變遷和文化轉型中，所遭遇的精神痛苦與曲折的心理路程。故有學者就曾將郁達夫此類人物的書寫，統稱爲「病態美學」[128]，然而在這病態的身體背後，卻隱藏著作者對中國的巨大焦慮與無力感。這種意識投射在小說中，則被書寫成主人公的病態身體與心理現象。他們有的臉色灰白，身形清瘦，衰弱如老犬（〈銀灰色的死〉中的「他」）、或厭世憂鬱的神態如「將死的身體」（〈南遷〉中的「伊人」），不是患有腦溢血，就是鬧著嚴重的肺結核——現代壓抑性的疾病。這些病態身體，無疑象徵著茫茫長夜中「將亡未亡的中國」[129]。另一方面，他們對日本女性愛情和肉體的渴望，卻也成爲認識異國文化的一個欲望符號象徵，也是一種自我身份認同的追尋。易言之，被日本女性青睞，似乎成了中國在日留學生獲得身份與存在

社，1998，頁53。

[128] 蔡振念在其論文中論及郁氏小說中人物時，就以身體的病態與心理的病態，探討出郁氏深受西方浪漫主義的影響，而表現出一種頹廢中生命的尊嚴與存在的壯美，並將此類書寫稱爲「病態美學」。參蔡振念著〈郁達夫小說中的病態美學〉，《文與哲》（第七期），2005.12，頁315-335。

[129] 參郁達夫小說〈茫茫夜〉，楊占升編《郁達夫作品經典集》（第一卷），北京：中國華僑出版社，1998，頁105。

尊嚴的肯定。然而郁達夫小說中的主人公，卻在感情上常被欲望對象所「閹割」而喪失了自我與主體性。如在〈胃病〉這篇小說中，敘述了Ｗ君愛上了一個日本女子，但卻沒被對方接受，並在夜裡夢見她對著他說：「我雖然愛你，你卻是一個將亡的國民！你去吧，不必再來擾我了。」[130]，在此，種族差異所編碼的政治意識，以及現實的創傷體驗已被壓抑到夢裡去，銘刻著欲望主體的一種失落。潛意識的，弱國子民在強國女性的面前，是被「閹割」成了一個無能者。而在郁達夫的另一篇小說，〈銀灰色的死〉中，卻描繪了主人公「他」，與酒館老板女兒靜兒浪漫的相遇，並幻想能與靜兒相愛，可是因這日本姑娘已與一個相貌粗魯的日本男人結婚，導致主人公浪漫的幻夢破滅，最後因精神崩潰而死於冬夜的雪地上。是以，種族的純淨，終究還是決定了愛情的尊卑之別。另一方面，也彰顯了弱國男性在強國女性的面前，只是個空洞的符號，喪失了某種男性的雄偉氣質，只有日本男性才是日本女性的最終歸屬。同樣的，在〈空虛〉的文本裡，主人公于質夫寄居東京郊外溫泉館養病時，因夜半驚雷而見某一日本少女躲到他的房間來找人壯膽，進而引起了主人公對其肉體產生遐思，及至後來，卻發現她已有一個品貌和學校都在他之上的表哥，而不覺自賤自輕起來。究其實，這種心理是源自於民族的自卑感，如面對著少女問起家鄉時的反應：

> 他臉上忽然紅了一陣，因為中國人在日本是同猶太人在歐洲一樣，到處都被日本人所輕視的。[131]

---

[130] 同上注，頁113。

[131] 楊占升編，《郁達夫作品經典集》（第一卷），北京：中國華僑出版社，

「中國人」被視爲劣種民族,因此在面對著日本女性時,弱國男性是處於卑下,是被支配而非支配者,這形成了一種心理角色錯亂的現象。此外,屈辱的身份與病體,在追求異國女性而遭遇到挫折與失敗,使得個人在尋求自我認同上的努力更顯得曲折和悲劇性。是以,身體、欲望、愛情由於外在歷史因素,而被烙上了濃厚的政治符號。故郁達夫早期所書寫的中國在日本留學生的故事,大部份都是以愛情被「閹割」,而投射出中國被日本帝國主義所「閹割」的屈辱。所以中國強大的夢想,遂成了當時留學生實現個性解放,或尋找到一個大寫的「我」之唯一希望。

相對於郁達夫小說中那些留學生處處面對著愛情的挫折與性苦悶的折磨,郭沫若筆下的主人公,雖然實現了自己的愛情理想,卻仍因弱國子民的自卑心理而讓自我不斷被「閹割」。如〈落葉〉的小說敘述了一個純潔的日本女生菊子不顧牧師會主席的父親反對,也無視於鄰人鬼祟的刺探歧視,決意與中國留學生洪師武在一起,然而洪師武卻因爲懷疑自己染上性病,而不敢接受菊子的感情並刻意與之疏遠,致菊子哀傷莫名而匿跡南洋,成了一片「委身於逝水的落葉」[132]。在此,「性病」是一種不潔的象徵,徵示著病國/弱國子民無能也無力與日本女性相結合。即使是〈漂流三部曲〉和〈行路難〉等自傳性小說,與作者同構的主人公愛牟雖然已娶了日本女性,可是在日本的身份卻依然受到

1998,頁180。

[132] 郭沫若著,《漂流三部曲》,北京:人民文學出版社,1987,頁169。這部小說集收錄了〈殘春〉、〈漂流三部曲〉、〈喀爾美蘿姑娘〉、〈行路難〉、〈落葉〉和〈葉羅提之墓〉等六篇小說。

蔑視；如去福崗租房時，他假借日本名字，卻仍被認出身份來，
並受到房子主人冷眼歧視為「支那人」，甚至拒絕把空房租給
他，以致他幻覺旁人都在嘲笑著他的身份：

> 支那人漂泊著的支那人喲，你在四處找房子住嗎？這兒你
> 是找不出的！在這樣暑熱的天氣你找甚麼房子呢？……我
> 們的房子是狗在替我們守著呢！[133]

「支那人」的蔑視語如影隨形刺向歷史的創傷，因此作為民族和
種族上的「他者」，留日的中國學生，常把國家的屈辱壓抑在潛
意識中，成了夢境，或幻覺，而變得神經質、自我貶低、自我否
定，甚至自殺。不然則以怨恨情結，進行自我尊嚴的守護和反
抗。與郁達夫〈沉淪〉裡的主人公不同，愛牟是回歸到文化歷史
──先述說過去日本派遣唐使和留學生到中國時，都受到禮遇，
不像現代中國留學生在日本受盡欺侮和虐待，然後再以「夏夷之
辨」，做為一種防禦心理機制，以護衛著自我／國族的尊嚴，而
不平的地質問：

> 日本人喲！日本人喲，你忘恩負義的日本人喲！我們中國
> 是何負於你們，你們要這樣把我們輕視？你們單是在說這
> 「支那人」三個字的時候，便已經表示盡了你們極端的惡
> 意。你們說「支」字的時候故意要把鼻頭皺起來，你們說
> 「那」字的時候把鼻音拉作一個長頓。啊！你們究竟意識

---

[133] 同上注，頁123。

> 到「支那」二字的起源嗎？在秦朝的時候，你們還是個蠻
> 子，你們或許還在南洋吃椰子呢！[134]

這種以中國／夷狄的故事做為反擊姿態，陳述的是文化／野蠻的
二元對立，以及「修文德以來遠人」的文治之仁，顯然是作者企
圖以傳統文化自戀力量，去重新設定自我，或建構一個想像中富
強的禮義之邦／國族。尤其是面對著異己（日本）時，愛牟從
「他戀」轉向了「自戀」，並從傳統尋找出悠久的文明以塑造自
我優越形象，或企圖從歷史的輝煌掩蓋自我的無能和軟弱。所
以，我們可以從郭沫若早期在文本中所敘述的在日留學生，窺見
他們對身份和種族差異的巨大焦慮，以及祖國軟弱所造成的性壓
抑現象。故如郁達夫在〈自傳〉裡所述說的，一般上中國留學生
在日本是被視為劣等民族，亡國賤種看待，是無法和第一流的大
和民種比較的，甚至深受父兄觀念薰陶的日本純真少女，聽到
「支那」兩個字，也會生出輕視的眼神：

> 支那或支那人的這一個名詞，在東鄰的日本民族，尤其是
> 妙年少女的口裡被說出的時候，聽取者的腦裡心裡，會起
> 怎麼樣的一種被侮辱、絕望、悲憤、隱痛的混合作用，是
> 沒有到過日本的中國同胞，絕對地想像不出來的。[135]

---

[134] 同上注，頁124。

[135] 楊占升編，《郁達夫作品經典集》（第三卷），北京：中國華僑出版社，
1998，頁402。

「支那」和「支那人」所銘刻的國族屈辱，是促使留日作家們開始從自卑轉向自省的一種心理機制，這其中，也隱藏著他們對近代中國尋找出路的思考。尤其在現代日本國族建構的過程中，日本在重新編寫新的歷史敘事，提倡「脫亞入歐」，以重塑「大和魂」。因此在他們所推動的「淨化族群」（ethnic cleaning）運動意識裡，「蔑視中國」幾乎成了重要的全國民族動員力，以抽離出中國歷史脈絡，因此，他們是以「支那」和「支那人」的排他性稱呼，去建立日本現代國族的主體，或借用蔑視中國的力量，淨化民族，進而由此凝聚日本的國族意識[136]。所以，「支那人」的符號，銘刻成中國身體的羞辱，深切的觸動了留日作家的創傷記憶。最明顯而直接的書寫，是鄭伯奇的〈最初之課〉，小說中的主人公屏周滿心歡喜和憧憬到新學校上「最初的課」，結果在課堂上，聽到後座的日本同學戲謔中國為「我們帝國鄰家有一個大肥豬」，點名時，又受盡日本老師的羞辱：「哼是呀，你的名字這簿子上沒有。你不是日本人。你是朝鮮人嗎？清國人嗎？」屏周卻很冷靜的回答：「我是中華民國人」[137]。然而他所得到的回應卻是更為不堪，即日本老師以蔑視的目光說沒聽過「中華民國」的國號，而只知有「支那」，這樣的對話所形成排斥和輕蔑空間，曲折的敘述了日本知識者，以帝國姿態和語言暴力去中國化的意識表現。換句話說，「中華民國」這個現代國族符號，並未存在於日本老師的意識之中，唯只承認那含具野蠻、落後和衰

---

[136] 參林正珍著《近代日本的國族敘事——福澤諭吉的文明論》，台北：桂冠圖書出版社，2002，頁41-55。

[137] 鄭伯奇〈最初之課〉，收錄於鄭伯奇編選《中國新文學大系・小說第三集》（影印本），上海：文藝出版社，2003，頁467。

頹語義的「支那」，由此凸顯示出中國主體的被閹割性。最後，甚至還以污辱性話語，對中國人進行了激烈的攻擊：

> 你們看支那人！（目注屏周，復轉問向對面天花板角）他們走到那裡，人家討厭他們，叫他們豬，他們卻只是去，泰然地去。世界上最多而處處都有的，只有老鼠和支那人。……[138]

這樣的書寫，以「豬、老鼠、支那人」的排比，將中國人置於最卑下的動物位階，屬於未進化和奴隸性質，以及愚蠢與弱小的智能體態，凸顯了日本人那份軍國主義的侵略性格和驕恣的心態。在此我們可以窺見，敘事者進行這樣的書寫，不只是呈現著中國留日學生銘寫於身上的「支那」之痛，而且也通過文學，形成一種批判，即：揭示日本人在國族主義意識上對中國的暴謔與仇視。另一方面，很自然的，在這種強國對弱國，以及尊／卑、現代／落後的對待中，迫使中國留日學生在異域更深刻的體驗到自我的身份與存在的處境。而欲望身體被編入此一身份認同的敘事系統中，呈現出文化／性壓抑的角色，以及通過追求日本女性所象徵的日本文化政治符號裡，在處處磨難和挫敗中，敘述了一個自我反思和國族創傷性的故事。

總而言之，中國留學生的個人身體體驗，在這些留日作家的書寫中，最後都會與國體的形象連結在一起；特別是弱國子民在現代強盛的異國飽受種族歧視、精神羞辱、情感挫折之後，個人

---

[138] 同上注，頁468。

遭遇自然會上升為一種民族情結，千百年積澱的潛意識也由此浮現——渴求復興昔日泱泱大國「四方來朝」的輝煌，或期望著中國富強的大夢。另一方面，小說中所表現個人強烈的國族失落，實際上亦反證了強烈的國族建構訴求；也就是說，敘事者企圖以個人在日本所受到的遭遇，去喚醒讀者的國族身份認同，由此而建構一個想像的共同體。因此，做為西方中介的現代日本，似乎成了一面鏡子，被借來召喚出國魂，凝聚著國體的力量。而中／日情仇的政治和歷史，在這些小說家的文本裡，卻以留學生在日本備受蔑視和壓迫的目光下，被刻錄／轉換成了一則充滿力比多趨力的國族寓言。

除了留學日本的作家書寫之外，面向西方，以及走入世界，中國與歐美的關係是千絲萬縷糾纏一處。故五四作家如何在跨國、跨語際與跨文化中想像西方，或在小說裡如何投射出對西方的欲望，以及這欲望如何與現代國族的建構意識相互交織，是中國現代性追求的一個重點。是以，「西方」不但被啟動做為中國現代化論述的一個知識體系建造，而且也是被運用做為現代民族國家主體認同的想像和敘事。如胡適將中國譬喻成為沉睡不醒的東方美人，極之期待由西方武士來加以一吻驚醒，並加以拯救[139]。在這敘述中，「西方」成了一個陽剛進取和主動救贖的力

---

[139] 胡適的「睡美人歌」序言：「拿破崙大帝嘗以睡詩譬中國，謂睡獅醒時，世界應為震怖。百年以來，世人爭道斯語，至今未衰。余以為以睡獅喻吾國，不如以『睡美人』比之之切也。歐洲古代神話相傳，有國君女，具絕代姿，一日觸神巫之怒，巫以術幽之塔上，令長睡百年。以刺薔薇鎖塔，人無敢入者。百年期滿，有武士犯刺薔薇而入，得睡美人一聞而醒，遂為夫婦。」見〈藏暉室札記〉，《新青年》第4卷第2期，上海：1918，頁146。胡適以「睡美人」譬喻中國，與晚清愛國知識份子以

量，能夠救助柔美遭難的古老中國從睡醒中，跨過睡夢裡被耽擱的時間，而帶入現代的世界時間中，與西方諸強並列。或反過來，如梁啓超將中國與西方的關係想像成一對配偶，以便「彼西方美人必能爲我家育寧馨兒，以亢我宗也」[140]。即藉由「中男西女」婚姻的結合，期待能由此產生出「寧馨兒」──「新民」來。所以，不論是胡適的「東方美人」或梁啓超的「西方美人」符號，其意義指向，都在於中西文化融合的視域，以及他們熱情的國族想像和欲望。

然而，對於身處在西方國家的中國子民，「西方美人」是充滿著文化藩籬的欲望客體，是難以征服的對象。最明顯的是表現在老舍的小說《二馬》裡，主人公老馬在英國追求著寡婦溫都太太，而其兒子小馬卻戀慕著瑪力小姐，父子兩人對「西方美人」的愛情和欲望投射，含蘊著一種對西方文明形象的仰望。可是英國人對中國身體的認知卻扭曲和醜化成：

> 矮身量，帶辮子，扁臉，腫顴骨，沒鼻子，眼睛是一寸來長的兩道縫兒，做著嘴，唇上掛著迎風而動的小鬍子，兩條哈巴狗腿，一走一扭。

「睡獅」做爲中國國族符號，是迥然不同的。他不但顛覆了以「雄渾」之力爲國族論述核心，而且還以「中女西男」的錯置，將中國「女性化」了。國族的主體形象在胡適而言，應該是融和，而非充滿侵略性。但這樣的國族女性化，似乎並未被認同。相關比較深入的論述，可參楊瑞松〈睡獅將醒？：近代中國國族共同體論述中的「睡」與「獅」意象〉，國立政治大學《歷史學報》第30期，2008.12，頁87-112。

[140] 見梁啓超，〈論中國學術思想變遷之大勢〉，《梁啓超全集》（第二冊），北京：北京出版社，1999，頁582。

甚至還誇張化為：

> 陰險詭詐，袖子裡藏著毒蛇，耳朵眼裡放著砒霜，出氣是
> 綠氣炮，一擠眼便叫人一命嗚呼。[141]

這樣的敘述，與其說是不瞭解所造成的淺薄、無知、恐懼和誤
認，不如說是源自於「西方美人」潛意識優越感所投射出的種
族歧視。他們所想像的中國身體，都是充滿著東方神秘而假想
式的存在，一如薩依德所說的「東方主義符號化」（Orientalist
codification），以一種西方帝國凝視，通過自我的想像、發明、
編制加以扭曲，以凸顯出西方文明的權力／暴力，或一個征服者
對其殖民者的主導敘述[142]。那是一種優劣勢的投射，一種現代文
明／古老野蠻的二元意識表現，如鴻溝式的，把西方／東方的文
化距裡拉開和拉遠。

　　是以，在西方文明目光的注視下，中國人成了被厭惡的「黃
臉鬼」和污濁、卑鄙、陰險的「兩腿兒動物」，導致溫都太太的
親屬揣測她將房間租給中國人而不再登門造訪。甚至一向自詡在
中國傳教多年的中國通——伊牧師，口口聲聲愛中國教徒，但背

---

[141] 舒濟、舒乙編，《老舍小說全集》，武漢：長江文藝出版社，1993，頁
55。

[142] 愛德華·薩依德（Edward Said）認為，東方實際的存在，其實只是西方
依據其主體認知和想像所發明的。西方，尤其是英國對其殖民地／者，
常透過語言學、歷史、文學等，將東方客體化，並想像為肥沃的女體，
或神秘化異國情調，以擴充自身的主體性。另一方面，也由此去鞏固西
方對東方敘事的建構。相關論述參《東方主義》，台北：立緒出版社，
1999，頁299-329。

地裡卻咒罵著中國人「破」，以顯示出其之高尚的地位。因此，當代表「出窩兒老」和「老朽衰弱」的老馬與溫都太太在一起時，就成了「東方野獸」與「西方美人」的組合，尤其是「西方美人」——又以高姿態的目光，由上而下俯視著馬家父子時，就可以預知這樣的追求和配對關係，是不可能成功的。老舍以諷刺之筆，將二馬置於英倫異域，並在中西文化的差異中，觀照著中國在現代化進程中的艱難困境。而實際上，中國要成為現代意義的民族國家，還是必須與「西方」文明的碰撞與抗爭中形成的。

所以在想像「西方武士」的驚醒，或想像「西方美人」的婚配裡，總是隱含著一份矛盾的文化心理。西方／中國→現代／傳統的二元框架，是在相互比較的意義下才存在，故在這語境中，性別化的中西關係，由愛戀所呈現的欲望主體與欲望客體的直接遭遇，寓意著對國族建構和自我認同的深刻動機。唯與「西方美人」聯姻，是救國強種，或啟蒙救亡者所難以啟齒的論述，即使在現實中，娶西方女人，也是會被認為與「愛國」意志相違的。在張聞天的小說《旅途》[143]裡，即敘述著這樣的一種文化心理狀態。中國工程師鈞凱被派到美國工作，他的現代性體驗，已不再如晚清時王韜（1828-1897）遊歷歐美那般，見到西方城市建築與器物而充滿著無限的驚羨[144]，反而是對美國現代化、器物文明與欲望化產生一種厭惡與批判：

[143] 《旅途》發表於《小說月報》1924年，第十五卷第5-12號。

[144] 王韜到法國馬賽時，以無比驚羨之筆，形容馬賽的城市：「至此始知海外閭閻之盛，屋宇之華。格局堂皇，樓臺金碧，皆七八層。畫檻雕欄，疑在宵漢；雲齊落星，無足炫耀。街衢寬廣，車流水，馬游龍，往來如

> 美國的文明！機器又是機器，速率又是速率。一般忙忙碌
> 碌的人，在街道上架著汽車、坐著電車或是用著一雙健全
> 的腿，來來往往地跑。他們進飯館出飯館，進公事房出公
> 事房，進戲園出戲園，坐著自己駕的汽車到處的跑，回家
> 洗澡然後像木頭一般睡下去一直到天明。[145]

物質欲望造成人的精神空虛與麻木，「街道來來往往的機器與
人，人與機器」，反映了都市人沒有靈魂的一面。是以，美國的
現代化不再成為被膜拜的機器神，而是被充當中國走向現代化思
考和反省的參照體系。另一方面，他也意識到中國在世界位階上
的弱勢，是基於落後與蒙昧。身處異域的空間距離，讓他更清楚
自己做為弱國子民的身份，以及體會世界上第三等國家，被先進
的第一等強國以軍事權力任意宰割的悲劇：

> 他想他的中華民國現在在列強宰割下，如其不爭氣把它造
> 成一個強國，靠人家一點人道主義，一點世界主義來苟延
> 殘喘，實在是一種恥辱。美國是現在世界上第一等強國，
> 所以美國人處在強者的地位；他們說人道主義、世界主義
> 以至四海皆兄弟主義都是可以的。而他，是世界上第三等

織。登火密于星辰，無異欲摩天上。」而他到了巴黎時，也忍不住的贊
美：「法京巴黎，為歐洲一大都會。其人物之殷闐，宮室之壯麗，居處
之繁華，原林之美勝，甲于一時，殆無與儷。」參王韜著，陳尚凡、任
光亮校點，《漫遊隨錄》，湖南：岳麓書社，1985年版，頁82-84。
[145]《旅途》，收入於《中國留學生文學大系》（近現代小說卷），上海：
上海文藝出版社，2000，頁645。

　　　　國家，是處在弱者的地位，所以他如其鼓吹這些好聽的主
　　　義就是承認自己是弱者：這決不是鈞凱所願意幹的。[146]

處在與美國人關係中，國族主義所支撐的自尊背後，隱匿著做為
「第三等國家」子民的自卑心理。因此當鈞凱面對著美國同事的
家人時，自我意識卻被他者的目光所涵化，而自認自己是弱國的
子民。這凸顯了其矛盾的心理現象。個人與國族，也在此經由有
形或無形，被動或主動的從話語中浮現。此外，「中華民國」所
附的政治身份，已銘刻成某種政治文化性格，在他者的目光下，
被召喚出來，用以捍衛自我與國族的尊嚴。這是一種主體的認
知，也是一種自尊／自卑的心理投射。故身在美國，或處在世界
之中，中國／美國、弱勢主體／強大他者等，輻湊成主人公的一
個理想自我追尋——自由平等的地位。這反映在愛情敘事上，成
了與「西方美人」情愛與共的同盟約定。

　　故在《旅途》的小說中，張聞天設計了兩個美國女子安娜
和瑪格萊都愛上了鈞凱。前者是其同事克拉先生的掌上明珠，後
者則是加利福尼亞學法蘭西文學的大學生。瑪格萊氣質脫俗，熱
情和思想激進，因與鈞凱有著共同的革命理想而相戀；安娜則因
為得不到愛情，不堪失戀以致投湖自盡。這使鈞凱更堅定於自己
的革命信念，並和瑪格萊約定，同赴水深火熱的中國，回去參加
革命的鬥爭。不料瑪格萊卻在臨行前染疾，死於與鈞凱會合的途
中。在此，我們可以窺見「西方美人」與中國男子的異國之戀，
顛覆了中西權力關係的象徵。這種具有先進歷史觀與精神烏托

---

[146] 同上注，頁651。

邦的書寫，將西方具體化為情人，並鍾情於象徵著「中國」的「我」，甚至為「我」自殺，潛藏著敘事者「國族主義」的想像——「中男」征服了「美女」，由此展示了一份主體性的意義建構；而這樣國際版的「革命／愛情」敘事，有別於郁達夫小說中主人公在日本無法得到日本女性親睞的失落，甚至自我／主體受到閹割而壓抑的命運。然而一如前面所提及的，迎娶「西方美人」，在「愛國」的話語中，仍然是不被接受的觀念。故瑪格萊的死，正也成全了鈞凱，不假「美人」之助，一人返回祖國，接受血與火的洗禮，並為新興國族的獨立戰鬥和犧牲。所以「中／西愛戀」，純只是為了消解中國為第三等國家的弱勢地位，而與美國形成互為主體的位階；至於國體的改革，卻仍還是要由中國子民自己去完成的。

是以，從留日與留學歐美的作家小說中，我們可以窺見，留日的作家如郁達夫、郭沫若、鄭伯奇、周資平等，在敘述中國留學生於異國的愛情與生活體驗時，總是對種族歧視表現著強烈的反應；文本中的激情與批判意識，也凸顯了他們對日本所投射的敵視情結。他們的身體書寫，往往在壓抑中表現著一種極端抵抗的姿態，或在歷史的創傷記憶之下，去完成身體從傳統向現代移位後，一次痛苦的文化認證，以及身份認同的確立。至於，留學歐美的老舍與張聞天等，卻在敘事中，幽隱地展現著一份獨立的人格與精英意識，並企圖通過描述西方的現代圖景，以確認中國的形象，甚至組構了一個走向世界的中國式集體想像——現代中國身體／國體建構的追尋與期待。故從此類書寫中可以窺見，這些小說家雖然處於不同的留學教育環境與存在處境，以致於小說敘事呈現著明顯不同的特質，但在救亡與啟蒙，世界與民族的呼

263

聲裡，卻具有一個共同的國族主義意識——即在中國面向世界的同時，渴望重構與尋找中國在世界中的位置。因此，不論從異國愛戀、性苦悶、生活遭遇等等敘事，中國身體在異域的流動，卻一一被編入國族的敘事中，成為一則國族寓言；由此而反映了那一時代，中國在走向現代化，走向世界時的焦慮、痛苦、壓抑與曲折的精神與心理路程。

小結

縱觀中國現代小說中書寫身體的「出走」，不論是離家、辭鄉後返鄉再離鄉，或出國留學等，都在敘述著一個解放的故事——即戀愛自由、婚姻自由、個體自由等等訴求，如魯迅所說的：「立我性為絕對自由者」[147]，以自由解放做為個人主體出場，企圖去掙脫傳統家國同構的政治牢籠。然而，處在中國現代性語境與啟蒙話語中，個體的自由解放追求，並不完全等同於西方所宣揚的個人主義，只強調個人權利，高度自我支配，或反對集體／國家主義的宰制[148]，而是被五四啟蒙者用以衝撞封建傳統

---

[147] 參《墳·文化偏至論》，《魯迅全集》（第一卷），北京：人民文學出版社，1981，頁51。

[148] 西方的個人主義，主要強調個人乃自決主體，具有高度的自我支配、控制，以及不受到任何約束，故法國政論家托克維克（Alexis de Tocqueville1805-1859）曾形容「個人主義」為溫和的「利己主義」。但「個人主義」在西方各國還是具有不同面向的認定，如在法國，它是屬於貶義，是做為一種無政府主義和社會主義脫序的源頭，在英國則與自由主義共通，主張反對集體主義和國家主義，以凸顯個人的自由性。參Louis Dumont著、黃柏琪譯，《個人主義論集》，台北：聯經出版社，2003，頁23-38。

家族與禮教文化制度，或解放社會的力量。因此，個人主體的追尋，最終還是指向了以救國為目標的社會變革。一如周策縱在討論「五四運動」真正本質時所指出的：「五四時期雖然比以往任何時候都更重視個人價值和獨立判斷的意義，但又強調了個人對於社會與國家所負的責任。」[149]易言之，個人的自由解放，是以通向群體、社會與國家為前提的，它不過是中國在追求現代性和民族國家理念的一種表現方式。

所以通過「出走」的想像，五四以降的作家，一面構設了傳統「舊家」（家族制度）的毀棄，一面卻呈現著現代民族國家的建構。在此，個人身體處於「家／國」的爭奪中，被銘刻與編寫成了一則具有政治意識和國族主義色彩的寓言。而在這以男性為主的啟蒙、救亡、自由和解放的國族話語空間裡，女性身體也被召喚出來，並按照著一套男性的價值觀念、認知標準和想像，以去達致社會改造與國族建構的目的。是以，女性成了男性啟蒙者價值對象的客體，或政治工具符號。因此，在離家出走的敘事之中，女性身體被連結成許多意義，在戀愛與婚姻自主，甚至革命的解放中，去完成男性啟蒙和救國話語的夢想。

另一方面，在進化與進步的線性時間下，中國知識份子在現代性的想像層面，常渴望中國能夠跨過一段被耽擱的時間，而從古典時間轉進現代時間裡，並進入世界共同體中，成為與西方的同一時代人。這一現代化過程，只能以西方（歐美／包含西方中介者的日本）為範本，學習、模仿、複製西方的經驗，以建構自我的現代民族國家主體。故「西方」（他者）已被內化於「自

---

[149] 參周策縱等著，周陽山編《五四與中國》，台北：時報文化出版社，1990，頁353。

我」之中，以致中國在現代化進程開始建構之時，始終以「他者」之鏡，做爲「自我」之眼，去審視中國古典經驗中的一切。尤其對鄉土的種種傳統習俗、民性、文化和精神世界等，而形成文明／野蠻、進步／落後、科學／迷魅的二元對立狀態。這明顯呈現在一些五四小說家對故鄉的回眸裡，遂產生今昔對比，時空交錯，身體的移位等，使回鄉（不論身體或記憶回鄉）成了一個以文明目光審視野蠻鄉土之旅，而敘事者亦在離鄉－返鄉－再離鄉的敘述中，確認了傳統身體向現代身體轉換的一個完整過程；此外，「故鄉」的呈現，也折射出了歷史的廢墟，在身體背離的姿態中，必然要在線性時間的進步與文明暴風中，面對衰落，毀滅[150]，以及改造、重建的工程，由此以去實現一個現代中國的夢望。

　　除此之外，從離家到辭鄉，中國身體出走的最後目的地，是要走入世界之中，成為與列強並肩的現代共同體。因此經歷西方，遭遇西方，以及與西方文化對視與碰撞的想像裡，鄉土中國在走進現代西方之際，不時交結著國族身份的焦慮和不安。在此，「弱國子民」的身體符號，以及在異域所面對的歧視性目光（包含「內在異己」的自我歧視），敘述了中國人尋找與重構國族在世界位置上的曲折與艱難進程。創傷的現代性，使留學生文學被編碼在集體的經驗中，以處在第一世界國家的個人體驗，講

---

[150] 這種鄉土的衰落和毀滅，具體表現在小說中，往往是一些不合時宜的鄉土人物，都被賦予死亡爲結局。如魯迅小說中的祥林嫂（〈祝福〉）、孔乙己（〈孔乙己〉）、陳士成（〈白光〉）、阿Q（《阿Q正傳》），或彭家煌小說中的豬三哈（〈陳四爹的牛〉）、蘆焚《果園城記》中的朱魁爺等等。這些代表著封建鄉土身體的死，即意味著一個舊時代的消亡，以及一個新時代的蒞臨。

述了出走後，中國在世界中的形象，以及記錄了個體在尋求現代
自我過程裡，一份國族意識的認同。

　　總而言之，身體出走的敘事，不論是離家、辭鄉，或出國，
都表現著五四先覺者的一種積極性行動，或隱喻著進步、自由、
解放與背離傳統走向現代化的一個意義指向。然而在這書寫背
後，卻隱含著某種政治寓言：即一面試圖解構鄉土中國的傳統身
體，一面卻企圖在解放中去建構與「西方」同步的新理想自我。
唯在這身體的解構和建構中，我們可以窺見，它並非出自於自動
自發，或自律自為的運動，而是受到國族主義思想所促動，以致
產生了身體的「出走」，以及「出走」後身體由舊到新，傳統到
現代的轉換。而這一切書寫和想像，都只是為了將中國子民納入
現代國族的共同想像過程，或重新編寫一個新的歷史——現代國
族的建構和興起。

第五章　結論

　　本書經由「身體」做為一種方法，探入中國現代小說的敘事，並企圖從小說文本中所呈現的「身體」符號，去探析國族意識如何在小說家的筆下，展演成一個具有政治性的國族主體建構。而「身體」的被召喚與被想像，常常與國體存在著緊密的關係，特別在現代性的進程上，不但承載著敘事者內心對國族危亡的焦慮感，也投射出了民族性內部延伸向世界尋找富強的一種渴求。因此，中國現代小說的身體敘事，述說的不只是「身體」本身的故事，而是一種想像中國的方式，讓中國以「身體」再現（representation）為民族國家的欲念，為未來歷史的前景，尋找光明的夢望。

　　而從晚清梁啟超等維新派在戊戌政變失敗之後，將視角從政體的典章制度改良，轉向了身體的重塑，以「少年中國」的範體想像，形構「新民」群體的理想體格開始，就已注定了「身體」在這樣的歷史框架之下，必然將成為國族主義者凝視的焦點。「新小說」在此刻的被提倡，亦是被引向了這樣的一個意識形態傳播上來，即以身體改革為開端，變革政體，並為建構國體而做準備。這樣的身體論述、想像和敘事，無疑影響了「五四」知識份子對身體的認知，並更進一步的，以「救精神」的精神治療法——啟蒙，企圖去展開一場拯救靈魂的運動。這也開啟了中國現代小說做為身體敘事的起源。如魯迅的〈狂人日記〉，以身體的被吃和被吃的身體，做為現代小說的先聲，釋放了當時新青

年所迫切尋求國族解放的生命衝動。他後來小說中的一系列身體
敘事，不論是砍頭、斷髮、革命、醜怪、瘋狂等等，無不展示了
中國身體在進化論的視域下，所必須面對傳統與現代的斷裂與割
離。「國民性批判」，更是在這樣「斷體殘肢」和「瘋癲狂病」
的血腥和暴力中上演。

　　究其實，這樣的身體敘事背後，是隱藏著一分歷史創傷記
憶，或一段中國近代史的侵略、殺戮、衰敗、恥辱和災難的故事
（如鴉片戰爭、甲午戰爭、傳統文化的衰微、清王朝的滅亡、新
興共和體的無能、軍閥割據、西方帝國主義的侵迫等等）。這些
創傷由外而內，巨大而深刻的被壓抑成了一個集體的潛意識，魔
幻重複的不斷化為身體的各種形態，被展示於現代小說的敘事
裡。尤其是每當中國遭遇到國族危亡的威脅時刻，身體常會被小
說家所捕捉，並化為民族、國體隱喻的敘事與想像，以期由此建
立國族的秩序與主體尊嚴。因此，歷史的創傷記憶，無疑是逼迫
著中國加速跨往現代性的驅力，然而，卻也在追求現代性的過程
中，造成古典時間的中斷、文化價值系統的崩解、自我認同的危
機與存在焦慮等等。故有學者稱謂中國的現代性，是一種創傷的
現代性（modernity trauma）[1]，是必須通過自戕或砍頭（或常常
表現為傳統身體的死亡）後，才能進入現代化的世界。而自魯迅
始，中國現代小說，即在這樣的創傷中產生，並以身體敘事的敘

[1]　如劉紀蕙在討論中國早期現代過程中，論及民族形式與生命衝動是源自
　　於精神創傷與苦悶所形成，而這是因為國家主體受到侵略、壓抑，或被
　　否定所引起，這些威脅，造成民族被想像如身體一般受傷，這樣的創傷
　　現代性，將使民族的精神變異。見劉紀蕙《心的變異──現代性的精神
　　變異》，台北：麥田出版，2004，頁129-134。

事身體，展演了「國民性批判」的戲碼，或革除封建傳統的舊疾，將一群象徵古老靈魂的「活死屍」，如孔乙己、陳士成、祥林嫂、阿Q等，送回封建歷史之中去。

因此，在進化歷史的線性時間觀，和從西方借來的啓蒙價值目光下，傳統身體被視爲落伍、醜怪、麻木、愚昧、衰頹的存在，必須置之於歷史的判結之中，處之以死亡，始能在傳統的死亡中，重建新生。在此，啓蒙主義的理性，個體、自由等，形成了與傳統完全絕裂的對立姿態，使得國民性身體的改造，在現代性的激進衝擊中，更顯得影響深遠。尤其是對中國鄉土的凝視，目光所及，盡是野蠻、迷信、原始、蒙昧、黑暗的圖景，是沒落帝國的縮影。而所有身體，也都被禁錮在這樣一個死寂的鐵屋內，被編碼爲奴性、無知、愚昧、渾噩的符號。這樣的身體／鄉土空間，呈現著一種荒原的景象，一個歷史廢墟的場所。鄉土再無復於古代田園式的烏托邦，而是械鬥、典妻賣妻、冥婚、水葬等文化意符四處飄浮的魅域，一個等待被啓蒙理性除魅的地方。在此，五四知識份子，通過了歷史進步的視角，揭示鄉土身體古老而病態的靈魂，並企圖以小說，進行喚醒、治療與改造國民性的可能。而這種驅魅的書寫咒術，無疑是被設定在國家進步的歷史觀下進行的。

所以，中國現代小說中的身體書寫，特別是啓蒙敘事中的「國民性批判」，展示了一個期待的意志，一個面向未來文明歷史的盼望。而鄉土身體精神的被審視，甚至審判，都是源自於某種選擇性，或以融入於自我內在的西方（異己）眼光，對自我國民劣根性（翻譯的國民性？）進行否定。這種對國民精神根性的「自戳」，是身體敘事中爲鑄造新人而設定的，是現代國族建構

計畫的一部份。從另一方面來說，這樣的身體啟蒙書寫，潛藏著一分不被現代世界接受的恐懼心理，這在民族成為自覺歷史主體上，所得到一個醒悟中的醒悟：只有重塑自我，才能成為自己真正的主人。

此外，啟蒙敘事的另一面向，就是尋求自我的解放──身體的出走。從千年禮教的桎梏中──「家」，取回身體的自主權。這也開啟了一條叛逆之路：子與女形組反傳統與解放聯盟，以向父權抗戰。而解放，做為流動的現代性之一，讓身體有機會在移位間，從傳統的私領域過渡到現代的公領域，使個人能在社會中彰顯其存在的意義。因此，身體從「家」解放出來，是走向社會，最後走向了民族和國家。因此，個人的自由解放，是為國族的自由解放而準備的。這是個人主義旅行到中國來的一個弔詭意向，然而卻也是個體在國族存亡關鍵所形成的一個歷史意識──只有加入群體／國族，才能保全自我[2]。這是當時小說家如巴金、路翎、洪靈菲等在尋求個人解放中的一個醒悟。然而，當社會與國家無法提供一個安然的場所時，從「家」的出走，自然會走向了革命，以身體祭獻暴力，去完成一個新興國體的建立。

同樣的，為了組構一個新興國族，長久怡養於閨閣的女性也由男性啟蒙者召喚出來，以自由戀愛和婚姻解放自我，並從「舊家庭」轉向「新家庭」，這樣的身體移位，預設了男性空間的固若金湯，即使肩共革命，女性在被編入男性國族話語空間裡，依然還是沒有自己的聲音。因此，在以身體敘事的國族書寫中，不

---

[2] 從另一方面來說，在現代性的進程中，身體很容易被國家機器所捕捉，或通過種種規訓，使個體不自覺中，融入群體，成為國族建構的一個中堅份子。

論女性身體被男性書寫，或女性書寫自我的身體，都是在男性的話語中進行，這預示了，從啟蒙到革命，女性的身體，永遠都被遮蔽於男性雄渾的身體想像之下，進不去由男性所構設的國族敘事文本裡。這如法國女性主義者伊瑞葛萊（Luce Irigaray）在性別裝扮的討論中指出：「使女人可以成為男人，則她先必須放棄女人的欲望。」[3] 換句話說，在國族主義的男性話語空間裡，女性必須抹掉自己的性別，模擬男性的話語，以男性的姿態出場，才能進入男性所組構而成的國族話語世界。這樣的書寫，在中華人民共和國成立後，於五○年代至七○年代之間社會主義意識形態的操作中，蔚為大宗[4]。

另一方面，在現代性的追求中，身體的流動有了一個更寬廣的跨越度。從家而鄉的出走，帶來了一個啟蒙性的變化——傳統身體轉向了現代身體的認證完成。離鄉、歸鄉到再離鄉的敘事模式，不但把鄉土的荒涼、愚昧和陋習呈現出來；另一方面，對故鄉的離棄，隱喻著一個時代的轉換，故從落後的世界走出來，只有往前走，走向光的所在——現代化，那才是現代國族未來的烏托邦。這幾乎是晚清以降所追求的一個夢。在此，現代化→國族富強，被連結成一線，牽著他們的夢不斷往前跑，奔跑到最後，將會跑往哪一個方向呢？

---

[3] 參巴特勒（Judith Butler）著，吝郁庭譯，《性／別惑亂——女性主義與身份顛覆》，台北：桂冠圖書出版社，2008，頁74-75。

[4] 楊沫（1914-1996）的代表作如《青春之歌》、《東方欲曉》、《芳菲之歌》，茹志娟（1925-1998）的代表作如《百合華》、《高高的白楊樹》，劉真（1930-）的代表作《長長的流水》，葉文玲（1942-）的代表作《無花果》等，可以說是這類書寫的最佳典範。

　　出國，是夢想的其中一個方向。個人的解放，身體的跨國，所面對的已是國家、文化和種族性的問題。而身體的膚色、語言、衣飾等，均是國族銘文，成為一種可被指認的實體。故國家的強弱，幾乎決定著個人在域外身份地位的優劣尊卑。因此，這類身體敘事，所表述的往往是身在異國，身份認同與國族認知的危機。而身體隱喻了國體，在小說中，常常被西方他者的目光所捕捉，並被編寫入傳統、愚昧、落後的形象中。這是郁達夫等人小說中所建構的一種中國身體想像，唯這樣的身體敘事背後，卻幽隱的陳述著歷史創傷記憶揮之不去之痛——國族不強。就某方面而言，這樣的身體敘事，旨於激發讀者的國族意識，由此，也形成了一種另類的身體國族建構之書寫。

　　總而言之，身體的國族敘事，始終貫穿了中國現代小說中的主題。這類書寫，是中國近代創傷史的產物；是國族處於存亡危機下一種意識凝結的產品；也是中國在現代性追求裡，尋找自我認同的敘事聲音。大抵上，中國現代小說是在這樣的身體敘事中開始，以一種擬實的書寫，將身體置之於感時憂國、血與淚的幻思之中，去想像，甚至隱性的去建構「中國」。這類書寫，其實是具有一個幻想的前景——現代化的烏托邦——富強的中國。因此，從魯迅觀看砍頭和喊出「吃人」的第一聲開始，身體的國族敘事，在中國現代小說中，是以一種知識份子內在的巨大焦慮感，不斷通過各種書寫（國民性批判、鄉土、革命等等）呈現，而曲折的由此去指認出前方一個更大的主體——國族，以期在這樣的書寫中，去確立自己生命主體的存在價值。

　　類此以身體書寫國族的聲調，在中國開始走向富強的二十一世紀，或在中國已處在全球化語境的脈絡裡，中國想像的想像中

國，是否就此長歌已歇，夢醒身退呢？這無疑是一個值得再繼續探討和研究的問題。

參考書目

一、中文部分

【1】文學專書

巴金，《巴金全集》，北京：人民出版社，1986。

巴金，《春》，香港：天地出版社，1985a。

巴金，《秋》，香港：天地出版社，1985b。

巴金，《家》，香港：天地出版社，1985c。

巴金，《寒夜》，台北：遠流出版社，1993a。

巴金，《愛情三部曲》，台北：遠流出版社，1993b。

王統照，《王統照文集》，山東人民出版社，1981。

石評梅著，黃紅宇選編，《石評梅小說選集》，上海：古籍出版，1999。

師陀著、任海燈編，《師陀代表作》北京：華夏出版社，1998。

冰心、卓如編，《冰心全集》，上海：海峽文藝出版社，1994。

沈從文，《沈從文合集》，太原：北岳文藝出版社，2002。

沅君，《卷葹》，北京：人民文學出版社，1998。

洪靈菲，《洪靈菲選集》，北京：人民文學出版社，1982。

茅盾，《子夜》，北京：人民出版社，1994。

茅盾，《茅盾全集》，北京：人民出版社，1986。

郁達夫，《沉淪》，北京：九州出版社，1995。

郁達夫，《郁達夫全集·西風》，上海：上海古籍出版社，1991。

凌叔華，《凌叔華小說集》（全二冊），台北：洪範出版社，1984。

張資平，《沖積期化石、飛絮、苔莉》，人民文學出版社，1988。

梁啟超，《梁啟超全集》（第一、二、三卷），北京：北京出版社，1999。

郭沫若，《郭沫若全集》，北京：人民文學出版社，1983。

郭沫若，《漂流三部曲》，北京：人民文學出版社，1987。

郭俊峰、王金亭編，《廬隱小說全集》，吉林：時代文藝出版社，1997。

陳勇編，《凌叔華文存》（全二冊），成都：四川文藝出版社，1998。

陳獨秀，《獨秀文存》，北京：亞東出版社，1934。

葉聖陶，《倪煥之》，北京：人民文學出版社。1994。

路翎，《財主底兒女們》（上、下），北京：人民文學出版社，2008。

靳以，《靳以文集》，北京：人民文學出版社，1986。

蔣光慈，《麗莎的哀怨》，北京：人民文學出版社，1987。

魯迅，《吶喊》，台北：風雲出版社，1996a。

魯迅，《彷徨》，台北：風雲出版社，1996b。

魯迅，《魯迅全集》（第一、二、三卷），北京：人民文學出版社，1981

魯迅，《魯迅作品精華》，台北：商務出版社，1998。

盧隱，《海濱故人》，台北：九儀出版社，1998。

盧隱，《廬隱選集》，福建：福建人民出版社，1985。

蕭紅，《呼蘭河傳》，台北：金楓出版社，1991。

蕭紅，《蕭紅文集》，合肥：安徽文藝出版社，1997。

蕭紅，《蕭紅短篇小說集》，哈爾濱：黑龍江人民出版社，1982。

錢鍾書，《圍城》，台北：書林出版社，1995a。

錢鍾書，《寫在人生邊上。人獸鬼》，台北：書林出版社，1995b。

【2】選集專書

《中國留學生文學大系》（近現代小說卷），上海：上海文藝出版社，2000。

《中國短篇小說百年精華》（上卷），北京：人民文學出版社，2003。

《中國新文學大系1927-1937》（小說集1-8集），上海：上海文藝出版社，1984。

《清末民初小說書系》（科學卷），北京：中國文聯出版社，1997。

《蘇雪林、廬隱、凌叔華、馮沅君》，台北：海風出版社，1992。

中國現代文學館編，《許杰代表作》，北京：華夏出版社，1998。

王瑤主編，《小說鑑賞文庫》（中國現代卷：三卷），西安：陝西人民出版社，1986。

官璽編，《冰心文集》，上海：上海文藝出版社，1983。

屏選編，《石評梅‧棄婦》，北京：燕山出版社，1998。

范玉吉選編，《廬隱小說選集：何處是歸程》，上海：古籍出版社，1999。

茅盾編，《中國新文學大系》（小說集影印本1集），上海文藝出版社，2003。

孫曉忠選編，《馮沅君小說選集‧春痕》，上海：上海古籍出版社，1998。

張毓茂、閻志宏編，《蕭紅文集》（三冊），合肥：安徽文藝出版社，1997。

傅光明編，《中國現代文學名著叢書：廬隱卷》，西安：太白文藝出版，1997。

焦尚志、劉春生編，《丁玲代表作》，河南：河南人民出版社，1988。

舒濟、舒乙編，《老舍小說全集》（共八卷），武漢：長江文藝出版社，1993。

楊占升編，《郁達夫作品經典集》，北京：中國華僑出版社，1998。

楊牧編，《許地山小說選》，台北：洪範出版社，1984第三版。

葉至善編，《葉聖陶。教育小說》，上海：上海文藝出版社，1994。

劉紹銘、黃維樑編，《中國現代短篇小說選集》（第一卷、第二卷），香港：香港公開大學出版，1999。

鄭伯奇編，《中國新文學大系》（小說集影印本3集），上海文藝出版社，2003。

鄭樹森編《中國現代小說選》（I、II），台北：洪範出版社，1997（五印）。

魯迅編，《中國新文學大系》（小說集影印本2集），上海文藝出版社，2003。

羅崗選編，《陳衡哲小說選集》，上海：上海古籍出版，1997。

【3】文史理論與批評專書

丁帆，《中國鄉土小說史》，北京：北京大學出版社，2007。

卜慶華，《郭沫若研究新論》，北京：首都師範大學出版社，1995。

子銘編，《中國現代小說史》（第一卷），南京：南京大學出版社，1991。

尤西林，《心體與時間——二十世紀中國美學與現代性》，北京：人民出
　　版社，2009。

中國古典文學研究會主編，《五四文學與文化變遷》，台北：學生書局出
　　版社，1990。

方正耀，《晚清小說研究》，上海：華東師範大學出版社，1991。

方銘編，《蔣光慈研究資料》，寧夏：人民出版社，1983。

方錫德，《中國現代小說與文學傳統》，北京：北京大學出版社，1992。

王一川，《中國現代性體驗》，北京：師範大學出版社，2001。

王汎森，《中國近代思想與學術的系譜》，台北：聯經出版社，2003。

王宏志，《文學與政治之間——魯迅、新月、文學史》，台北：東大圖書
　　公司，1994。

王明珂，《華夏邊緣：歷史記憶與族群認同》，台北：允晨文化出版社，
　　1997。

王金武，《中國現代知識份子的歷史軌跡》，吉林：吉林教育出版，1989

王乾坤，《由中間尋找無限——魯迅的文化價值觀》，西安：陝西人民出
　　版社，1996。

王富仁，《先驅者的形象》，杭州：浙江文藝出版社，1987。

王富仁，《歷史的沉思》，陝西人民教育出版，1996。

王緋，《睜著眼睛的夢——中國女性文學書寫召喚之景》，北京：作家出
　　版社，1995。

王德威，《小說中國》，台北：麥田出版社，1993。

王德威，《如何現代，怎樣文學？》，台北：麥田，1998。

王德威，《茅盾、老舍、沈從文——寫實主義與現代中國小說》，台北：
　　麥田出版，2009。

王德威，《晚清小說新論——被壓抑的現代性》，台北：麥田，2003。

王德威，《現代中國小說十講》，上海：復旦大學出版社，2003。

王德威，《眾聲喧嘩》，台北：遠流出版社，1988。

王德威，《想像中國的方法：歷史・小說・敘事》，北京：三聯，1998。

王潤華，《中西文學關係研究》，台北：東大出版社，1978。

王潤華，《魯迅小說新論》，台北，東大出版社，1992。

王曉明，《所羅門的瓶子》，杭州：浙江文藝出版社，1987。

王曉明主編，《二十世紀中國文學史論》（1-3卷）北京：東方出版社，
　　1997。

王躍等編，《五四：文化的闡釋與評價》，太原：山西人民出版社，1989。

司馬長風，《中國現代文學史》（上下卷），香港：昭明出版社，1978。

史書美，《現代的誘惑——書寫半殖民地中國的現代主義（1917-
　　1937）》，南京：江蘇人民出版社，2007。

甘陽編選，《中國當代文化意識》，台北：風雲時代出版社，1989。

田仲濟、孫昌熙，《中國現代小說史》，濟南：山東文藝出版社，1984。

朱德發，《中國五四文學史》，濟南：山東文藝，1986

朱耀偉，《本土神話：全球化年代的論述生產》，台北：學生書局，2002。

朱耀偉，《當代西方批評論述的中國圖象》，板橋：駱駝出版社，1996。

江宜樺，《自由主義、民族主義與國家認同》，台北：揚智出版社，1998。

艾以、沈輝等編，《王西彥研究資料》，北京：十月文藝出版社，1996

余英時，《中國文化與現代變遷》，台北：三民出版社，1992。

余英時，《中國知識階層史論》（古代篇），台北：聯經出版社，1989。

余英時，《歷史人物與文化危機》，台北：東大出版社，1995。

余英時等著，《中國歷史轉型時期的知識份子》，台北：聯經出版社，
　　1993。

吳士余，《中國小說思維的文化機制》，上海：華東師範大學出版社
　　1990。

吳小美、魏韶華，《老舍的小說世界與東西文化》，甘肅：蘭州大學出版
　　社，1992。

吳小美等著，《中國現代作家與東西文化》，蘭州：蘭州大學出版社，1990。

吳雁南等編，《中國近代社會思潮》，湖南：湖南教育出版社，1998。

呂正惠，《小說與社會》，台北：聯經出版社，1988。

呂正惠，《文學經典與文化認同》，台北：九歌出版社，1995。

宋曉霞主編，《「自覺」與中國的現代性》，香港：牛津出版社，2006。

李今，《個人主義與五四新文學》，北京：北方文藝，1992。

李幼蒸著，《欲望倫理學》，嘉義：南華管理學院，1998。

李自芬，《現代性體驗與身份認同——中國現代小說的身體敘事研究》，四川：巴蜀書社，2009。

李良玉，《動盪時代的知識份子》浙江：人民出版社，1990。

李玲，《中國現代文學的性別意識》，北京：人民大學出版社，2002。

李軍，《「家」的寓言》，北京：作家出版社，1996。

李瑞騰，《晚清文學思想論》，台北：漢光文化事業出版，1992。

李歐梵，《中西文學的徊想》，台北：遠景出版社，1987。

李歐梵，《中國現代文學與現代性十講》，上海：復旦大學出版社，2002。

李歐梵，《現代性的追求》，台北：麥田出版社，1997。

李歐梵，《鐵屋中的吶喊》，香港：三聯出版社，1991。

李毅；張鳳江，《裂變與選擇》，遼寧：遼寧教育出版社，1996。

李澤厚，《中國現代死思想史論》，台北：風雲出版社，1991。

李澤厚，林毓生等著，《五四：多元的反思》，台北：風雲時代出版社，1989。

汪民安、陳永國編，《後身體、文化、權力和生命政治學》，吉林：人民出版社，2003。

汪民安主編，《身體的文化政治學》，河南：河南大學出版社，2004。

汪暉，《反抗絕望：魯迅及其「吶喊」「徬徨」研究》，台北：久大出版社，1990。

汪暉，《帝國國家的中國認同》，北京：三聯出版社，2004。

汪榮祖編，《五四研究論文集》，台北：聯經出版社，1985。

周英雄，《小說、歷史、心理》，台北：東大出版社，1989。

周英雄，《文學與閱讀之間》，台北：允晨出版社，1994。

周策縱，《五四運動史》，台北：桂冠出版社，1989。

周策縱等著、周陽山編，《五四與中國》，台北：時報文化出版社，1990。

周陽山編，《知識份子與中國》，台北：時報文化出版社，1990。

周慧玲，《表演中國：女明星表演文化視覺政治1910-1945》，台北：麥田
　　出版社，2004。

周積明、郭瑩等，《震蕩與衝突——中國早期現代化進程中的思潮和社
　　會》，北京：商務出版社，2003。

周蕾，《原初的激情：視覺、性慾、民族誌與中國當代電影》，台北：遠
　　流出版社，2001。

周蕾，《婦女與中國現代性：東西方之間閱讀記》，台北：麥田出版社，
　　1995。

尚禮、劉湧編，《二十世紀中國文學研究——現代文學卷》，北京大學，
　　2001。

林正珍，《近代日本的國族敘事——福澤諭吉的文明論》，台北：桂冠圖
　　書出版社，1991。

林毓生，《思想與人物》，台北：聯經出版社，1991。

金宏達，《中國現代小說的光與色》，北京：書目文獻出版社，1996。

金耀基，《中國現代化與知識份子》，台北：時報文化出版社，1991。

金耀基，《從傳統到現代》，台北：時報文化出版社，1980。

金耀基，《現代人的夢魘》，台北：商務出版社，1992。

阿英，《晚清小說史》，北京：東方出版社，1996。

侯建，《從文學革命到革命文學》，台北：中外文學月刊出版，1974。

施淑，《理想主義者的剪影》，台北：新地文學出版社，1990。

皇甫曉濤，《現代中國新文學與新文化》，山西：人民出版社，1997。

胡維革，《衝擊與蛻變：西方文化與中國政治》，台北：萬象出版社，1993

香港嶺南學院翻譯、文化、社會研究譯叢編委會編，《解殖與民族主
　　義》，香港：牛津出版社，1998。

倪文尖，《欲望的辯證法》，上海：遠東出版社，1998。

唐小兵編，《再解讀：大眾文藝與意識形態》，香港，牛津大學，1993。

唐正序、陳厚誠主編，《二十世紀中國文學與西方現代主義思潮》，四川：人民出版社，1992。

唐弢。《中國現代文學史》（上、中、下卷），北京：人民文學出版社，1978。

夏志清，《人的文學》，台北：純文學出版社，1977。

夏志清，《新文學的傳統》，台北：時報文化出版社，1985。

夏志清，劉紹銘等譯《中國現代小說史》，香港：香港中文大學，2001。

夏岱岱、張亦工編，《割掉辮子的中國》，北京青年出版社，1997。

夏曉虹，《覺世與轉世：梁啟超的文學道路》，上海：人民出版社，1992。

孫志文主編，《人與哲學》，台北：聯經出版社，1989第五版。

徐岱，《小說形態學》，杭州：杭州大學出版社，1992。

徐岱，《小說敘事學》，北京：中國社會科學出版社，1992。

徐麟，《魯迅：在言說與生存的邊緣》，山東：文藝出版社，1997。

袁進，《中國小說的近代變革》，北京：中國社會科學出版社，1992。

袁鶴翔譯，《二十世紀文學理論》，台北：聯經出版社，1993。

馬永強，《文化傳播與現代中國文學》，合肥：安徽大學出版社，2003。

馬森主編，《文學與革命》，板橋：駱駝出版社，1998。

康正果，《身體與情欲》，上海：上海文藝出版社，2001年版。

康來新，《晚清小說理論研究》，台北：大安出版社，1986年版。

張旭東，《幻想的秩序：批評理論與當代中國文學話語批評》，香港：牛津出版社，1997。

張旭東，《批評的蹤跡：文化理論與文化批評》，上海：三聯書店，2003。

張毓茂主編，《二十世紀中國兩岸文學史》，鄱陽：遼寧大學出版社，1988。

張夢陽，《悟性與奴性——魯迅與中國知識份子的國民性》，鄭州：河南人民出版社，1997。

張德勝，《儒家倫理與秩序情結──中國思想的社會學詮釋》，台北：巨流出版社，1989。

張灝，《幽暗意識與民主傳統》，台北：聯經出版社，1989。

張灝著，崔志海、葛夫平譯，《梁啟超與中國思想的過渡》，南京：江蘇人民出版社，1997。

曹書文，〈家族文化與中國現代文學〉，北京：中國社會科學院出版，2002。

盛英主編，《二十世紀中國女性文學史》（上／下），天津：人民出版社，1995。

許志英、倪婷婷，《五四：人的文學》，南京：南京大學出版社，1992。

逢增玉，〈現代性與中國現代文學〉，長春：東北大學出版社，2001

郭力，〈二十世紀中國女性文學的生命意識〉，哈爾濱：黑龍江教育出版，2003。

陳子善，《遺落的明珠》，台北：業強出版社，1992。

陳子善、王自立，《郁達夫研究資料》，廣西：花城文藝出版社，1986。

陳平原，《二十世紀中國小說史》（第1卷），北京：北京大學出版，1989。

陳平原，《中國小說敘事模式的轉變》，上海：上海文藝出版社，1988。

陳平原，《在東西方文化碰撞中》，杭州：浙江文藝出版社，1983。

陳平原、夏曉虹編，《二十世紀中國小說理論資料》（第一、二、三卷），北京：北京大學出版社，1989。

陳平原、夏曉虹編，《小說史：理論與實踐》，北京：北京大學出版社，1993。

陳幼石，《茅盾「蝕」三部曲的歷史分析》，北京：社會科學文獻出版，1993。

陳光興主編，《發現政治社會──現代性、國家暴力與後殖民民主》，台北：巨流出版社，2000。

陳建華，《「革命」的現代性：中國革命話語考論》，上海：古籍出版社，2000。

陳思和，《還原民間》，台北：東大出版社，1997。

陳炳良，《中國現代文學與自我》，香港：嶺南學院中文系出版社，1994。

陳炳良，《中國現當代文學探研》，香港：三聯出版社，1992。

陳萬雄，《五四新文化的源流》，香港：三聯出版社，1992。

陳蒲清，《寓言文學理論——歷史與運用》，板橋：駱駝出版社，1992。

陳繼會，《文化視視界中的文學》，鄭州：河南人民出版社，1994。

陳繼會等著，《中國鄉土小說史》，合肥：安徽教育出版社，1999。

喬福生等編，《二十世紀中國文學》，杭州：杭州大學出版社，1992。

彭小妍，《超越寫實》，台北：聯經出版社，1993。

曾華鵬、蔣明玳編，《王魯彥研究資料》，江西：人民文藝出版社，1984

湯哲聲，《中國文學現代化的轉型》，南京：南京大學出版社，1995。

辜也平，《巴金創作綜論》，福建：福建教育出版社，1997。

黃克武、張哲嘉主編，《公與私：近代中國個體與群體之重建》，台北：
中央研究院研究所，2000。

黃金麟，《歷史、身體、國家：近代中國的身體形成1895-1937》，台北：
聯經出板社，2001。

黃金麟著《政體與身體——蘇維埃的革命與身體1928-1937》台北：聯經，
2005。

黃維樑，《中國文學縱橫論》，台北：東大，1988。

黃曉華，《現代人建構的身體維度——中國現代文學身體意識論》，北京：
中國社會科學出版，2007。

黃錦珠，《晚清小說中的新女性研究》，台北：文津出版社，2004。

黃繼持，《文學的傳統與現代》，香港：華漢出版社，1988。

黃繼持編，《中國文學精讀：魯迅》，台北：書林出版社，1996。

黃繼持編。《中國文學精讀》，台北：書林，1996。

楊義，〈京派海派綜論〉，北京：中國社會科學出版社，2003

楊義，《二十世紀中國小說與文化》，台北：業強出版社，1993。

楊義、張中良、中井政喜編，《二十世紀中國文學圖志》，台北：業強出
版社，1994。

楊義。《中國現代小說史》（上、中、下），北京：人民文學出版社，
1993。

楊聯芬，〈晚清至五四：中國文學現代性的發生〉，北京：中國社會科學
　　出版社，2003

溫元凱、倪端著，《中國國民性改造》，香港：曙光出版社，1988。

溫儒敏，《新文學現實主義的流變》，北京：北大出版社，1988。

葛紅兵、宋耕，《身體政治》，上海：三聯書店，2005。

賈春增主編，〈知識份子與中國社會變革〉北京：華文出版社，1996。

潘豔慧，《「新青年」翻譯與現代中國知識份子的身份認同》，濟南：齊
　　魯書社出版，2008。

廖超慧，《中國現代文學思潮論爭史》，武漢：武漢出版社，1997。

趙立彬，《民族立場與現代追求──20世紀20-40年代的全盤西化思潮》，
　　北京：三聯書店，2005。

趙遐秋、曾慶瑞，《中國現代小說史》，北京：人民文學出版社（上、
　　下），1985。

齊昆裕、陳惠琴，《鏡與劍──中國諷刺小說史略》，台北：文津，1995。

劉人鵬，《近代中國女權論述》，台北：學生書局出版社，2000。

劉小楓，《現代性社會理論緒論：現代性與現代中國》，香港：牛津大學
　　出版社，1996。

劉再復，《生命精神與文學道路》，台北：風雲時代出版社，1989。

劉再復，《放逐諸神》，：風雲時代出版社，1995。

劉再復，《尋找與呼喚》，台北：風雲時代出版社，1989。

劉再復，《魯迅美學思想論稿》，台北：明鏡出版社，1989。

劉再復、林岡，《傳統中國人》，台北：時報文化出版社，1988。

劉紀蕙，《心的變異──現代性的精神形式》，台北：麥田出版社，
　　2004。

劉若愚，《中國文學理論》，台北：聯經出版社，1993第三版。

劉納，《論五四新文學》，杭州：浙江文藝出版社，1987。

劉紹銘，《涕淚交零的中國現代文學》，台北：遠景出版社，1979。

劉劍梅，《革命與情愛──二十世紀中國小說史中的女性身體與主題重
　　述》，上海：三聯書店，2009。

劉增人、馮先廉編，《葉聖陶研究資料》，北京：十月文藝出版社，1988

樂黛雲編，《欲望與幻象——東方與西方》，南昌：江西人民出版社，
　　1991。

潭光輝，《症狀的症狀——疾病隱喻與中國現代小說》，北京：中國社會
　　科學出版社，2007。

蔡震，《郭沫若與郁達夫比較論》，西安：陝西師範大學出版社，1988。

鄭志文，《魯迅郁達夫比較探索》，桂林：廣西師大出版社，1993。

鄭學稼，《由文學革命到革文學的命》，香港：亞洲出版，1985。

鄭樹森編選，《從現代到當代》，台北：風雲出版社，1994。

鄧曉芒，《中西文學形象的人格結構》，雲南：人民出版社，1996。

魯迅，《華蓋集》，台北：風雲出版社，1978。

黎山曉，《中國二十世紀文學思潮論》，武昌：武漢大學出版社，1994。

黎活仁，《代中國文學的時間觀與空間觀：魯迅・何其芳・施蟄存作品的
　　精神分析》，台北：業強出版社，1993。

盧今，《吶喊論》，西安：陝西人民出版社，1996。

盧建榮主編，《性別、政治與集體心態》，台北：麥年出版社，2001。

錢理群、吳福輝、溫儒敏。《中國現代文學三十年》，上海：上海文藝，
　　1987。

龍協濤，《文學解讀與美的再創造》，台北：時報文化出版社，1993。

龍泉明，《中國現代作家文化心理分析》，陝西：人民出版社，1992。

簡瑛瑛主編，《認同、差異、主體性：從女性主義到後殖民文化想像》，
　　台北：立緒出版社，1997。

豐子義、孫承叔、王東，〈主體論——新時代新體制呼喚的新人學〉，北
　　京：北京大學出版社，1994。

魏朝勇，《民國時期的政治想像》，北京：華夏出版社，2006。

譚國根，《主體建構政治與現代中國文學》，香港：牛津出版社，2000。

嚴家炎，《中國現代小說流派史》，北京：人民文學出版社，1988。

嚴家炎，《論現代小說與文藝思想》，長沙：湖南人民出版社，1987。

顧昕，《中國啟蒙的歷史圖景》，香港：牛津大學出版社，1992。

龔鵬程，《傳統、現代、未來──五四後文化的省思》，台北：金楓出版社，1989。

欒梅健，《二十世紀中國文學發生論》，台北：業強出版社，1992。

【4】外文譯作

Andrew. J. Strathern（斯特拉桑。安特魯）著，王業偉、趙國新譯，《身體思想》，瀋陽：春風文藝出版社，1999。

Benedict, Anderson著、吳叡人譯，《想像的共同體：民族主義的起源與散布》，台北：時報文化出版社，1999。

Benedict, Anderson（班納迪克・安德森）著，吳睿人譯，《想像的共同體：民族主義的起源與散布》，台北：時報出版，1999。

Bloom, Harold著、吳瓊譯，《批評、正典結構與寓言》，北京：中國社會科學出版社，2000。

Bloom, Harold著、高志仁譯，《西方正典》（上、下），台北：立緒出版社，1998。

Bruce, Steve著，李康譯，《社會學》，香港：牛津出版社，1999。

Edward W. Said著、王志宏等譯，《東方主義》，台北：立緒出版社，1999。

Gellner, Ernest著、林金梅譯，《國族主義》，台北：聯經出版社，2001。

Giddens, Anthony著，胡宗、趙力濤譯，《民族──國家與暴力》，北京：三聯書店出版社，1998。

Hampson, Norman著、李豐斌譯，《啟蒙運動》，台北：聯經出版社，1987。

Hobsbawm, Eric著、林金梅譯，《民族與民族主義》，台北：麥田出版社，1997。

Iser, Wolfgang著，陳定家、汪正龍等譯，《虛構與想像──文學人類學疆界》，長春：吉林人民出版社，2003。

Jameson, Fredric著、王逢振等譯，《快感：文化與政治》，北京：中國社會科學出版社，1997。

Jameson, Fredric著，王逢振、陳永國譯，《政治無意識》，北京：中國社會科學出版社，1999。

Jim McGuigan著、桂萬先譯，《文化民粹主義》，南京：南京大學出版社，2002。

Kedourie, Elie著、張明明譯，《民族主義》，北京：中央編譯出版社，2002。

Macdonell, Diane著、陳璋津譯，《言說的理論》，台北：遠流出版社，1995。

Kundera, Milan、孟湄譯，《小說的藝術》，香港：牛津大學出版社，1993。

Tong, Rosemarie著、刁筱華譯，《女性主義思潮》，台北：時報文化出版社，1996。

Turner, Bryan S.（布萊恩・特納）著，馬海良、趙國新譯，《身體與社會》，瀋陽：春風文藝出版社，2000。

Woodward, Kathryn等著，林文琪譯，《身體認同：同一與差異》，台北：韋伯文化出版社，2004。

卡西勒（Cassirer Ernst）著、李日章譯，《啟蒙運動的哲學》，台北：聯經出版社，1987。

弗洛伊德（Sigmund Freud）著，汪鳳炎、郭本禹等譯，《精神分析新論》，台北：米娜貝爾出版社，2000。

弗蘭克著、徐鳳林譯，《俄國知識人與精神偶像》，上海：學林出版社，1999。

伊格頓（Terry Eagleton）著、文寶譯，《馬克思主義與文學批評》，台北：南方出版社，1987。

伊格頓（Terry Eagleton）著、吳新發譯，《文學理論導讀》，台北：書林出版社，1992。

托馬斯・卡萊爾著、張志民／段忠橋譯，《論英雄與英雄崇拜》，北京：中國國際廣播出版社，1988。

米列娜著，伍曉明譯，《從傳統到現代——十九至二十世紀轉折期的中國小說》，北京：北京大學出版社，1991。

艾恩・瓦特著、魯燕萍譯，《小說的興起》，台北：桂冠出版社，1994。

佛斯特著、李文彬譯，《小說面面觀》，台北：志文出版社，1991。

李歐塔（Jean-Francois Lyotard）著、羅國祥譯，《非人》，北京：商務印書館，2000。

杜贊奇（Prasenjit Duara）著、王憲明譯，《從民族國家拯救歷史：民族主義話語與中國現代史研究》，北京：社會科學文獻出版社，2003。

金克李依（Kinkley, Jeffrey C）著，虞建華、邵華強譯，《沈從文筆下的中國社會與文化》，上海：華東師範大學出版，1994。

約翰・歐尼爾（John O'nell）著，張旭春譯，《五種身體》，台北：弘智出版，2001。

恩斯特・卡西勒著、甘陽譯，《人論》，台北：桂冠出版社，1990。

烏納穆諾著、蔡英俊譯，《生命的悲劇意識》，台北：遠景出版社，1982。

茱莉亞・克莉斯蒂娃（Julia Kristeva）著、彭仁郁譯，《恐怖的力量》，台北：桂冠出版社，2003。

梅洛龐蒂（Maurice Merleau-Ponty）著、姜志輝譯，《知覺現象學》，北京：商務出版社，2001。

傅柯（Michel Foucault），劉北成譯，《臨床醫生的誕生》，北京：譯林出版社，2001。

傅柯（Michel Foucault）著，劉北成、楊遠嬰譯，《規訓與懲罰》，北京：三聯出版社，1999。

傅柯（Michel Foucault）著，劉北成、楊遠嬰譯，《瘋癲與文明》，台北：桂冠出版社，1999。

傅柯（Michel Foucault）著，錢翰譯，《不正常的人》，上海：人民出版社，2003。

普賽克（Jaroslav Průšek）著、李燕喬等譯，《普賽克中國現代文學論文集》，長沙：湖南文藝出版社，1987。

舒衡哲（Vera Schwarcz）著、劉君建譯，《中國啟蒙運動──知識份子與五四遺產》，台北：桂冠出版社，2000。

費正清（John King Fairbank），《劍橋中國晚清史》（上卷）北京：中國社會科學院出版，1985。

費約翰（John Fitzgerald）著，李恭中、李里峰等譯，《喚醒中國——國民革命中的政治、文化與階級》，北京：新華書店，2005。

雅克·德里達（Jacques Derrida）著，杜小真譯，《聲音與現象》，北京：商務印書館，1999。

微拉·施瓦支著／李國英等譯，《中國的啟蒙運動——知識份子與五四遺產》，太原：山西人民出版社，1989。

詹明信（Fredric Jameson）著，《馬克思主義：後冷戰時代的思索》，香港：牛津大學出版社，1994。

德希達（Jacques Derrida）著，張寧譯，《書寫與差異》，北京：三聯出版社，2001。

德希達（Jacques Derrida）著，楊恆達、劉北成譯，《立場》，台北：桂冠出版社，1998。

盧卡其（Georg Lukacs）著、楊恆達譯，《小說理論》，台北：唐山出版社，1997。

盧卡奇（Georg Lukacs））著、陳文昌譯，《現實主義論》，台北：雅典出版社，1988。

羅杰·法約爾（Roger Fayolle）、懷宇譯，《批評：歷史與方法》，天津：百花文藝出版社，2002。

【五】單篇論文

Charlotte Furth著、蔣竹山譯，〈再現與感知——身體史研究的兩種取向〉《新史學》第10卷四期，1999年12月，頁129-141。

Kleinman, Athur著、張珣譯，〈文化建構病痛經驗與行為：中國文化內的情感與症狀〉，《思與言》第37卷第1期，1999年，頁241-271。

Lucian W. Pye（白魯恂），〈中國民族主義與現代化〉，《二十一世紀》，第七期，1992年2月。

Simon During著、林明澤譯，〈文學——國族主義的另項？一個旨在反思的個案〉，《中外文學》第26卷第1期，1997年6月，頁74-97。

王一川，〈「革命加戀愛」與再生焦慮——論二〇年代末幾位革命知識份子的典型〉，《中國現、當代文學研究》，1993年第七期，頁23-29。

王一川，〈晚清：中國文學現代性的發生時段〉，《江蘇社會科學》，2003年第二期，頁44-46。

王仙花，〈敘事現代性與文化之重——試分析魯迅筆下的死亡〉，《零陵師範高等專科學校學報》第22卷2期，2001年5月，頁52-55。

王光東，〈現實精神、現代意識、敘述話語——現實主意重構〉，《時代文學》第五期，1995年，頁36-41。

王孝廉，〈沉淪與流轉——三十歲以前郁達夫的色、欲、性〉，《聯合文學月刊》第70期（1990.08），頁122-131。

王岳昭、蔡申，〈改造國民性——現代文學的一個基本主題〉，《西北民族學院學報》（總第18期）1994年2月，頁9-14。

王明仁，〈五四時期的魯迅〉，《中國現代文學理論》第五期，1997年，頁91-102。

王明珂，〈集體歷史記憶與族群認同〉，《當代》第91期，1993年11月，頁6-19。

王明珂，〈論攀附：近代炎黃子孫國族建構的古代基礎〉，《中央研究院歷史語言研究所集刊》第73本第3分，2002年9月，頁583-619。

王富仁，〈中國反封建思想革命的鏡子——論《吶喊》《彷徨》的思想意義〉，《中國現代文學研究叢刊》，1983年第一期，頁1-29。

王躍梅，〈淺析魯迅小說中的「狂人」家族〉，《晉中師範高等專科學校學報》，第21卷第2期，2004年6月，156-157。

史書美，〈中國現代文學中的女性自白小說〉，《當代》第九五期，1994年3月。

皮述民，〈五四運動與文學革命〉，《中國現代文學理論》第六期，1997年，頁209-216。

伍曉明，〈二十世紀中國文化在西方面前的自我意識〉，《二十一世紀》第十四期，1992年12月。

李今，〈自我意識與五四新文學〉，《中國現代文學研究叢刊》第三期，
　　1990年，頁120-141。

李惠，〈論郁達夫對死亡題材的偏愛〉，《徐州教育學院學報》，第17卷
　　第1期，2002年3月。頁27-30。

李東芳，〈留學生與民族國家的想像——從《新中國未來記》看梁啟超小
　　說觀的現代性〉，《浙江學刊》2007年第1期，頁68-75。

李熙朕，〈葉聖陶短篇小說的知識份子形象〉，《東方論壇》，2000.02，
　　頁73-79。

李德堯，〈傳統、改良、蛻變——論五四文學觀念的更新〉，《中國現代
　　文學研究叢刊》第二期，1988年，頁134-151。

李興民，〈五四以來女作家群的女性文學〉，《社會科學研究》（成都）
　　第四期，1987年，頁85-90。

余海霞，〈二十年代鄉土小說中的鄉土情結與都市意識〉，《長江師範學
　　院學報》第25卷第2期，2009年3月，頁22-29。

杜維明，〈身體與感知〉，《當代》，第35期，1989年，頁46-52。

杜聖修，〈「尚是食人民族」的自我超越——「狂人日記」的人類學闡
　　釋〉，《魯迅研究月刊》，1994.09。

沈松僑，〈國權與民權：晚清的『國民』論述，1895-1911〉，《中央研究
　　院歷史語言研究所集刊》第73本，第4分，2002年12月，頁685-733。

沈松僑，〈振大漢之天聲——民族英雄系譜與晚清的國族想像〉，《中央
　　研究院歷史語言研究所集刊》第33期，2000年6月，頁81-157。

亞當斯著，曾珍珍譯，〈經典：文學的準則／權力的準則〉，《中外文
　　學》第23卷第二期，1994年4月。

吳豔華、郭貞，〈國民性：一個持久的話題〉，《山東社會科學》2003年
　　第3期，頁99-102。

周玉山，〈五四的歷史與文學〉，《聯合文學》第十二卷第七期，1996
　　年，頁55-57。

周昌龍，〈西方文藝思潮與五四〉，《幼獅文藝》第八十二卷第一期，
　　1985年，頁9-13。

周憲，〈旅行者的眼光與現代性體驗——從近代遊記文學看現代性體驗的形成〉，《文藝學研究》2006年6期，頁115-120。

孟悅，〈視角問題與五四小說的現代化〉，《文學評論》第五期，1985年，頁76-89。

屈選，〈知識份子的文化心態〉，《當代文藝思潮》第六期，1986，頁24。

林秀玲，〈中國革命和女性解放：茅盾小說中的兩大主題〉，《中外文學》月刊，第十八卷第五期，頁116-145。

林幸謙，〈蕭紅小說的妊娠母體銘刻——女性論述與怪誕現實主義書寫〉，《清華學報》，第31卷第3期（2001.09），頁301-337。

林素娥，〈文本、閱讀與再現——魯迅「藥」的五種讀法〉，《中外文學》第二十三卷第一期，1994年，頁28-50。

林毓生，〈魯迅個人主義的性質與含義——兼論「國民性」的問題〉，《二十一世紀》第十二期，1992年，頁83-91。

林榮松，〈政治意識與三十年代女性文學的價值取向〉，《中國現代、當代研究》第十一期，1991年。

林慶元，〈五四反傳統與五四傳統〉，《香港中國近代史學會刊》第四／五期，1991年，頁32-41。

邵建，〈知識份子寫作：世紀末的新狀態〉，《中國現代、當代文學研究》第八期，1995年，頁61-69。

武潤婷，〈晚清的文學蒙啟精神〉，《文藝研究》2003年第四期。頁43-44。

金彥河，〈論「狂人日記」——尋找父親〉，《魯迅研究月刊》，2001.07。

姚玳玫，〈冰心、丁鈴、張愛玲——「五四」女性神話的終結〉，北京：《學術研究》，1997.09，頁91-92。

姚玳玫，〈現代女性雙重追求的衝突與互補——從丁玲、冰心早期小說的比較談起〉，《中國現代、當代研究》第六期，1988年。

南帆，〈現代性、民族與文學理論〉，《文學評論》2004年第一期，頁136-146。

程悅，〈在西方語境下言說──試論二十世紀中國留學生文學價值觀念衍變〉，《鄂州大學學報》第8卷第1期，2001年，頁50-53。

范家進，〈拓荒者的壯歌──略論五四時期的文學思想探索〉，《浙江大學學報》第三期，1992年，頁29-33。

倪婷婷，〈五四個性解放文學的歷史特徵〉，《中國現代文學研究叢刊》，1987年第三期，頁148-167。

姜玉琴，〈兩種文化的隱喻──魯迅的「狂人」與尼采的「超人」〉，《中國現代文學研究叢刊》，2001年第二期，頁193-205。

唐小林，〈欲望、沉淪與救瀆〉，《天津師範大學學報》，總164期，2002年10月，頁58-64。

袁國興，〈五四時期的個性意識與文學風範〉，《北方論叢》第三期，1992年，頁9-12。

袁國興，〈現代文學啟蒙意識的缺憾〉，《北方論叢》第三期（總155期），1999年，頁20-22。

郜元寶，〈從捨身到身受〉，《魯[迅研究月刊]2004年第四期，頁11-24。

馬森，〈魯迅的小說是啟蒙文學〉，《中國論壇》第三十二卷第十二期，1991年，頁26-31。

張光芒，〈論中國現代文學的啟蒙敘事〉，《北方論叢》第二期（總168期），2001年，頁82-88。

張朋園，〈梁啟超的兩性觀：論傳統對知識份子的約束〉，《近代中國婦女史研究》第二期，1994年。頁56-74。

張法，〈二十世紀小說：模式及其浮沉〉，《北京大學學報》第五期，1995年。頁35-40。

張思和，〈論魯迅小說中的知識份子形象〉，《中國現代文學研究叢刊》第一期，1982年，頁161-177。

張國棟，〈尋找五四文學的歷史位置覺醒者〉，《中國現代、當代研究》第八期，1991年。頁43-51。

張夢溪，〈社會變革中的文化制衡──對五四文化啟蒙的另一種反省〉，《二十一世紀》第十期，1991年，頁29-38。

張磊，〈百年苦旅：「吃人」意象的精神對應──魯迅「狂人日記」和莫言「酒國」之比較〉，《魯迅研究月刊》，2002.05。

張灝，〈轉型時代中國烏托邦主義的興起〉。譯自"Chinese Intellectuals in Crisis: Search for Order and Meaning（1987）"陳正國譯。《新史學》第十四卷二期，2003.6，頁1-41。

張雙英，〈試從「社會批評」的觀點論落華生「春桃」中的諷刺手法及寓意〉，《中華文化復興月刊》第182期（1983.05），頁57-62。

梁德智，〈倫理衝突中的一女二男──讀許地山的短篇小說「春桃」〉，汝南師範學院《天中學刊》1999第一期。頁21-27。

許琇禎，〈魯迅小說人物綜論〉，《國立編譯館館刊》第二十五卷第二期，1996年，頁225-246。

郝錦華、王先明，〈清末民初鄉村精英離鄉的「新學」教育原因〉，《文史哲》總第272期，2002年第5期，頁145-149。

陳文尚，〈身體意象式的命名與理解與詮釋〉，《哲學雜誌》第3期，1993，頁60-76。

陳其強，〈在文人話語與政治話語中徘徊的郁達夫〉，《文史哲》，270期，2002年6月。頁89-93。

陳奕麟，〈解構中國性：論族群意識作為文化作為認同之曖昧不明〉，《台灣社會研究季刊》第33期，1999.3，頁103-131。

陳建華，〈「時代女性」、歷史意識與「革命」小說的開放形式──茅盾早期小說《虹》解讀〉，《中國學術》第一輯，2000.3，頁172-200。

喬以鋼，〈靈魂甦醒的歌唱──論五四時期的中國女性文學創作〉，《海南大學學報》第二期，1992年，頁92-96。

梅家玲，〈發現少年，想像中國──梁啟超「少年中國說」的現代性、啟蒙論述與國族想像〉，《漢學研究》第19卷第1期，2001年6月。

彭小妍，〈五四的「新性道德」：女性情欲論述與建構民族國家〉，《當代中國婦女研究》第3期，1995年8月。

彭小妍，〈五四的「新道德」──女性情慾論述與建構民族國家〉，《近代中國婦女史研究》第三期，1995年，頁77-96。

彭小妍，〈新女性──五四婦女的自我解放〉，《中國文哲研究集刊》第
　　六期，1995年，頁259-337。

覃新菊，〈探視死亡──論沈從文小說的死描寫及其小說的死亡瞄寫及其
　　生命哲學〉，《佳木斯大學社會科學學報》第22卷弟3期，2004年6
　　月，頁52-83。

曾華鵬／范伯群，〈郁達夫小說與傳統文化〉，《中國現代文學研究叢
　　刊》第四期，1988年，頁24-39。

游鑑明，〈近代中國女子體育觀初探〉，《新史學》，第七卷第四期，
　　1996年12月。頁33-40。

黃金麟，〈競逐神聖──五四文化運動的論述中心取向〉，《中國社會學
　　刊》第十八期，1995年，頁193-242。

黃俊傑，〈古代儒家政治論中的「身體隱喻思維」〉，《鵝湖學誌》第九
　　期，1992年，頁1-25。

黃俊傑，〈中國古代思想史中的「身體政治學」：特質與涵義〉，《歷史
　　月刊》第141期，1999年，頁82-90。

黃錦樹，〈魂在：論中國性的近代起源、其單位、結構及（非）存在論特
　　徵〉，《中外文學》第二十卷第二期（總338），2000年，頁47-68。

黃錦樹，〈論中體：絕對域與遭遇〉，《中山人文學報》第十七期，
　　2003.12，頁31-64。

楊揚，〈論五四新文學的價值特徵〉，《華東師範大學學報》第一期，
　　1992年，頁74-80。

楊澤，〈在台灣讀魯迅的國族文學〉，《中外文學》第二十三卷第六期，
　　1994年，頁160-174。

楊澤，〈恨世者魯迅〉（下），《聯合文學》第十二卷第五期，1996年，
　　頁92-99。

楊澤，〈恨世者魯迅〉（上），《聯合文學》第十二卷第四期，1996年，
　　頁130-137。

溫越，〈郁達夫小說死亡意識的文化價值〉，《新東方》第11卷第5期，
　　2002年8月。頁58-61。

葉中強，〈論五四小說中「孤獨者」的文化心理〉，《上海文論》第一
　　期，1992年。

董宇，〈丁玲早期小說中知識份子形象分析〉，《天津大學學報》，第二
　　卷第1期（2000.01），頁27-31。

廖炳惠，〈「與污塵為伍的奇異種族」：身體、疆界與不純淨〉，《中外
　　文學》，第27卷第三期，1998年，頁82-96。

廖朝陽，〈重述與開放：評巴特勒讀「造就身體」〉，《中外文學》，第
　　24卷第七期，1995年，頁122-129。

管華，〈中國知識女性的漫漫長途〉，《海南大學學報》第二期，1986
　　年，頁45-51。

趙文勝，〈論五四女作家筆下的知識女性形象〉，《南京師大學報》第一
　　期，1992年，頁80-85。

趙玫，〈知識女性的困惑與尋求──女性文學在新時期十年中〉，《當代
　　作家評論》第六期，1986年。

趙園，〈五四時期小說中的婚姻愛情問題〉，《中國現代、當代研究》第
　　七期，1983年。

蓮子，〈論五四女性文學的個性主義特色〉，《湘潭大學學報》第一期，
　　1990年，頁76-80。

蔡振念，〈郁達夫小說中的病態美學〉，《文與哲》第七期，2005.12，頁
　　315-335。

鄭永軍，〈新文化運動時期陳獨秀國民性改造思想探析〉，《許昌師專學
　　報》2003年第三期，頁99-102。

鄧狄榮，〈論五四文學中的「覺醒者」〉，《中國現代、當代文學研究》
　　第九期，1991年。頁64-69。

鄧國榮，〈關於五四個性主義文學及其走向問題的思考〉，《中國現代、
　　當代文學研究》第九期，1989年。

蕭阿勤，〈集體記憶理論的檢討：解剖者、拯救者與一種民族觀點〉，
　　《思與言》第三十五期，1997，頁247-296。

閻晶明，〈論五四小說中的主情特徵〉，《陝西師大學報》（西安）第二
　　期，1987年，頁50-59。

曠新年，〈民族國家想像與中國現代文學〉，《文學評論》2003年第一
　　期，頁34-42。

羅志田，〈從治病到打鬼：整理國故的一條內在理路〉，《中國學術》第
　　五輯，2001.5，頁110-129。

羅雪松，〈凌叔華小說中女性形象的文化意蘊〉，《又林師範學院學
　　報》，第22卷第1期（2001.01），頁59-61。

蘇麗明，〈冰心與廬隱的問題小說比較〉，《輔仁中研所學刊》，1995年
　　3月。

【1】中文學位論文

王世城，《世紀末中國小說文化格局的現代性批評》，北京人民大學中文
　　所博士論文，2001。

王瑞達，《魯迅與五四反傳統精神》，台灣私立輔仁大學西班牙語文學研
　　究所碩士論文，1995。

王燁，《二十年代革命小說研究》，武漢大學中文所博士論文，2002。

李今，《海派小說與現代都市文化》，北京大學中文所博士論文，1994。

李圭嬉，《五四小說中所反映的女性意識》，台灣私立文化大學中國研究
　　所碩士論文，1994。

金尚源，《五四新文化時期「知識份子」小說研究》，北京師範大學中文
　　所博士論文，1998。

金炫坰，《五四婚戀小說研究》，北京師範大學中文所博士論文，2002。

金泰萬，《20世紀前半期中國知識份子小說與諷刺精神》，北大中文所博
　　士論文，1998。

李權洪，《沈從文小說研究》，國立政治大學中文所博士論文，2002。

孫萍萍，《繼承與超越——四十年代小說與五四小說》，五漢大學中文所
　　博士論文，1999。

張向東，《敘述的轉換與文體空間的拓展——五四的形式批評》，東北師範大學中文所博士論文，1998。

雷銳，《「人」的五四與「浪漫」的五四》，南京大學中文所博士論文，2001。

蔡玫姿，《發現女學生——五四時期流通文本女學生角色之呈現》，台灣國立清華大學中國研究所碩士論文，1997。

鄭宜芬，《五四時期（1917-1927）的女性小說研究》，台灣國立政治大學中國研究所碩士論文，1995。

鄭懿瀛，《魯迅與中國現代知識分子：從「吶喊」到「彷徨」的心路歷程》，台灣國立政治大學歷史研究所碩士論文，1991。

錢佩霞，《沈從文小說研究》，國立台灣大學中文所碩士論文，1993。

魏康福，《郁達夫小說研究》，台灣國立師範大學國文研究所碩士論文，1993。

蘇麗明，《廬隱及其小說研究》，台灣私立輔仁大學中文所碩士論文，1995。

劉乃慈，《第二／現代性：五四女性小說研究》，台灣私立淡江大學中國文學所碩士論文，2002。

顏建富，《論魯迅「吶喊」、「彷徨」之國民性建構》，國立台灣大學中國文學研究所碩士論文，2003。

蘇敏逸，《社會整體性觀念與中國現代長篇小說的發生和形成》，國立清華大學研究所博士論文，2006。

二、外文部分

Alonso, Ana Maria. "Thread of Blood: Colonialism, Revolution, and Gender on Mexico's Northern Frontier" Tuscon: University of Arizona Press. 1955.

Adorno, Theodor W. "Aesthetic Theory" Eds. Gretel Adorno and Rolf Riedemann. Trans. C. Lenhardt. London; Boston: Routledge & Kegan Paul. 1984.

Anderson, Marston. "The Limits of Realism: Chinese Fiction in the Revolutionary Period." Berkeley: University of California Press. California. 1990.

Anthony Giddens. "Modernity and Self-Identity: Self and Society in Late Modern Age" Cambridge: Polity Press. 1991.

Bordo, Susan. "Reading the Slender Body", in Mary Jacobus, Evelyn Fox Keller, and Sally Shutteleworth(eds), Body/Politic: Women and the Discourses of Science,Routledge, N.Y. 1990.

During, Simon. "Foucault and Literature: Toward a Genealogy of Writing", Londan and New York, Routledge. 1992.

Featherstone, Mike, Mike Hepworth, and Bryan S. Turner. "The Body: Social Process and Cultural Theory", Sage Publications, Newbury Park. 1991.

Feuerwerker. "Yi-tsi Mei. Ding Ling's Fiction: Ideology and Narrative in Modern Chinese Literature." Cambridge, Mass: Harvard Univerxity Press. 1982.

Foucault, Michel. "Discipline and Punish: The Birth of The Prison" Trans. Alan Sheridan. New York. Pantheon. 1977.

—— 1980. "Power/Knowledge: Selected Interviews and Other Writings 1972-1977", ed. and trans. Gordon, Colin. Pantheon Books. New York.

—— 1973. "The Birth of The Clinic: An Archaeology of Medical Perception" London. Tavistock.

Jameson, Frederick. "The Political Unconscious: Narrative as a Socially Symbolic "Act. Ithaca, New York. Cornell University Press. 1981.

Lacan, Jacques. "Ecrits: A Selection", Trans. Sheridan, Alan. New York. 1977.

—— 1985. "Sign, Symbol, Imaginary", In On Signs. Ed. by Marshall Blonsky. Oxford: Blanckwell, 1985. pp. 203-209

Laplanche, Jean.. "Life & Death in Psychoanalysis". Trans. Jeffrey Mahlman. Baltimore: Johns Hopkins University Press. 1986

Lee, Yee. "The New Realism: Writings from China after the Cultural Revolution." New York: Hippocrene Books. 1983.

Liu, Lydia H. "Translingual Practice: Literature、National Calture, and Translated Modernity—China 1900-1937" Standford: Standford University. 1995.

—— 1993. "The Female Body and Nationalist Discourse." In Inderpal Grewal and aren Kaplan, eds. Scattered Hegemonies: Post-modernity and Transnational Feminist Practices. Minneapolis: University of Minnesota Press, 1994, 37-62.

Liu, Lydia H. "The Politics of First-Person Narrative in Modern Chinese Fiction". Ph.d diss, Harvard University. 1990.

Lo, Man Wa. "Female Initiation in Modern Chinese Fiction" M. Phil. Thesis. The Chinese University of Hong Kong. 1994.

Maurice Merleau-Ponty "Phenomenology of Perception", tr. Colin Smith, London: Routledge & Kegan Paul. .1992.

Prüsĕk, Jaroslav. "The Lyrical and the Epic: Studies of Modern Chinese Literature." Ed. Leo Ou-fan, Bloomington. Indiana Press. 1980.

Chow, Rey. "Mandarin Ducks and Butterflies: An Exercise in Popular Readings, Women and Chinese Modernity: The Politics of Reading Between West and East". Minnesota, University of Minnesota Press. 1991.

Stephen Frost. "Identity Crisis: Modernity, Psychoanalysis and the Self" London: Macmillan. 1991.

Shih, Shu-Mei. "Wrintng Between Tradition and the West: Chinese Modernist Fiction, 1917-1937". Phd Paper. University of California. Los angeles. 1992.

Shwacz, Vera. "The Chinese Enlightenment: Intellectuals and the Legacy of the May Fourth Movement of 1919", University of California Press, Berkeley. 1986.

Turner, Bryan S. "The Body and Society", Sage Publications, Newbury Park. 1996.

Welton, Donn. "The Body: Classic and Comtemporary Readings", Blackwell Publisher, Massachusetts. 1999.

Wang, Ru Jie. "The Transparency of Chinese Realism: A Study of Tests by Lu Xun, Ba Jin, Mao Dun, And Lao She". Phd Paper. University of New Jersey-New Brunswick. 1993.

語言文學類　PG1254　文學視界73

中國現代小說的國族書寫
——以身體隱喻為觀察核心

作　　者/辛金順
責任編輯/鄭伊庭
圖文排版/連婕妘
封面設計/王嵩賀

發 行 人/宋政坤
法律顧問/毛國樑　律師
出版發行/秀威資訊科技股份有限公司
　　　　114台北市內湖區瑞光路76巷65號1樓
　　　　電話：+886-2-2796-3638　傳真：+886-2-2796-1377
　　　　http://www.showwe.com.tw
劃撥帳號/19563868　戶名：秀威資訊科技股份有限公司
　　　　讀者服務信箱：service@showwe.com.tw
展售門市/國家書店（松江門市）
　　　　104台北市中山區松江路209號1樓
　　　　電話：+886-2-2518-0207　傳真：+886-2-2518-0778
網路訂購/秀威網路書店：http://www.bodbooks.com.tw
　　　　國家網路書店：http://www.govbooks.com.tw

2015年2月　BOD一版
定價：380元
版權所有　翻印必究
本書如有缺頁、破損或裝訂錯誤，請寄回更換

國家圖書館出版品預行編目

中國現代小說的國族書寫：以身體隱喻為觀察核心 / 辛金順
　作. -- 一版. -- 臺北市：秀威資訊科技, 2015.2
　　面；　公分. -- (文學視野 ; 73) (語言文學類 ;
PG1254)
　BOD版
　ISBN 978-986-326-308-1 (平裝)

　1. 中國小說　2. 現代小說　3. 文學評論

820.9708　　　　　　　　　　　　　　　　103025298

讀 者 回 函 卡

感謝您購買本書,為提升服務品質,請填妥以下資料,將讀者回函卡直接寄回或傳真本公司,收到您的寶貴意見後,我們會收藏記錄及檢討,謝謝!
如您需要了解本公司最新出版書目、購書優惠或企劃活動,歡迎您上網查詢或下載相關資料:http:// www.showwe.com.tw

您購買的書名:＿＿＿＿＿＿＿＿＿＿＿＿＿＿＿＿＿＿＿＿＿＿

出生日期:＿＿＿＿年＿＿＿＿月＿＿＿＿日

學歷:□高中 (含) 以下　　□大專　　□研究所 (含) 以上

職業:□製造業　□金融業　□資訊業　□軍警　□傳播業　□自由業
　　　□服務業　□公務員　□教職　　□學生　□家管　□其它＿＿＿＿

購書地點:□網路書店　□實體書店　□書展　□郵購　□贈閱　□其他

您從何得知本書的消息?

　□網路書店　□實體書店　□網路搜尋　□電子報　□書訊　□雜誌
　□傳播媒體　□親友推薦　□網站推薦　□部落格　□其他＿＿＿＿＿＿

您對本書的評價:(請填代號　1.非常滿意　2.滿意　3.尚可　4.再改進)

　封面設計＿＿＿　版面編排＿＿＿　內容＿＿＿　文／譯筆＿＿＿　價格＿＿＿

讀完書後您覺得:

　□很有收穫　□有收穫　□收穫不多　□沒收穫

對我們的建議:＿＿＿＿＿＿＿＿＿＿＿＿＿＿＿＿＿＿＿＿＿＿

＿＿＿＿＿＿＿＿＿＿＿＿＿＿＿＿＿＿＿＿＿＿＿＿＿＿＿＿＿＿＿＿

＿＿＿＿＿＿＿＿＿＿＿＿＿＿＿＿＿＿＿＿＿＿＿＿＿＿＿＿＿＿＿＿

＿＿＿＿＿＿＿＿＿＿＿＿＿＿＿＿＿＿＿＿＿＿＿＿＿＿＿＿＿＿＿＿

11466

台北市內湖區瑞光路 76 巷 65 號 1 樓

秀威資訊科技股份有限公司　　　收

BOD 數位出版事業部

⋯⋯⋯⋯⋯⋯⋯⋯⋯⋯⋯⋯⋯⋯⋯⋯⋯⋯⋯⋯⋯⋯⋯⋯⋯⋯⋯⋯

（請沿線對折寄回，謝謝！）

姓　　名：＿＿＿＿＿＿＿＿＿　年齡：＿＿＿＿＿　性別：□女　□男

郵遞區號：□□□□□

地　　址：＿＿＿＿＿＿＿＿＿＿＿＿＿＿＿＿＿＿＿＿＿＿＿＿

聯絡電話：(日) ＿＿＿＿＿＿＿＿＿＿＿＿ (夜) ＿＿＿＿＿＿＿＿＿＿＿＿

E-mail：＿＿＿＿＿＿＿＿＿＿＿＿＿＿＿＿＿＿＿＿＿＿＿＿＿＿